跟着名家读经典

中国现当代诗歌名作欣赏

谢冕 等著

北京大学出版社

图书在版编目(CIP)数据

中国现当代诗歌名作欣赏/谢冕等著. —北京：北京大学出版社，2017.9
（跟着名家读经典）
ISBN 978-7-301-28466-7

Ⅰ.①中… Ⅱ.①谢… Ⅲ.①诗歌欣赏—中国—现代 ②诗歌欣赏—中国—当代 Ⅳ.①I207.22

中国版本图书馆CIP数据核字(2017)第131644号

书　　　名	中国现当代诗歌名作欣赏 ZHONGGUO XIAN-DANG DAI SHIGE MINGZUO XINSHANG
著作责任者	谢冕　等著
丛书策划	王林冲　周雁翎
丛书主持	邹艳霞
责任编辑	唐知涵
标准书号	ISBN 978-7-301-28466-7
出版发行	北京大学出版社
地　　　址	北京市海淀区成府路205号　100871
网　　　址	http://www.pup.cn　新浪微博：@北京大学出版社
微信公众号	通识书苑（微信号：sartspku）
电子信箱	zyl@pup.pku.edu.cn
电　　　话	邮购部62752015　发行部62750672　编辑部62753056
印　刷　者	北京中科印刷有限公司
经　销　者	新华书店 787毫米×1092毫米　32开本　13.125印张　210千字 2017年9月第1版　2023年2月第4次印刷
定　　　价	48.00元

未经许可，不得以任何方式复制或抄袭本书之部分或全部内容。
版权所有，侵权必究
举报电话：010-62752024　电子信箱：fd@pup.pku.edu.cn
图书如有印装质量问题，请与出版部联系，电话：010-62756370

序

中华民族历来重视阅读经典。从春秋时期孔子增删"六经",到秦吕不韦组织编纂《吕氏春秋》,从南梁萧统组织选《昭明文选》到清人吴楚材、吴调侯编选《古文观止》……这些经得住时间考验的伟大作品,大浪淘沙,洗尽铅华,传承着中华民族最弥足珍贵的思想感情,被一代代人记诵。这些作品刻在了我们民族的"心版"上,丰富和滋养了我们的民族精神。

意大利知名作家卡尔维诺说:"经典是那些你经常听人家说'我正在重读',而不是'我正在读'的书。"经典之所以成为经典,必是以其经得住咀嚼的内涵,有益于读者的。著名美学家朱光潜先生谈到读书时，说："读书并不在多，最重要的是选得精，读得彻底。与其读十部无关轻重的书，不如用读十部书的精力去读一部真正值得读的书；与其十部书都只能泛览一遍，不如取一部书读十遍。"中外两位先哲谈到的都是经典的精读，谈的都是如何让阅读"心版"上的印痕更深。

而经典的精读实在不是一件容易的事。经典也意味着过往，过往就与正在读书之人有时空之隔膜。

那么，什么样的方法能让我们更容易、更有效地阅读经典？从黛玉教香菱作诗的故事中，我们可以体会出，跟着名家读经典、读名作可谓是一条读书捷径。

名家是大读书人，他们的阅读体验值得借鉴。在浩如烟海的书籍中踽踽独行，摸索读书之路，难免进入狭窄的胡同，名家的读书导引就是我们不见面的名师的教诲。阅读经典时遇到的许多难点，也许就是阻碍读书人的一层窗户纸，一经名家点破，便会有豁然开朗之感。

20世纪80年代，大型文学鉴赏杂志《名作欣赏》的创刊，正是暗合了当时人们澎湃的阅读经典的热情。一批闻名遐迩的名作家、名学者、名艺术家们推荐名作、赏析名作，古今中外的名作经典，经萧军、施蛰存、李健吾、程千帆、王瑶等名家的点化，高格调的名作和高质量的析文相得益彰、水乳交融，极大地浇灌了如饥似渴的刚刚走出文化禁锢的读书人的心田。《名作欣赏》也由此成为中国名刊。几十年来，我们一直坚持这一办刊传统，力邀全国名家，精析经典名作，为中国人的文学阅读尽了一份力，发了一份热。

《名作欣赏》创刊三十周年庆典大会上，新老办刊人和新老读者都觉得将《名作欣赏》三十余年的文章精编出版，是一件有益于读者的大事。编选工作十分浩繁，我们也知难而上，未敢懈怠。经取精提纯、镕裁加工、分类结集、有序合成，2012年"《名作欣赏》精华读本"丛书由北京大学出版社出版。出版五年来，重印数次，为读者所珍爱，这是我们喜出望外的。细细想来，也正是经典的魅力、名作的魅力。

民族的自信源自文化的自信，时下，中央电视台的两档节目《中国诗词大会》《朗读者》出人意料地受到人们的欢迎。这实际是民族文化自觉和经典的浴火重生，也是中华民族经典的光辉照映。沐浴着天时、地利、人和的春风，北京大学出版社对"《名作欣赏》精华读本"进行修订改版，并增加了插图，丛书名改为"跟着名家读经典"，更好地契合了这套书的本意,更具有文化品位。这既是对国家阅读战略的呼应,也是对亿万读者阅读经典的有效补充,必然会被更多的读书人发现和珍视。

让我们一起来加入"全民阅读"的阵营,拥抱文化复兴的春天。

赵学文
《名作欣赏》杂志社总编辑

目录

吴奔星	应是游子拳拳意　并非浪子靡靡音 读刘半农的《教我如何不想她》	1
周良沛	春风吹醒了绿洲 新诗一束品赏	13
孙玉石	朦胧、低沉、深情的雨巷 读戴望舒的《雨巷》	39
叶　橹	人生三味 戴望舒的三首诗欣赏	53
杨　朴	浓化不开的愁怨　永无尽头的雨巷 《雨巷》意象的映衬性解读	65
费　勇	灵光一闪中的失落感 徐志摩《偶然》赏析	87

何希凡	妙在爱与非爱之间 从《沙扬娜拉》看徐志摩的诗艺启示	99
张桃洲	存在之思：非永恒性及其魅力 从整体上读解冯至的《十四行集》	111
叶 橹	给人以温馨和希望的诗篇 艾青三首诗比较赏析	137
江锡铨	秋天的梦幻曲（汉园三重奏·第一乐章） 何其芳《关山月》、李广田《秋的味》、卞之琳《入梦》赏析	149
唐鸿棣	风骚一曲多寄托　十分沉实见精神 《死水》的寄托艺术	161
唐晓渡	欲望的花朵 穆旦的《春》	173
高少锋	我的诗是由我的诗解释的 "九叶"诗四首解读	185
葛桂录	诗人自己的生命写照 读朱湘的十四行诗《Dante》	215
罗振亚	禅趣盎然的诗意探寻 从废名的四首小诗谈起	229
陈仲义	游走在童话与现实的边缘 顾城四首诗导读	245

杨剑龙	一份发自肺腑的爱情宣言 读舒婷的《致橡树》	265
孙绍振	从橡树到神女峰 舒婷从崭露头角到艺术成熟	275
霍俊明	在寒冷的雪中让内心和时代发声 王家新《帕斯捷尔纳克》欣赏	291
崔卫平	真理的祭献 读海子《黑夜的献诗》	301
谢　冕	用纯真的心感受那朴素的风景 重读《东阳江》	321
洛　夫	解读一首叙事诗 《苍蝇》	327
李元洛	海外游子的恋歌 读余光中《乡愁》与《乡愁四韵》	339
李元洛	唱给西湖的情歌 读香港诗人黄河浪的西湖诗	351
陈仲义	镶嵌：取消"踪迹"和"替补"本文 台湾后现代诗勘探之一	363
钱　虹	多情缠绵的爱情小夜曲 读三位台湾女诗人的抒情小诗	373

古继堂 画龙点睛 水到渠成 387
 台湾短诗鉴赏

陈仲义 谐拟：模仿中反讽戏耍 399
 台湾后现代诗勘探之二

应是游子拳拳意　并非浪子靡靡音

读刘半农的《教我如何不想她》

吴奔星

作者介绍

吴奔星（1913—2004），诗人、学者、教授，湖南安化县人；北京师范大学国文系毕业；参加过湖南农民运动、"一二·九"运动；他先后在桂林师范学院、国立社会教育学院（1947—1948）、武汉大学（1951—1952）、南京师范学院（1955—1958）等任研究员、教授；1957年被划为右派，下放徐州师范学院任教，1982年获得平反，重返南京师范大学任教。

推荐词

《教我如何不想她》这首诗，众所周知，曾被著名语言音韵学家赵元任配谱，广泛演唱，名噪海外。但是，在新中国成立后，由于对刘半农在现代文学史上的地位没有充分肯定，加以"左"倾思潮的影响，误以为其是黄色歌曲，属于靡靡之音，以致长期以来很少有人提到它。

刘半农（1891—1934），名复，原名寿彭，字半侬，后改半农，江苏江阴人。1916年前后在上海工作，与"鸳鸯蝴蝶派"作家往还，著译都用文言，笔名半侬。1916年后，应聘北京大学。1917年胡适、陈独秀发起文学革命，他跳出"鸳蝶派"，很打了几次大仗。最著名的一次战役，是1918年3月，他与钱玄同串演了一出双簧：钱玄同化名复古派文人"王敬轩"，给《新青年》编者一封信，向提倡新文学的人大兴问罪之师。刘半农代表《新青年》编辑部，对"王敬轩"的来信，一一驳斥。这出"引蛇出洞"的双簧戏，被传为新文学史上的佳话。但刘半农因为没有留过学，在北京大学和新文学阵营都受到欧美派文人的奚落。一气之下，于1920年1月赴英、法留学，1925年获得法国巴黎大学文学博士学位。回国后，历任北京大学等院校教授，卓有成就。1934年6月，他率领一批助手到内蒙古调查方言，返回北平途中，在张家口得了回归热，7月14日不幸在北平逝世，终年仅44岁。

刘半农短促的一生，走过了从才子到战士、从诗人到学者的历程。他在"五四"前后是边战斗边写作的。反对旧文学他是战士，提倡新文学他是诗人。"五四"前夕提倡新文学是从反对文言文、旧体诗（所谓"选学妖孽、桐城谬种"），提倡白话诗入手的。刘半农创作白话诗，既有理论，也有实践。他是以新的诗歌理论指导新的诗歌实践的。他与胡适都有一套诗歌理论。胡适侧重于形式方面的破坏，主张打破五、七言律绝的格式，废除平仄、对仗严格的诗韵，不用典故，等等。刘半农虽然也主张破坏旧韵，但主张建设新韵，讲究音节；他也反对旧体诗的体裁，但主张多作尝试，增多诗体（详见刘半农《我之文学改良观》）。至于诗的音节，因为他是音韵学家，就更为重视。他在《扬鞭集·自序》里说："我在诗的体裁上是最会翻新花样的。当初的无韵诗、散文诗，后来的用方言拟民歌、拟'拟曲'，都是我首先尝试。至于白话诗的音节问题，乃是我自从九年（1920年——引者）以来无日不在心头的事。"他同胡适在理论上相比，最值得称道的是主张诗的精神在于求真（参看刘半农《诗与小说精神上之革新》）。这种求真精神，透露了初期白话诗的创作方法是现实主义的。刘半农在1917年至1919年搜集了李大钊、鲁迅、陈独秀、胡适、周作人、沈尹默等八位诗人的二十六首诗稿，编为《初期白话诗稿》，于1933年年初由北平星云堂影印出版。这部诗稿体现并印证了刘半农早期的新诗理论：内容上求真，形式上多式多样，重视节奏。

刘半农自己的白话诗，收入1926年出版的《扬鞭集》：上卷收1917—1920年的诗歌；中卷收1921—1925年诗歌；下卷为译诗，并未出版。与此同时，他还出版了用方言写的民歌体诗《瓦釜集》。

在中国现代诗史上，白话诗的问世是从1918年1月《新青年》第四卷一期开始的。这一期发了胡适、沈尹默和刘半农的白话诗九首。刘半农有两首：《相隔一层纸》和《题女儿小蕙周岁日造像》。《相隔一层纸》写于1917年10月，是他的较早的一首白话诗：

屋子里拢着炉火，

老爷吩咐开窗买水果，

说"天气不冷火太热,

别任它烤坏了我"。

屋子外躺着一个叫花子,

咬紧了牙齿对着北风喊"要死"!

可怜屋外与屋里,

相隔只有一层薄纸!

从内容上看,揭露了阶级悬殊,令人联想到杜甫的名句:"朱门酒肉臭,路有冻死骨。"在押韵上,前一半押的韵属于合口呼,后一半押的是齐齿呼,表明诗人是一个音韵学家。内容上虽没有新的东西,毕竟是有思想性的,在形式上也的确打破了旧体诗——五七言律绝的格律。但在押韵上由合口到齐齿未免做作,不够自然。他的另一首诗《一个小农家的暮》,曾被人称为名作,并选入旧社会的语文教材。在意境上表现了农民的辛勤与和睦,在节奏上以口语取胜,比《相隔一层纸》要自然得多。另一首《三弦》写得更为含蓄,也曾为人所称道。还有其他的一些诗,如《我们俩》《巴黎的秋夜》《卖乐谱》《尽管是……》《别再说……》等,也都写得生动活泼,较有诗意。还有一首较长的抒情诗

《敲冰》，表现了战胜困难勇往直前的决心与信心，只是写得直露，缺少诗意。

至于《教我如何不想她》这首诗，众所周知，曾被著名语言音韵学家赵元任配谱，广泛演唱，名噪海外。但是，在新中国成立后，由于对刘半农在现代文学史上的地位没有充分肯定，加以"左"倾思潮的影响，误以为其是黄色歌曲，属于靡靡之音，以致长期以来很少有人提到它。其实，《教我如何不想她》即使作为一首抒发爱情的抒情诗看，也并非引人邪思的海淫之作。诗是1920年8月6日在伦敦写的，是用比兴手法，写远离祖国的游子的情怀，像郭沫若的《炉中煤》一样，表现出眷念祖国的情绪。那时，正当"五四"运动一年之后，列强对于中国虎视眈眈。青年学生，尤其是海外的留学生，特别关注祖国的命运和前途。诗人把自己和祖国的关系，比作恋爱关系；把自己怀念祖国的心情，比作怀念爱人的心情，以"想她"之心"想家"，以"想她"之心"想国"，并非矫揉造作，而是感情的自然流露。

刘半农在国内写的白话诗，特别是用江阴方言写的民歌体诗，还留有传统民歌的影响，在构思、技巧和语言上残余着旧体诗的痕迹。这是初期白话诗的通病，刘半农也未能例外。胡适在汪静之的《蕙的风·序》中说:"当我们在五六年提倡做新诗时,我们的'新诗'实在还不曾做到'解放'两个字。……大部分只是一些古乐府式的白话诗,一些击壤式的白话诗,一些词曲式的白话诗——不能算是真正的新诗。"当时的新诗其所以存在"古乐府式""击壤式"和"词曲式"的毛病,乃是由于理论上呐喊"文体革命",实践上却很难摆脱旧的文体的束缚,表明新诗的先驱者们的战斗历程是曲折、艰难的。但是,刘半农在英法留学时期写的新诗,在构思和技巧上却基本上摆脱了胡适所说的"三式"的毛病。比如这首《教我如何不想她》,尽管运用了传统歌谣的复迭手法,但与胡适说的"三式"还是不同的。他虽在构思技巧上继承了传统的反复与比兴手法,但在语言运用上却是生动活泼的,在意境上是新鲜别致的,使读者或听者如见其人、如闻其声,而且余意不尽、余韵悠然。加以赵元任先生为它作的曲谱,着重在抒写相思之情,委婉曲折,更使听众感到沁人心脾,经久难忘。从诗的联想力与暗示性看,诗人多少接受了一点西方象征派诗歌的影响。诗人去欧洲留学的20年代初期,正是象征主义思潮风行草偃的时期。法国的象征派诗人马拉美(Stephane Mallarme,1842—1898)说过:"作诗只能说到七分,其余三分,应该由读者自己去补充,分享创作之乐,才能了解诗的真味。"这种"三七开"的诗论在我国古代文论中也是屡见不鲜的。刘半农到了欧洲之后,由于进一步学习英法语言,觉得外国人讲得更透彻,于是就运用到自己的创作实践中来了。

《教我如何不想她》是以联想和暗示抒发情感的。第一节写白天。第一句的意思近似"浮云游子意"。天上微云飘着,地上微风吹着。海空辽阔,异乡与故乡,同在一个天体之下。既然"微风"吹动"微云",就不免同时吹动自己的头发,不觉触景生情,联想到自己远离祖国,身在异乡,于是哼出了最后一句诗:"教我如何不想她?"这里的她,既可以指祖国,也可指爱人。祖国不是抽象的。海外的游子对于祖国的怀念,都会有不同的内容。有的怀念父母,有的怀念妻子,有的怀念亲友,有的怀念山川风物……因各人的情况与经历的不同,怀念的对象也有所不同。其他三节都可以作如是观,并没有深文奥义。第二节头两句写夜景,海洋月夜,色泽如银,从而引动了游子的情怀。第三节写暮春时节,落花流水,有如游子未归,抬头看见燕子飞行,鸣声在耳,但不知叫些什么,只知春季已过,燕子将要迁徙,见景生情，游子自不免怀念祖国的亲人。第四节写季节已是深秋，时候正是傍晚，一年将尽，一日将完，"夕阳无限好，只是近黄昏"，面向残余的红霞，游子联想到家乡与祖国。总观四节，头两行都是写景，但不是为写景而写景，而是为了引起游子思乡的动机，即所谓起兴。第四行都是承转的词句，承上启下，写出"想她"的原因，都是由于眼前的风景触发的。诗的内容虽然浅显易懂，但串成一气，却关系到诗的艺术构思。诗人以时间的推移相暗示，应该加以注意。第一二节写白天与月夜，暗示一天；第三四节写春天与秋天，暗示一年。这样整首诗就暗示着：海外游子日复一日，年复一年，不论什么时候，看到什么景物，都要怀念着自己的祖国或者爱人。赵元任先生1981年从美返国探亲访友，曾谈到这首诗，他说：近年来，每有聚会，他总爱高歌一曲《教我如何不想她》。他解释说："'她'，可以是男的，女的，代表着一切心爱的他、她、它。歌词是刘半农当年在英国写的，有思念祖国和念旧之意。"（见《一代学人赵元任》，1982年第二期《人物》杂志）因此，诗中的这种感情不是诗人个人的狭隘感情，而是海外游子的共同的感情。在国外演奏时，之所以收到感人至深、催人泪下的艺术效果，就是因为它的每一个音符、节奏，多次重叠、反复，拨动了海外游子的心弦。这首诗，无论语言、意境、节奏，都是健康的，丝毫没有淫荡的因素。如果有人怀疑它"诲淫"，不是因为头脑有点"贵恙"，就是由于赵元任先生配的曲谱太委婉曲折，让人听起来感到缠绵悱恻，心旌摇荡。这正是诗歌的艺术魅力征服听众，使之神魂颠倒、忘乎所以。这是诗人给读者与听众的美感享受，表明诗在艺术上的成功，不是什么缺点，正是难能可贵的优点。现在诗人与作曲家都作了古人，我们应该为这首具有国际影响的诗平反！这不仅是为了它的作者刘半农先生，也是为了它的作曲者赵元任先生。

1934年7月半农先生逝世后，赵元任先生写了一首挽联：

> 十载凑双簧，无词今后难成曲。
> 数人弱一个，叫我如何不想他。

内容真实，对仗工稳，既表现了他们之间合作共事的深厚友情，也暗示了刘半农在文学和学术上的杰出成就。所谓"十载凑双簧"，是说刘半农与钱玄同在新文学运动头十年凑成一出引蛇出洞的双簧戏。所谓"无词今后难成曲"，是说刘半农去世后，再也没有那样的绝妙好词，再也难于谱写那样著名的歌曲。所谓"数人弱一个",是说1925年9月16日和10月17日,刘半农、钱玄同、黎锦熙、汪怡、林语堂在赵元任家发起成立研究语言音韵学的"数人会"。"弱一个",是说刘半农一死,"数人会"的力量就减弱了("弱"是"死"的婉曲的说法)。这是对刘半农早逝的惋惜与哀吊。最后一句把"她"改成"他",等于呼唤"魂兮归来",词情极其悲痛!走笔至此,也不禁写下俚语一联:"情同手足,作曲作词两搭档;声震遐迩,爱家爱国一条心。"

春风吹醒了绿洲

新诗一束品赏

周良沛

作者介绍

周良沛，江西井冈山地区的永新人。抗战时的难童，流亡四方，胜利后的内战时期，失学寄寓于教堂的孤儿。1949年4月底，十六岁随横渡长江的大军南下、剿匪、戍边、修路。十九岁开始在《文艺报》《人民文学》等军外报刊发表作品。1958年错当"右派"劳改了二十年。新时期，陆续编辑、编选了"五四"后及港、台、海外作家、诗人的全集、选集，有一百五十多位名家及新人的百多部书。笔耕六十余年。著有诗论、诗选集、长篇传记、散文等。

推荐词

"五四"时期，为了体现那个时代的反帝反封建的民主革命精神，不拘一格、新鲜活泼的白话诗处于进攻的地位，用前进和创新打败和取代了旧诗。

郭沫若三首

立在地球边上放号

无数的白云正在空中怒涌,

啊啊!好幅壮丽的北冰洋的晴景哟!

无限的太平洋提起他全身的力量来要把地球推倒。

啊啊!我眼前来了的滚滚的洪涛哟!

啊啊!不断的毁坏,不断的创造,不断的努力哟!

啊啊!力哟!力哟!

力的绘画,力的舞蹈,力的音乐,力的诗歌,力的Rhythm哟!

炉中煤——眷念祖国的情绪

啊,我年青的女郎!

我不辜负你的殷勤,

你也不要辜负了我的思量。

我为我心爱的人儿

燃到了这般模样!

啊,我年青的女郎!
你该知道了我的前身?
你该不嫌我黑奴卤莽?
要我这黑奴的胸中,
才有火一样的心肠。

啊,我年青的女郎!
我想我的前身
原本是有用的栋梁,
我活埋在地底多年,
到今朝总算重见天光。

啊,我年青的女郎!
我自从重见天光,
我常常思念我的故乡,
我为我心爱的人儿
燃到了这般模样!

骆 驼

骆驼,你沙漠的船,

你,有生命的山!

在黑暗中,

你昂头天外,

导引着旅行者

走向黎明的地平线。

暴风雨来时,

旅行者

紧紧依靠着你,

渡过了艰难。

高贵的赠品啊,

生命和信念,

忘不了的温暖。

春风吹醒了绿洲,

贝拉树①垂着甘果,

---

① 贝拉树即椰枣树,叶似椰子树,果如枣而大。——原注

到处是草茵和醴泉。

优美的梦,

象粉蝶蹁跹,

看到无边的漠地

化为了良田。

看呵,璀璨的火云

已在天际弥漫,

长征不会有

歇脚的一天,

纵使走到天尽头,

天外也还有乐园。

骆驼,你星际火箭,

你,有生命的导弹!

你给予了旅行者

以天样的大胆。

你请引导着向前,

永远,永远!

"五四"时期，为了体现那个时代的反帝反封建的民主革命精神，不拘一格、新鲜活泼的白话诗处于进攻的地位，用前进和创新打败和取代了旧诗。郭沫若蔑视传统，勇于创新，为新诗开阔了题材的领域，为新诗提供了新的形式，是那个时期新诗的革命代表。《立在地球边上放号》应是诗人在这方面的代表作，是在惠特曼的影响下写成的。作者说："惠特曼的那种把一切的旧套摆脱干净了的诗风和"五四"时代暴风突进的精神十分合拍，我是彻底地为他那雄浑豪放的宏朗的调子所动荡了。"两位不同时代的诗人在精神、风貌、语言和节奏上的合拍，并没有成为郭诗的依傍和模仿，因此，它依然是新诗的创新。"立在地球边上"的地球边上在哪儿呢？这无非是诗人从他的宏观世界出发，构想了一幅站在地球之极来看世界的壮丽图景。诗人以连续的排句歌颂了创造与力，也展示了整个诗在思想、结构、语言上的力度。这样的形式，帮助了诗人个性的解放，帮助打开了读者的眼界，为新诗的创新闯开了路。

《炉中煤》，和上一首是同一类的诗，从中也可进一步看到诗人对惠特曼的借鉴决不等于依傍和模仿。根据内容的不同，诗人的激情和上一首表达的方式迥异，含蓄，趋于内向。诗人把眷念祖国的自己，比喻成鲁莽的黑奴，"鲁莽"二字把自己无法遏止的行动感情表现得多好啊，一燃烧，就是火的心肠。"我为我心爱的人儿燃到了这般模样"，前后的重复、呼应，是多深沉的爱啊！

诗人说："在我自己的作诗经验上，是先受泰戈尔诸人的影响，力主冲淡，后来又受了惠特曼的影响才奔放了起来的。"《炉中煤》既非惠特曼式的，也非泰戈尔式的。可见一个人接受了两种不同的影响，是无法把它们断然区分为二的，倒可能把它们合二为一。一当艺术表现上的需要，二者都有路子融汇到诗人笔墨中。这就在于诗人是熔他人之长于自己之炉，而不是按他人的模式来翻铸之故。于是，《炉中煤》里也就可以看到惠特曼飞扬蹈厉的气概与泰戈尔幽隐的诗情的结合。

《骆驼》是诗人做了多年"口号人""标语人"之后，于1956年创作的一首佳作。诗将称作"沙漠的船"的骆驼，作我们坚韧、长期的生的开拓者的象征。表明长征不歇脚，只要向前就有希望，就有乐园。骆驼在诗人笔下的传统形象，在这位科学院院长的笔下，已是"星际火箭""有生命的导弹"了。

骆驼是导引人们向前才有诗的歌可唱;诗人是回过头找到他最初喷出诗的泉,才重见他喷出诗。

闻一多三首
死　水

这是一沟绝望的死水,

清风吹不起半点漪沦。

不如多扔些破铜烂铁,

爽性泼你的剩菜残羹。

也许铜的要绿成翡翠,

铁罐上锈出几瓣桃花;

再让油腻织一层罗绮,

霉菌给他蒸出些云霞。

让死水酵成一沟绿酒,

飘满了珍珠似的白沫;

小珠们笑声变成大珠,[①]

[①] 原作"小珠笑一声变成大珠",今据闻一多先生选诗订正本改。

又被偷酒的花蚊咬破。

那么一沟绝望的死水,[①]

也就夸得上几分鲜明。

如果青蛙耐不住寂寞,

又算死水叫出了歌声。

这是一沟绝望的死水,

这里断不是美的所在,

不如让给丑恶来开垦,

看他造出个什么世界。

静 夜[②]

这灯光,这灯光漂白了的四壁;

这贤良的桌椅,朋友似的亲密;

这古书的纸香一阵阵的袭来;

要好的茶杯贞女一般的洁白;

受哺的小儿接呷在母亲怀里,

---

① 原作"绝望的一沟",今据改。
② 原题作《心跳》,据闻一多先生选诗订正本改。

鼾声报道我大儿健康的消息……
这神秘的静夜，这浑圆的和平，
我喉咙里颤动着感谢的歌声。
但是歌声马上又变成了诅咒，
静夜！我不能，不能受你的贿赂。
谁稀罕你这墙内尺方的和平！
我的世界还有更辽阔的边境。
这四墙既隔不断战争的喧嚣，
你有什么方法禁止我的心跳？
最好是让这口里塞满了沙泥，
如其他只会唱着个人的休戚！
最好是让这头颅给田鼠掘洞，
让这一团血肉也去喂着尸虫，
如果只是为了一杯酒，一本诗，
静夜里钟摆摇来的一片闲适，
就听不见了你们四邻的呻吟，
看不见寡妇孤儿抖颤的身影，
战壕里的痉挛，疯人咬着病榻，
和各种惨剧在生活的磨子下。

幸福！我如今不能受你的私贿，

我的世界不在这尺方的墙内。

听！又是一阵炮声，死神在咆哮。

静夜！你如何能禁止我的心跳？

洗衣歌

洗衣是美国华侨最普遍的职业，因此留学生常常被人问道："你爸爸是洗衣裳的吗？"

（一件，两件，三件，）

洗衣要洗干净！

（四件，五件，六件，）

熨衣要熨得平！

我洗得净悲哀的湿手帕，

我洗得白罪恶的黑汗衣，

贪心的油腻和欲火的灰，……

你们家里一切的脏东西，

交给我洗，交给我洗。

铜是那样臭，血是那样腥，
脏了的东西你不能不洗，
洗过了的东西还是得脏，
你忍耐的人们理它不理？
替他们洗，替他们洗！

你说洗衣的买卖太下贱，
肯下贱的只有唐人不成？
你们的牧师他告诉我说：
耶稣的爸爸做木匠出身，
你信不信？你信不信？

胰子白水耍不出花头来，
洗衣裳原比不上造兵舰。
我也说这有什么大出息——
流一身血汗洗别人的汗，
你们肯干？你们肯干？

年去年来一滴思乡的泪，
半夜三更一盏洗衣的灯……

下贱不下贱你们不要管,

看那里不干净那里不平,

问支那人。问支那人。

我洗得净悲哀的湿手帕,

我洗得白罪恶的黑汗衣,

贪心的油腻和欲火的灰,

你们家里一切的脏东西,

交给我洗。交给我洗。

(一件,两件,三件,)

洗衣要洗干净!

(四件,五件,六件,)

熨衣要熨得平!

闻一多(1899—1946),名亦多,字友三,号友山,笔名一多,湖北浠水人。1913年考进北京清华学校,开始写旧诗,"五四"前后才写新诗,常在《清华周刊》发表。1922年赴美留学,先后在美国芝加哥美术学院、珂泉罗拉大学学美术,同时研究文学和戏剧。1923年他的第一本诗集《红烛》,就反映了他在这个时期受西方古典名著和浪漫主义的影响而表现出的唯美主义倾向。

《死水》，是诗人的代表作，他在《诗的格律》里讲："越有魄力的作家，越是要戴着脚镣跳舞才跳得痛快，跳得好。"这段话所表现的美学观点，人们会有自己的看法。但这首诗，确实表现了诗人在形式上追求"节的匀称和句的匀齐"所作的努力，它不像有的格律诗，形式上保持方块，读起来颇拗口。这首诗语言自然，节奏也就显得和谐流畅，给人以音乐的美感。诗人把自己看到的一个没有希望的旧社会比作"绝望的死水""断不是美的所在"，要看"丑恶来开垦""造出个什么世界"。对那个社会在那时能提出怀疑，就有积极的意义。但诗人形容铜锈为翡翠，铁锈为桃花，把丑恶的也往美处描，也确实暴露了诗人的唯美观点。

《静夜》，在追求形式完美的同时，也有了美的思想内容。诗人同时还写过一首《大帅》，通过战场点尸搬尸的场面，暴露了当时军阀混战涂炭生灵的残酷无道。《静夜》，就是写个人生活的舒适和平因国不和平而心不能平的情景。他明明白白说着"我的世界不在这尺方的墙内"，反对只问个人的休戚。"静夜"里听到的不是真正的炮声，而是诗人的心和广大受难的人民相连的肺腑之音。诗中的"我"——那一代许多在现实面前睁开了眼睛走出了书斋的知识分子,也是时代的灵魂在激流中锐变、成长的一个侧面形象。而作品,哪怕一个细部,诗人也尽量以形象取胜,开头一句,灯光照得四壁雪白,却用个动词,说它"漂白了"四壁,就描写得生动而新鲜。

《洗衣歌》,若撇开诗人其他的作品来单独看,它表现的已不是一般的爱国主义思想,"流一身血汗洗别人的汗"——欲火的灰及一切脏东西,是颇强烈的阶级意识了。以西方宗教徒认为最神圣的耶稣的父亲做木匠和洗衣的买卖比贵贱,是理直气壮地歌颂劳动神圣。《洗衣歌》也用了很严格的格律,因为同时注意了思想内容,也就不像为形式而形式,戴着镣铐跳舞了。诗人在《诗与批评》中讲:"我重视诗的社会价值,……我们的时代不单要用效率来评诗,而更重要的是以价值论诗",徐志摩在《晨报·诗镌》的《诗刊放假》中也供认他们"所标榜的'格律'的可怕的流弊",认为只管格律,不管诗的价值,写写"他戴了一顶草帽到街上去走,碰到了一只猫,又碰到一只狗"一类和谐悦耳的句子也就成"诗"了。这样来论诗的价值也就真有价值了。《洗衣歌》的价值就在于：美的内容与美的形式臻于完美的统一。

殷夫二首
孤　泪

你呀，你可怜微弱的一珠洁光，
照彻吧，照彻我的胸膛。
任暴风在四围怒吼，
任乌云累然地叠上。

不是苦难能作践我的灵魂，
也不是黑暴能冰冻我的沸心，
只有你日日含泪望我，
我要，冒雨冲风般继着生命。

忍耐吧，可怜的人，
忍耐过这漫长的夜，
冷厉的暴风加紧，
秋虫的哀鸣更形残衰。

鲜血的早晨朝曦,

也是叫他们带来消信,

黑暗和风暴终要过去,

你呀,洁圣的光芒,永存!

无题的

一

是夜间时辰,

火车频频的尖着声音,

楼上有人拉着胡琴,

"馄饨……点心……"

有牌儿声音,

乞儿呻吟,

——

都市的散文!

二

篱笆旁边,

臭味冲天,

上面写着大字威严,

"此处不准小便",

流着黄,绿,白的曲线,

滚着肥肥的白蛆累累。

呵,此处在溃烂,

名字叫做"上海"!

三

写着字,

光线渐死,

注意!

油已经到底!

都市有电灯,

不装给穷人。

殷夫(1909—1931),浙江象山人。原名徐祖华,笔名还有白莽、文雄白、沙非、徐白、洛夫等,是著名的左联五烈士之一。留下诗集《孩儿塔》《伏尔加的黑浪》《百零七个》及其他小说、随笔、译著等。鲁迅在《孩儿塔·序》里高度评价了殷夫的诗:"这是东方的微光,是林中的响箭,是冬末的萌芽,是进军的第一步,是对于前驱者爱的大纛,也是对于摧残者憎的丰碑。一切所谓圆熟简练,静穆幽远之作,都无须来做比方,因为这是属于另一个世界。"鲁迅称那些写"圆熟简练,静穆幽远之作"者,系指那些忽视内容专在玩弄艺术技巧,或玩弄技巧也玩弄自己无病呻吟之情的作品。在人民以诗歌投入战斗时,是不能否认它们的消极作用,也只能看作"属于另一个世界"的东西。

《孤泪》以"日日含泪望我"的孤泪,和那"可怜的人"与"圣洁的光芒"在我们面前叠印成一个形象:"黑暗与风暴终要过去"后的"光芒"。值得注意的是:"鲜血的早晨朝曦"并非朝曦似鲜血鲜红,因为,这是指斗争的血换来的世界黎明。这使人有"冒雨冲风般继着生命"的信念与勇气,也是鲁迅先生说的"东方的微光",那是指诗人的诗带给生活的力量,这却是生活带给诗人的力量。没有表面的呐喊,却包含着一触即喷的岩浆。

《无题的》,名"无题"却有着明显的题意。其一,诗人并列写出几种声响之后,一句"都市的散文"正是说这都不是诗的声音,可不是么,从火车频频的尖音的噪声到乞儿痛苦的呻吟,哪去找诗呢?可是点出它是"都市的散文"也点出了诗。其二,粪便四布在"此处不准小便"的告示下,那正是对那个社会"溃烂"得无药可治，道德等等力量对它已失去约束力的讽刺，从小处写出那个社会的大问题。

这些诗，表现了诗人捕捉、表现生活形象的艺术功力。当时有些左翼诗人利用诗歌便于直抒胸臆的特点，常常高声呐喊甚至直呼口号。以此吐出激情为快的心情是很可以理解的，比起殷夫的诗，它们又是显然缺乏艺术生命的。殷夫懂得既是写诗，就得用诗的艺术来表现革命的思想。

徐志摩三首

沙扬娜拉——赠日本女郎

最是那一低头的温柔，

像一朵水莲花不胜凉风的娇羞，

道一声珍重，道一声珍重，

那一声珍重里有蜜甜的忧愁——

沙扬娜拉！

海 韵

一

"女郎，单身的女郎，

你为什么留恋

这黄昏的海边?

女郎,回家吧,女郎"

"啊不;回家我不回,

我爱这晚风吹:"——

在沙滩上,在暮霭里,

有一个散发的女郎——

徘徊,徘徊。

二

"女郎,散发的女郎,

你为什么彷徨

在这冷清的海上?

女郎,回家吧,女郎!"

"啊不;你听我唱歌,

大海,我唱,你来和:"

在星光下,在凉风里,

轻荡着少女的清音——

高吟,低哦。

三

"女郎,胆大的女郎!

那天边扯起了黑幕,

这顷刻间有恶风波,

女郎,回家吧,女郎!"

"啊不;你看我凌空舞,

学一个海鸥没海波:"——

在夜色里,在沙滩上,

急旋着一个苗条的身影——

婆娑,婆娑。

四

"听呀,那大海的震怒,

女郎回家吧,女郎!

看呀,那猛兽似的海波,

女郎,回家吧,女郎!"

"啊不;海波他不来吞我,

我爱这大海的颠簸!"

在潮声里,在波光里,

啊,一个慌张的少女在海沫里,

蹉跎,蹉跎。

五

"女郎,在哪里,女郎?

在哪里,你嘹亮的歌声?

在哪里,你窈窕的身影?

在哪里啊,勇敢的女郎?"

黑夜吞没了星辉,

这海边再没有光芒;

海潮吞没了沙滩,

沙滩上再不见女郎!

再不见女郎!

偶 然

我是天空里的一片云,

偶尔投影在你的波心——

你不必讶异,

更无须欢喜——

在转瞬间消灭了踪影。

你我相逢在黑夜的海上,

你有你的,我有我的,方向;

你记得也好,

最好你忘掉

在这交会时互放的光亮!

徐志摩(1896—1931),浙江海宁峡石镇人。1918年到1920年,曾在美国哥伦比亚、英国剑桥学习,获硕士学位。历任"北大""清华"的教授。因爱好诗歌,1921年开始写诗,曾与胡适、梁实秋、闻一多等办《新月》月刊,人称"新月诗人"。他的诗深受英国19世纪浪漫派的影响,在诗的王国里,过着落后于时代的优游生活,但他的所谓"理想主义"的"诗化生活"的愿望,又不能不碰壁,使他在军阀混战、民不聊生的人间疾苦前也无法闭上眼睛。在他驳杂的思想感情里,卞之琳同志认为还可以理出三条积极的主线:爱祖国、反封建、讲"人道"。他在"新月"诗人中,年岁比闻一多大,出来却比闻一多晚,在诗坛的影响又比闻一多大。他的诗句"我不知道风是在哪一个方向吹"可以概括他的一生。

《沙扬娜拉》,诗题是日语"再见"的音译。短短几句，把分手的男女，女方病态的弱不禁风的娇羞，以及还是"蜜甜的忧愁"的复杂的人物心理集中在分手这一刻表现出来。空虚的内容，有诗的圆熟的技巧。

《海韵》可以看作诗人追求无羁的自由的诗情。诗中那个大胆的女郎就是诗人浪漫主义思想的体现。诗以问答的形式来写，女郎对海的恶风险浪，是以挑战的勇敢来回答，直到自身葬于海的怀抱，表现了诗人憧憬自由、忠于艺术的情怀。诗尾"沙滩上再不见女郎"的哀念，也是对勇于追求个性解放以至为此献身的赞颂。著名的音乐家赵元任曾将此诗谱曲，使诗得到更大的传播。

"新月"派诗人，鼓吹唯美主义。前一首诗，表现的是唯美主义的外在的美；《海韵》已有美的内涵了。

诗人在形式上的唯美的追求，《偶然》又是另一类型的例子。卞之琳同志为它写过这么一段注释：

这首诗在作者诗中是在形式上最完美的一首，每节第一、二、五行都可以说以三顿组成，只有第二节第二行出格，多了一顿，三、四行是两顿，韵式是oobbo。

朦胧、低沉、深情的雨巷

读戴望舒的《雨巷》

孙玉石

🎵 作者介绍 🎵

孙玉石,1935年生,辽宁海城人,1960年北京大学中文系毕业,1964年北京大学研究生毕业,后留校任教。北京大学中文系教授。曾任北京大学中文系主任。主要从事中国现代文学史、鲁迅与五四文化以及中国现当代诗歌研究。著有《〈野草〉研究》《中国初期象征派诗歌研究》《中国现代诗歌艺术》《中国现代主义诗潮史论》等。

🎵 推荐词 🎵

《雨巷》最初为人称道,一个重要方面是它的章节的优美。叶圣陶盛赞这首诗"替新诗的音节开了一个新的纪元",虽然未免有些过誉,但首先看到了它的音节的优美这一特点,不能不说是有见地的。

一首好的抒情诗，应该是艺术美的结晶。它会超越时间和空间的限制而唤起人们审美的感情。戴望舒的《雨巷》就是这样一首优美的抒情诗。

然而多年以来，《雨巷》和戴望舒的其他一些诗作，却被视为象征派和现代派的无病呻吟而排斥在文学史的视野之外；直到最近，人们才像观赏出土文物一样，把这些作品从遗忘的尘土中挖掘出来，又重新看到了它们身上具有的艺术光辉。

戴望舒在坎坷曲折的二十多年创作道路上，只给我们留下了八十八首抒情短诗，《雨巷》，就是他早期的一首成名作。

《雨巷》大约写于1927年夏天。最初发表在1928年8月出版的《小说月报》第十九卷第八号上。戴望舒的挚友杜衡在1933年写道：

说起《雨巷》,我们是很不容易把叶圣陶先生底奖掖忘记的。《雨巷》写成后差不多有年,在圣陶先生代理编辑《小说月报》的时候,望舒才忽然想起把它投寄出去。圣陶先生一看到这首诗就有信来,称许他替新诗底音节开了一个新的纪元。……圣陶先生底有力的推荐,使望舒得到了"雨巷诗人"这称号,一直到现在。

(《望舒草·序》)

人们熟知的文学史上的这段佳话,反映了《雨巷》一诗在当时的价值和影响。

就抒情内容来看,《雨巷》的境界和格调都是不高的。《雨巷》在低沉而优美的调子里,抒发了作者浓重的失望和彷徨的情绪。打开诗篇,我们首先看到诗人给人们描绘了一幅梅雨季节江南小巷的阴沉图景。诗人自己就是在这雨巷中彳亍彷徨的抒情主人公。他很孤独,也很寂寞,在绵绵的细雨中,"撑着油纸伞,独自彷徨在悠长、悠长又寂寥的雨巷"。在这样阴郁而孤寂的环境里,他心里怀着一点朦胧而痛苦的希望:"希望逢着一个丁香一样地结着愁怨的姑娘"。这个姑娘被诗人赋予了美丽而又愁苦的色彩。她虽然有着"丁香一样的颜色,丁香一样的芬芳",但是也有"丁香一样的忧愁"。他的内心充满了"冷漠""凄清"和"惆怅"。她和诗人一样,在寂寥的雨巷中,"哀怨又彷徨"。而且,她竟是默默无言,"像梦一般地"从自己身边飘过去了,走尽了这寂寥的雨巷。

> 在雨的哀曲里,
>
> 消了她的颜色,
> 散了她的芬芳,
> 消散了,甚至她的
> 太息般的眼光,
> 丁香般的惆怅。

这是一个富于浓重的象征色彩的抒情意境。在这里,诗人把当时的黑暗而沉闷的社会现实暗喻为悠长狭窄而寂寥的"雨巷"。这里没有声音,没有欢乐,没有阳光。而诗人自己,就是在这样的雨巷中彳亍彷徨的孤独者。他在孤寂中怀着一个美好的希望,希望有一种美好的理想出现在自己面前。诗人笔下的"丁香一样的"姑娘,就是这种美好理想的象征。然而诗人知道,这美好的理想是很难出现的。她和自己一样充满了愁苦和惆怅,而且又是倏忽即逝,像梦一样从身边飘过去了。留下来的,只有诗人自己依然在黑暗的现实中彷徨,和那无法实现的梦一般飘然而逝的希望!

有的同志说,《雨巷》是诗人用美好的"想象"来掩盖丑恶的"真实"的"自我解脱",是"用一些皂泡般的华美的幻象来欺骗自己和读者",除了艺术上的和谐音律美外,"在内容上并无可取之处"(凡尼:《戴望舒诗作试论》,《文学评论》1980年第4期),这些诘难和论断,对于《雨巷》来说,未免过于简单和苛刻了。

《雨巷》产生的1927年夏天,是中国历史上一个最黑暗的时代。蒋介石对革命者的血腥屠杀,造成了笼罩全国的白色恐怖。原来热烈响应了革命的青年,一下子从火的高潮堕入了夜的深渊。他们中的一部分人,找不到革命的前途。他们在痛苦中陷于彷徨迷惘。他们在失望中渴求着新的希望的出现,在阴霾中盼望飘起绚丽的彩虹。《雨巷》就是一部分进步青年这种心境的反映。戴望舒写这首诗的时候只有二十一二岁。一年多以前,他与同学杜衡、施蛰存、刘呐鸥一起从事革命的文艺活动,并加入了共产主义青年团,用他的热情的笔投入了党的宣传工作。1927年3月，还因宣传革命而被反动当局逮捕拘留过。"四·一二"政变后，他隐居江苏松江，在孤寂中嚼味着"在这个时代做中国人的苦恼"。（《望舒草·序》）他这时候所写的《雨巷》等诗中便自然贮满了彷徨失望和感伤痛苦的情绪。这种彷徨感伤的情绪，不能笼统地说是纯属个人的哀叹，而是现实的黑暗和理想的幻灭在诗人心中的投影。《雨巷》则用短小的抒情的吟诵再现了这部分青年心灵深处典型的声音。在这里我们确实听不到现实苦难的描述和反叛黑暗的呼号。这是低沉的倾诉，失望的自白。然而从这倾诉和自白里，我们不是可以分明看到一部分青年人在理想幻灭后的痛苦和追求的心境吗？失去美好希望的苦痛在诗句里流动。即使是当时的青年也并非那么容易受着"欺骗"。人们读了《雨巷》，并不是要永远彷徨在雨巷。人们会憎恶这雨巷，渴望出离这雨巷，走到一个没有阴雨，没有愁怨的宽阔光明的地方。

《雨巷》在艺术上一个重要特色是运用了象征主义的方法抒情。象征主义是19世纪末法国诗歌中崛起的一个艺术流派。他们以世纪末的颓废反抗资本主义的秩序。在表现方法上，强调用暗示隐喻等手段表现内心瞬间的感情。这种艺术流派于"五四"运动退潮时期传入中国。第一个大量利用象征主义方法写诗的是李金发。戴望舒早期的创作也明显地接受了法国象征派的影响。他的创作的一个重要特点，就是注意挖掘诗歌暗示隐喻的能力，在象征性的形象和意境中抒情。《雨巷》就体现了这种艺术上的特点。诗里那撑着油纸伞的诗人，那寂寥悠长的雨巷，那像梦一般地飘过有着丁香一般忧愁的姑娘，并非真实生活本身的具体写照，而是充满象征意味的抒情形象。我们不一定能够具体说出这些形象所指的全部内容，但我们可以体味这些形象所抒发的朦胧的诗意。那个社会现实的气氛，那片寂寞徘徊的心境，那种追求而不可得的希望，在《雨巷》描写的形象里，是既明白又朦胧，既确定又飘忽地展示在读者眼前。想象创造了象征，象征扩大了想象。这样以象征方法抒情的结果，使诗人的感情心境表现得更加含蓄蕴藉，也给读者留下了驰骋想象的广阔天地，感到诗的余香和回味。朱自清先生说："戴望舒氏也取法象征派。他译过这一派的诗，他也注重整齐的音节，但不是铿锵而是轻轻的，也找一点朦胧的气氛，但让人可以看得懂。""他是要把捉那幽微的精妙的去处。"（《中国新文学大系·诗集导言》）《雨巷》朦胧而不晦涩，低沉而不颓唐，情深而不轻佻，确实把握了象征派诗歌艺术的幽微精妙的去处。

戴望舒的诗歌创作，也接受了古典诗词艺术营养的深深陶冶。在《雨巷》中，诗人创造了一个丁香一样结着愁怨的姑娘的象征性的抒情形象。这显然是受古代诗词中一些作品的启发。用丁香结，即丁香的花蕾，来象征人们的愁心，是中国古代诗词中一个传统的表现方法。如李商隐的《代赠》诗中就有过"芭蕉不展丁香结，同向春风各自愁"的诗句。南唐李璟更把丁香结和雨中惆怅连在一起了。他有一首《浣溪沙》：

　　手卷真珠上玉钩，依前春恨锁重楼。风里落花谁是主？思悠悠！　　青鸟不传云外信，丁香空结雨中愁。回首绿波三楚暮，接天流。

这首诗里就是用雨中丁香结作为人的愁心的象征的。很显然，戴望舒从这些诗词中吸取了描写愁情的意境和方法，用来构成《雨巷》的意境和形象。这种吸收和借鉴是很明显的。但是，能不能说《雨巷》的意境和形象就是旧诗名句"丁香空结雨中愁"的现代白话版的扩充和"稀释"呢？我以为不能这么看。在构成《雨巷》的意境和形象时，诗人既吸吮了前人的果汁，又有了自己的创造。

第一，古人在诗里以丁香结本身象征愁心。《雨巷》则想象了一个如丁香一样结着愁怨的姑娘。她有丁香般的忧愁，也有丁香一样的美丽和芬芳。这样就由单纯的愁心的借喻，变成了含着忧愁的美好理想的化身。这个新的形象包含了作者的美的追求，包含了作者美好理想幻灭的痛苦。

第二，诗人在《雨巷》中运用了新鲜的现代语言，来描绘这一雨中丁香一样姑娘倏忽即逝的形象，与古典诗词中套用陈词旧典不同，也与诗人早期写的其他充满旧诗词调子的作品迥异，表现了更多的新时代的气息。"丁香空结雨中愁"，没有比"丁香一样地结着愁怨的姑娘"更能唤起人们希望和幻灭的情绪。在表现时代的忧愁的领域里，这个形象是一个难得的创造。

第三，在古代诗词里，雨中丁香结是以真实的生活景物来寄托诗人的感情。《雨巷》中那个在雨中飘过的丁香一样姑娘的形象，就带上了更多的诗人想象的成分。它既是生活中可能出现的情景，又是作家驰骋艺术想象的结晶，是真实与想象相结合所产生的艺术真实的形象。戴望舒说："诗由真实经过想象而出来的,不单是真实,也不单是想象。"(《诗论零札》十三)我们说《雨巷》的意境形象借鉴于古典诗词,又超越于古典诗词,最主要的即因为它是诗人依据生活的经验而又加上了自己想象的创造。它是比生活更美的艺术想象的产物。

《雨巷》最初为人称道,一个重要方面是它的章节的优美。叶圣陶盛赞这首诗"替新诗的音节开了一个新的纪元",虽然未免有些过誉,但首先看到了它的音节的优美这一特点,不能不说是有见地的。《雨巷》全诗共七节。第一节和最后一节除"逢着"改为"飘过"之外,其他语句完全一样。这样起结复见,首尾呼应,同一主调在诗中重复出现,加强了全诗的音乐感,也加重了诗人彷徨和幻灭心境的表现力。整个诗每节六行,每行字数长短不一,参差不齐,而又大体在相隔不远的行里重复一次脚韵。每节押韵两次到三次,从头至尾没有换韵。全诗句子都很短,有些短的句子还切断了词句的关联。而有些同样的字在韵脚中多次出现,如"雨巷""姑娘""芬芳""惆怅""眼光",有意地使一个音响在人们的听觉中反复,这样就造成了一种回荡的旋律和流畅的节奏。读起来,像一首轻柔而沉思的小夜曲。一个寂寞而痛苦的旋律在全曲中反复回响,萦绕在人的心头。

为了强化全诗的音乐性,诗人还吸取了外国诗歌中的一些技法,在同一节诗中让同样的字句更迭相见。如:

> 她是有
>
> 丁香一样的颜色,
>
> 丁香一样的芬芳,
>
> 丁香一样的忧愁,
>
> 在雨中哀怨,
>
> 哀怨又彷徨;
>
> 她彷徨在这寂寥的雨巷,
>
> 撑着油纸伞,
>
> 像我一样,
>
> 像我一样地,
>
> 默默彳亍着,
>
> 冷漠,凄清,又惆怅。
>
> 她默默地走近
>
> 走近,又投出
>
> 太息一般的眼光,

她飘过

像梦一般地,

像梦一般地凄婉迷茫。

这种语言上的重见,复查,像交织一起的抒情乐句反复一样,听起来悦耳、和谐,又加重了诗的抒情色彩。在浪漫的自由诗和"新月派"的豆腐干诗体盛行的时候,戴望舒送来了优美动听的《雨巷》,虽然不能说是"替新诗的音节开了一个新的纪元",至少也是开阔了音乐在新诗中表现的新天地。

戴望舒这种对新诗音乐性的追求,到《雨巷》是高峰,也是结束。此后,他开始了"对诗歌底他所谓'音乐的成分'勇敢的反叛"(杜衡语),走向诗的内在情绪韵律的追求。他的另一首著名诗篇《我的记忆》,就是这种追求的一个新的里程碑。戴望舒的这种变化,反映了他新的美学见解和艺术追求,但这决不能否定《雨巷》对新诗音乐美尝试的意义。偏爱是艺术欣赏的伴侣。比起戴望舒的其他作品来,使我读而不厌的,还是这首《雨巷》。它是新诗中一颗发光的明珠,值得我们珍读!

人生三味

戴望舒的三首诗欣赏

叶橹

作者介绍

叶橹,1936年生于江苏南京,1957年毕业于武汉大学中文系。1957年刚大学毕业的叶橹,却被错划为"极右"。1980年复出,先后担任江苏省高邮师范学校教师、扬州大学文学院教授。著有《艾青诗歌欣赏》《现代哲理诗》《诗弦断续》《诗美鉴赏》《中国新诗阅读与鉴赏》《季节感受》《〈漂木〉十论》《现代诗导读》等多部作品。

推荐词

"五四"以来的诗人中,戴望舒是最具艺术魅力和渗透力的诗人之一。

如果我们不怀偏见地回顾"五四"以来的一些诗人,那么应当承认,戴望舒恐怕是最具艺术魅力和渗透力的诗人之一。细读其诗,总是感到有一种特殊的艺术氛围浸润其间,令人深受感染而为之心动。且不说他的《雨巷》和《我的记忆》那样一些名篇,他的另外还有相当多的不太为人道及的诗,实际上也是很好的诗,只是以往由于受偏见所左右而未能深入进行艺术上的发掘罢了。我在这里有意选择他的三首具有连贯性而在诗题上相映成趣的诗来做一些分析,借以窥视一下这位优秀而杰出的诗人艺术风貌之一斑。

这三首诗是:《单恋者》《夜行者》和《寻梦者》。

仅仅从诗的题目看,已经可以知道这些诗都具有"夫子自道"的意味,是诗人自我心理过程和生活体验的一个侧面表现。然而有趣的是,这三首诗似乎体现了诗人在不同的人生阶段中对于"自我"的一种认识和审视。它们之间存在着的内在联系和一贯性的情绪特征，使其在戴望舒的诗中形成了一个小小的独立建构和系统。

《单恋者》显然是一种相当苦闷而抑郁的情绪的宣泄。诗人写这首诗时正是二十四五岁，他在爱情生活上的不顺心必然给心灵蒙上一层阴影，因而不无悲哀地慨叹着："我觉得我是在单恋着"，可是在下面一句中却接着说，"但是我不知道是恋着谁"，这是一句值得仔细品味的诗。因为事实上他既在"单恋着"，便不可能"不知道是恋着谁"。而且这一句诗也是我们理解和把握其象征性艺术特征的关键之一。他写"单恋"，可是下面却在向自己发问道：

> 是一个在迷茫的烟水中的国土吗，
> 是一枝在静默中零落的花吗，
> 是一位我记不起的陌路丽人吗？
> 我不知道。
> 我知道的是我的胸膨胀着，
> 而我的心悸动着，像在初恋中。

明明写"单恋"，可是这些回答却又把具体的对象加以模糊化，使人不由得产生了怀疑，这"单恋着"的，究竟是一位具体的"丽人"呢，还是"烟水中的国土"和"零落的花"？或者是兼而有之？

正是在这里，我们好像隐隐地感觉到，他既是在写着对某一位丽人的"单恋"，又似乎不仅仅是这种恋情的表现。因为，在戴望舒的内心里，还同时躁动着对事业的追求。在爱情与事业的追求中，他都还处在尚未获得确定性的成功之中，而以他的忠诚与执着，的的确确是在"单恋着"。正因为如此，他才不甘于沉迷在"嚣嚷的酒场"和"一丝媚眼"或是"一耳腻语"之中，而情愿以"夜行人"自居：

> 真的，我是一个寂寞的夜行人，
> 而且又是一个可怜的单恋者。

在"夜行人"与"单恋者"之间，是否存在着某种微妙而隐含着的内在联系呢？我想细心的读者是不难把握的。

戴望舒绝不是无端地把"夜行人"这一意象引入《单恋者》一诗的。无论是在爱情或事业的追求中，他似乎都感到了一种难以被人理解的孤独感，所以他才一方面痴迷地单恋，另一方面又深深体验到他是在黑暗中踽踽前行。

也许正因为在《单恋者》中他一下子泄露了作为"夜行人"的孤独寂寞之感,而后又更深地陷入了这种境况之中,才有了《夜行者》这首诗的出现。好像是一种突兀而令人心颤的画外音的切入:

> 这里他来了:夜行者!
> 冷清清的街上有沉着的跫音,
> 从黑茫茫的雾,
> 到黑茫茫的雾。

如果说在《单恋者》中,我们依稀能感受到那种虽然苦闷抑郁,但仍不失深执迷恋的温馨之感的话,在《夜行者》这里,则的确只感到了它的冷峻与萧瑟。在"夜"中踟蹰摸索得太长久,终于成为"夜的最熟稔的朋友",并且"知道它的一切琐碎",使"他染了它一切最古怪的脾气"。我们不能不为这"琐碎"和"古怪的脾气"而感到一种从内心升起的寒冷。但是,如果只孤立地看到这首诗这种近于阴暗的心理和情绪,并不能算是完全正确地把握了它的意蕴内涵。

我之所以把《夜行者》放在与另外两首诗形成的一个单独的系统中来分析,就是因为孤立地看待这首诗,很难不令人感到它的消沉与冷漠；可是如放在这一小小的系统中，则可以看到它的底蕴之丰富。

一个诗人写诗，并非只是在一定的思想指导之下的有明确意识的行为。对于一个诗人来说，也许最重要的就是要使自己完全浸润在某种诗的氤氲之中。戴望舒自己曾在《诗论零札》中说过："诗应当将自己的情绪表现出来，而使人感到一种东西，诗本身就像是一个生物，不是无生物。"因此，表现一时的情绪感受，往往只能顾及那情绪的真切生动和深刻细腻，无法兼顾其他方面的"求全责备"。一个诗人如果下笔之初，前思后虑，恐怕是很难写出真正打动人心之作的。像这首《夜行者》的最后一节诗：

> 夜行者是最古怪的人。
> 你看他走在黑夜里，
> 戴着黑色的毡帽，
> 迈着夜一样静的步子。

人们读这样的诗，根本无法去顾及这里面传达的究竟是否是正确的观念，而只是感到那情绪和意境的和谐与协调。在这里，"黑夜""黑色的毡帽"和"夜一样静的步子"，完全溶化交融成一幅幽深静寂的画面，使人只是感到了它那水墨画一般的清雅情致，诗一般优美的内在韵律。当人们从社会学的角度加以审视时，也许你可以指出其"孤独者"的不足之处，但是只要不是怀有偏见或故意歪曲，你就不会简单化地对待这种现象。特别是把这种单篇与诗人的整体形象结合在一起来加以全面考察时，就不会得出诸如"消极颓废"之类的结论了。当我们具体地阅读这首诗时，我们只是想到了它的感情联想上的真实，它所提供的想象画面是可以接受的，它的感情态度是真诚的和令人为之动心的。有了这些条件就够了，我们不必再苛求其他。如果读李煜的词而处处想到他的荒唐无能，是亡国之君，哪里还有艺术欣赏的情致呢？更何况戴望舒即使在感情苦闷和孤独时，他的内心深处仍然是怀着一腔对人生世事的热情关注的呢？

唯其如此，他才在后来又写出了若干脍炙人口的诗篇。《寻梦者》便是其中之一。

即使不把这首诗当做前两首诗的一种发展来看，它也是优秀之作。但是如果用"系统"的眼光来看它，则似乎更显出它的价值的光辉。

当诗人以"单恋者"和"夜行者"的身份走过了一段人

生道路之后,他已经从追求摸索和彷徨苦闷的阶段跨入了执着踏实地寻求人生真谛的阶段。这时候的诗人,已经品尝了各种人生滋味而体验到生命的价值之所在。他以"寻梦者"自勉自励,不回绝"梦"的严酷与虚幻,不忌讳人生短暂的客观规律。诗人从诗的开始便清醒地写出了"梦会开出花来的"这一有点近于冷峻的前提,"人生若梦"是古圣哲们早已悟透的生命哲学。用浅薄的乐观主义来批判这一命题是无济于事的,问题在于如何看待这人生之梦。把"梦"当成及时行乐和荒淫无度,是一种人生态度,把"梦"作为严肃的追求和奉献也是一种人生态度。所以戴望舒的"寻梦者"的梦,不在于他把人生追求当作了一场"梦",而在于他把这个"梦"看成是很严肃很有价值的。"去求无价的珍宝吧",在大海里"深藏着金色的贝一枚"。为了求得这无价的珍宝和金色的贝,需要一种耐心,一种毅力,一种刻苦磨炼的精神:

> 你去攀九年的冰山吧,
> 你去航九年的旱海吧,
> 然后你逢到那金色的贝。

为了达到这种人生境界，企及这种追求目标，那"梦"中之花会"在一个暗夜里开绽"的，可是：

> 当你鬓发斑斑了的时候，
> 当你眼睛朦胧了的时候，
> 金色的贝吐出桃色的珠。

当"一个梦静静地升上来了"之际，也就是"你已衰老了的时候"。这一严酷的事实并没有阻止诗人作为"寻梦者"的不懈追求，也没有使世代的"寻梦者"因之而颓然却步，这正是人类生命现象的伟大和崇高之处。

作为一个极有才华而又历经生活坎坷的诗人，戴望舒始终是一个真诚的追求者。在这三首诗当中所表现出来的心灵历程，我们不妨以之概括他人生的三个阶段。最初他作为痴迷的"单恋者"而痛苦，以后又在漫漫长夜中孤独地成为"夜行者"，但最终他还是一个执着的"寻梦者"。诗人的这种坦诚的自我表现，使他成为"五四"以来少有的优秀诗人之一。我们阅读他的这些诗篇，可以说达到了一种与他心灵沟通的境界。即使他的某些感情经历印上了那个时代难以避免的暗灰色，但我们不正是可以透过他的感情世界而触及和切入一个时代和社会的深层肌理吗?

最后似乎还应当特别提及,这三首诗相当典型地体现了戴望舒的诗风。他的这些诗,不但保留了象征派诗的一些艺术特长,而且克服了他早年那种过于追求格律音韵的倾向,也摆脱了那种旧诗词中所流露出的士大夫气息。这些诗,完全以平易的口语和自然的节律表现着所谓"现代派"的自由诗风。我们不难看出,这些诗在意象表现上既不纯然直露,也没有李金发那种晦涩艰奥。它的意象有着某种程度的朦胧,保持适度的张力,使读者能施展自己的想象力,从而增加了它的诗美魅力。更重要的是,我们从这些诗中的确比较深切地感受到一种所谓"现代人的情绪"的渗透与跃动,感到它们是富有生命的诗。每一个时代的诗人都会从他所生活的社会中寻求到自己感情和情绪的喷射口,而戴望舒则是在人生普遍的感情和情绪经历的纵向发展上,在各个阶段的不同坐标点上找到了这种喷射口,从而完成其艺术创作的最佳选择的。这三首诗所体现出的对人生三种意味的表现所具有的普遍性和永恒性,使得这些诗具有了长远的艺术魅力。它们是可以随着人们在不同的人生阶段上而结成精神伴侣,作为精致的艺术品而供人品味的。

浓化不开的愁怨　永无尽头的雨巷

《雨巷》意象的映衬性解读

杨　朴

作者介绍

杨朴,1952生,吉林师范大学文学院院长,兼东北文化研究院院长,文艺学硕士生导师。

推荐词

《雨巷》解读的歧义多多,矛盾多多,困惑多多,争论多多,就在于人们忽视了《雨巷》意象的相互映衬性。而《雨巷》的相互映衬性正是《雨巷》意义表现的独特形式。

五种意象的互相映衬

同样是以意象表现情感的诗,表现的方法却是有很大不同的。有些诗是以一种独立的意象表现情感的,有些诗是以多种意象的叠加表现情感的,有些诗却是以多种意象的相互映衬表现情感的。以一种独立的意象和意象的叠加表现情感的诗,相对来说比较好理解些,而那些以多种意象的相互映衬表现情感的诗解读起来就困难得多。有些诗的奥妙之处就在于它运用了多种意象,但它的意义并不是多种意象象征意义的相加,而是以多种意象的相互映衬激发出新的意义。对这类诗的解读就应该充分注意到它的多种意象的相互映衬性,而不能孤立地或多种意象象征意义相加式地解读。《雨巷》解读的歧义多多,矛盾多多,困惑多多,争论多多,就在于人们忽视了《雨巷》意象的相互映衬性。而《雨巷》的相互映衬性正是《雨巷》意义表现的独特形式。忽视了《雨巷》这种相互映衬性的独特表现形式,也就从根本上误解了《雨巷》的独特意义。以往的研究之所以很难逼近《雨巷》的本意,就在于或者是把某种意象从《雨巷》的整体中孤立出来解释,或者是对《雨巷》的几种意象进行分别的解释,或者是虽然注意到了《雨巷》几种意象的联系但并没有做到映衬性的深入分析。忽视了把意象结合起来分析的整体性解读方法,自然不能做到对《雨巷》深入的阐释。诗即意象,诗人要表达的情感是由诗人创造的意象表现出来的。但是,意象不是自己孤立地在起作用,而是在相互映衬中起作用。伟大的批评家弗莱说:"诗的意象不是在陈述什么,而是通过互相映衬,暗示或唤起所要表达的情绪";"文学批评家研究诗歌,依靠一种整体观,认为我们面前的这首诗是一个整体,其中每个细节必须通过它与该整体的关系方可获得解释""假若没有这一假设,批评家的理解就会失去方向"。意象的互相映衬会激发出新的意义,因而,对一首诗意蕴的阐发就应该以诗的意象互相映衬为最基本的方法。意象的映衬就是意象的关联,意象的关联就是意象间的相互作用;前一个意象作用于后一个意象,而后一个意象又作用于前一个意象;这种意象的映衬关系在很大程度上改变了意象的独立意义而映衬出新的意义；正是诗的意象映衬（关联）形成了诗的整体形式结构，而诗的意义正是由诗的整体形式结构生发出来的。意象的映衬方式主要有以下几种：一种是个别诗句在诗的整体结构形式的映衬下改变了它的独立意义。比如《长恨歌》，某些单独看来是对唐明皇讽刺的意象，却在《长恨歌》爱情悲剧的整体结构中变成了对爱情美好的描绘。第二种是中间意象在前后意象的映衬下会获得新的解释。如"小桥，流水，人家"，单独看是很美的意象，表现的是世外桃源的自然和谐宁静，然而，在前面的"枯藤，老树，昏鸦"和后面的"古道，西风，瘦马""断肠人在天涯"意象的映衬下，就被涂抹上了和这些意象相一致的色彩，成为枯索、破败和荒凉的意象表现，而表达的情感则是寂寥、悲凉和日暮途穷的感受而并非对世外桃源的欣赏。第三种是多重意象在一个中心意象或原型性象征意象的破译下获得更深刻的解释。在一首诗中，有多种意象，有些意象的意味是明确的好理解的，而有些意象的意味则是暧昧的难以理解的。对这样的诗就要抓住中心意象或原型性的象征意象，那些意象的暧昧意义就会被照亮。我以为，《雨巷》就可以这种方法来解释。

《雨巷》有五种基本意象:"我""撑着油纸伞,独自/彷徨在悠长,悠长/又寂寥的雨巷"的意象;"一个丁香一样地结着愁怨的姑娘"的意象;"在雨的哀曲里",消失了丁香一样姑娘的意象;其实还有两种被忽略了的而又应该着重解释的意象,那就是"丁香"和"雨巷"的意象。而丁香和雨巷意象恰恰是理解《雨巷》最重要的象征。但《雨巷》的意义并不是这五种意象意义的相加,而是这五种意象的相互映衬。如果是单独解释这五种意象,就不能解读出《雨巷》的真正意义。

"我""撑着油纸伞,独自/彷徨在悠长,悠长/又寂寥的雨巷"的意象,单独看来表现的当然是"我"也就是诗人孤独、忧郁、伤感、寂寞、悲凉、忧愁、苦闷、失落的情绪。

"丁香一样地/结着愁怨的姑娘"的这个意象,当然可以看成是表现"姑娘"的颜色、芬芳及忧愁、哀怨和彷徨。

"在雨的哀曲里"消失了丁香一样姑娘的意象,是理想消失的象征的解释也并非说不通。

"丁香"被看做是一种有意味的意象是合理的,人们用李商隐的"芭蕉不展丁香结,同向春风各自愁"(《代赠》）和李璟的"丁香空结雨中愁"（《浣溪沙》）来解释丁香的象征意义，应该说是说明了丁香意象的独立意义的。

"雨巷"被说成是黑暗社会的象征自然是荒谬的，然而把"雨巷"说成是诗人孤独寂寞情绪的象征也失之于简单和笼统。

"雨巷"的意象是《雨巷》最重要的象征，但长期以来"雨巷"在《雨巷》中的整体意象并没有获得必要的解释。"雨巷"的意象得不到准确的解释，也就不可能解释清楚"我"独自彷徨在"雨巷"意象的象征意义。而解读《雨巷》不解释"雨巷"的象征意义，就根本不可能使《雨巷》获得真正的解释。

对这几种意象做这样的解释表面看来是不错的。但问题在于：这种孤立地解释每种意象的结果也必然导致孤立地解释每种意象的象征意义；把五种意象孤立起来而没有相互映衬的象征意义的生发就使《雨巷》失去了整体性的把握；从而也必然使《雨巷》意义的探寻"失去了方向"，不可能获得《雨巷》的本来象征意义。

《雨巷》意象的解释应该是相互映衬的。既应该把孤独寂寞的"我"的意象和结着愁怨的"丁香"的意象互相映衬起来，又应该把丁香和结着愁怨的忧愁哀怨彷徨的姑娘的意象映衬起来，还应该把孤独寂寞的"我"和"结着愁怨的姑娘"映衬起来，更应该把独自彷徨的"我"和"悠长又悠长"的"雨巷"映衬起来。这样映衬性的解释就会使单独看来的意象及其意义生发出新的完全不同的意义：无论是"我"的独自撑着油纸伞彷徨在雨巷的意象，还是丁香的象征及其丁香一样结着愁怨的姑娘，抑或是悠长悠长而又寂寥的雨巷的意象，其实都是诗人愁怨和渴望愁怨化解但最终愁怨并没有化解的情感象征符号。

诗人"撑着油纸伞，独自彷徨在悠长、悠长又寂寥的雨巷"的意象，单独看来表现的是孤独寂寞伤感凄凉的情绪，但在"丁香"意象的映衬作用下却改变了原来的意义，成了"愁怨"的情感表现。诗人独自彷徨在悠长寂寥的雨巷其实不是孤寂而是"愁怨"情感的意象象征。诗人之所以渴望逢见丁香一样结着愁怨的姑娘，是诗人本身情感愁怨的对象化表现，是诗人本身就结着愁怨，因而他就一方面想找到一种天然的象征符号使他愁怨的情感得到对象化、客观化、形式化的表现，一方面又渴望逢见和他一样结着愁怨的姑娘来化解他的愁怨。《雨巷》的奥妙之处就在于，诗人不仅没有表现出"愁怨"的情感概念，也没有单独运用丁香的意象，而是把丁香和姑娘作为一个统一的意象来运用，这就造成了解读的难题。其实，丁香一样结着愁怨的姑娘的意象是具有双重象征意蕴的：既象征着诗人难以言说的愁怨，又象征着诗人苦苦的热烈渴念。丁香一样结着愁怨的姑娘既是诗人愁怨情结的原型象征，又是诗人理想恋人即阿尼玛的原型象征。

《雨巷》诗虽然"雨巷"意象是最重要的象征，但理解"丁香"意象的象征意义却是关键，"雨巷"及其他意象正是在丁香意象的映衬下才显示出更深刻的意义。

诗人是在丁香意象上象征了自己"愁怨"情结的。在中国文化传统中，丁香是愁怨和苦闷情感的象征符号。丁香的特别是雨中紫色的因而显得特别沉郁凝重苦涩（紫色带来苦味是通感作用的结果）的千百结的"结"就成为人们情感郁结、愁结、苦结、怨结的天然符号。李璟的"丁香空结雨中愁"是以丁香之结表现人的情感之结的原型性象征。戴望舒就是在这一原型传统的基础上运用丁香的象征符号的。因而，丁香愁怨的原型象征意义必然成为《雨巷》意象表现的意义。诗人是把他的难以言说的愁怨情结客观化到丁香的意象中去了。毫无疑问，丁香的"结"是诗人"情结"的象征。"情结"是由于情感受到重大创伤而产生的重要心理现象，情结对人的思想感情和行为有一种极大的持续性的支配作用。诗人的情结既是他情感的郁结，又是诗人极力渴望解开的结，然而又是诗人难以解开或根本不能解开的结。这是一种情感受到严重阻碍形成的愁怨情结。诗人以全部的生命热情去追求他的爱，但他的热烈追求并没有获得他渴望的呼应，他的美的追求破灭了，他的爱情失败了，他的理想落空了，但他又不能放弃这种爱情，因此愁怨的情结便渐渐地形成了。诗人希望逢着一个"丁香"一样结着愁怨的姑娘，是诗人内心当中的情感——对美的理想追求不能实现的失望、失落和失败所形成的愁怨情结对象化到丁香的意象上去了。因而，"撑着油纸伞，独自／彷徨在悠长，悠长／又寂寥的雨巷"，就不只是"冷漠，凄清，又惆怅"的情绪表现，而是愁怨情结的象征。

诗人"撑着油纸伞，独自彷徨在悠长、悠长又寂寥的雨巷"说到底是诗人愁怨情感的表现。诗人为他愁怨的情感找到了一种十分恰切的形式符号，使这种形式符号成为他情感的象征，而不是情感的概念性表现，这就体现了诗的真正艺术创造。苏珊·朗格曾深刻地阐述过真正艺术创造的秘密:"艺术品是将情感呈现出来供人观赏的,是由情感转化成的可见的或可听的形式。它是运用符号的方式把情感转化成诉诸人的知觉的东西,而不是一种征兆性的东西或是一种诉诸推理能力的东西。艺术形式与我们的感觉、理智和情感生活所具有的动态形式是同构的形式""艺术品也就是情感的形式或是能够将内在情感系统地呈现出来供我们认识的形式"。《雨巷》的艺术性就在这里:诗人为他愁怨的情结找到了丁香的同构性的形式。这是诗人的巧妙创造,然而,这种巧妙创造恰恰被我们给遗憾地忽略掉了。

诗人还在丁香一样结着愁怨的姑娘意象上象征了他内心中的阿尼玛原型。"丁香一样结着愁怨的姑娘",是由丁香和姑娘两个意象构成的一个更富于新的象征意义的意象。诗人想表现的是,他所渴望逢见的那个姑娘也应该是像他一样地结着丁香式的愁怨"情结"。在诗人的诗的符号形式中,丁香结同样是姑娘愁怨情结的象征。在诗人看来,准确地说,在诗人的愿望里,他所渴望遇见的那个姑娘,之所以是像丁香一样地结着愁怨,就因为她也有着愁怨的"情结"。丁香姑娘的愁怨"情结"和"我"的"情结"是一样的。"她彷徨在这寂寥的雨巷/撑着油纸伞/像我一样,/像我一样地/默默彳亍着/冷漠,凄清,又惆怅"。这个情结也是由于情感愿望被压抑得不能实现所造成的。丁香姑娘既然结着愁怨,她也就应该像"我"一样,渴望着愁怨的化解。诗人的愁怨究竟是一种什么样的愁怨呢?诗人渴望着逢见丁香一样结着愁怨的姑娘,是诗人渴望愁怨的化解;姑娘也结着丁香一样的愁怨,姑娘也就渴望着愁怨化解愁怨。如果我们把结着丁香一样愁怨的姑娘的意象同样看做是诗人内心情感的外化符号,丁香姑娘就是诗人渴望理解、渴望沟通、渴望同情、渴望慰藉、渴望爱恋的象征,而并不是真的要遇见那样一个姑娘的真实描写,就会理解、渴望逢见丁香一样结着愁怨的姑娘,实在是诗人的愁怨渴望爱的化解的情感表现。那愁怨是由于痴情的情感渴望痴情的爱恋而不能造成的。我之所以这样认为,那是因为,诗人渴望遇见的是结着愁怨的丁香一样姑娘的意象所规定的。诗人的愁怨要丁香一样的姑娘来化解,就只能理解成愁怨是由痴情的爱恋失败所造成的,而这种痴情爱恋失败的愁怨也就只能由爱的慰藉来化解。因而,愁怨渴望愁怨来化解其实就是痴情的情感渴望痴情的爱恋来化解。"丁香一样地结着愁怨的姑娘"是诗人渴望理解、同情和爱恋的形式符号,是诗人内心阿尼玛原型的另一种转换象征,是那种热烈真挚的恋人转换符号。它仍然是诗人"以确定的客观的形式和形象对主观的冲动和激动情状的表象"。在诗人的内心中,既有阿尼玛恋人的原型,又有愁怨情结和渴望愁怨情结化解的愿望,而这些复杂的内心情感形式是不可描述的,诗人只能创造一种象征性的意象,去表现他的恋人原型、他的愁怨情结和他的渴望化解愁怨情结的愿望。丁香姑娘就是这种复杂情感的象征性意象。诗人内心的阿尼玛原型即理想的恋人形象原本不是丁香一样结着愁怨的姑娘的形象,诗人之所以描绘成了丁香一样结着愁怨的姑娘的形象,那是因为,诗人所热烈追求的阿尼玛原型并没有获得阿尼玛原型形象的响应,诗人因而陷入了深深的愁怨情绪之中。诗人希望逢见丁香一样结着愁怨的姑娘,实际是诗人把他内心的阿尼玛原型转换成了丁香一样结着愁怨的姑娘。诗人渴望逢见丁香一样结着愁怨的姑娘,是渴望他的阿尼玛原型与他同病相怜、同声相应、同气相求。实际是渴望他所爱恋的对象与他相"同"。相"同"就是相通,就是相和,相通相和就是相爱。诗人之所以渴望相"同",是因为他所爱恋的对象与他"不同"之故。不同就是不通、不和,不通不和就是不爱。正是这不同、不通、不和、不爱才造成了他与恋人的难以跨越的"隔"。也正是这难以跨越的"隔"才形成了诗人苦闷、沉郁和凝重的愁怨情结。

梦幻的彻底破灭

诗人所表现的"情结"是一种爱的追求失败的"愁",是爱的希望的失望的"愁",这是一种情愁,一种除了情爱任何东西都不能化解的"愁";诗人所表现的"情结"是爱的追求不能获得的"怨"。一种爱的没能满足的怨,这是一种情怨,一种除了爱任何东西都不能解除的怨。这种愁怨的情结是诗人内心郁结的凝重的难以化解的情感。但是,诗人还是执着地、热烈地希望着他的爱,渴望着他的爱,眷恋着他的爱,渴望着那他渴望着的爱来化解他爱的失落的愁怨。诗人正是带着这种"愁怨"的情结走在雨巷中的,诗人正是被这种"愁怨"的情结的情绪笼罩着走在雨巷中的,诗人正是在这种"愁怨"的苦闷的精神煎熬中走在雨巷中的。然而,诗人还是带着梦幻般的希望走在雨巷中的。

诗人用自己整个的生命去追求他的所爱,为了他的爱,他燃烧着自己。他把这种爱的追求视为对理想的追求,对至美至纯至上的追求,对生命意义的追求。这种追求可以用另外一个诗人的爱情追求来加以说明——那就是徐志摩。徐志摩把他全部的人生理想都转化为他对爱的追求,他以全部的心爱他所爱的人,也希望他所爱的人以全部的心爱他。诗人的爱都是相同的:超越现实的浪漫而又烈火燃烧般的炽烈。但是,同徐志摩不一样的是,徐志摩还有过刻骨铭心梦牵魂绕永世不忘的爱,戴望舒(写这首诗时)以全部生命的爱却落空了。《雨巷》不是像"康桥"那样眷恋他过去的爱,他从来就没有获得那样的爱,而是抒发和宣泄他爱的不能实现的深深愁怨,并做着爱情失落的愁怨得以化解的梦。诗人带着他深深的愁怨走在寂寥而又狭长的雨巷里,并不是只耽于他精神的苦闷和愁怨,也不是表现他希望的绝望,诗人还带着他的梦幻,他的梦幻还表现了诗人执拗地仍然渴望有一位丁香一样的姑娘出现,来化解他的爱的愁怨,使他走出那狭长的情感雨巷。"我希望逢着/一个丁香一样地/结着愁怨的姑娘",就是诗人苦苦的渴念,殷殷的企盼,绝望中的希望。她有着"丁香一样的颜色,/丁香一样的芬芳,/丁香一样的忧愁""她静默地走近/走近,又投出/太息一般的眼光,/她飘过/像梦一般地/像梦一般地凄婉迷茫""丁香一样的"是诗人渴望恋爱对象的美丽;"丁香一样的忧郁"是诗人渴望恋爱对象对他愁怨深深的理解和同情;"投出太息一般的目光","飘过""像梦一般地凄婉迷茫",是诗人渴望恋爱对象对他愁怨深深的怜悯和怜爱。

但那只是诗人苦苦渴念的一个想象、一个幻想、一个白日梦。他是多么渴望有那么一位姑娘即他所恋爱的对象出现在他的面前,来安慰他焦渴的心灵,来抚平他心灵深深的创伤,来化解他的凝重的愁怨呵。然而,"像梦中飘过/一枝丁香地/我身旁飘过这女郎;/她静默地远了,远了/到了颓圮的篱墙,/走尽这雨巷"。他所幻想的姑娘并没有来到他的身旁,他焦渴的心灵并没有得到慰藉,他深深的愁怨并没有得到化解。"在雨的哀曲里/消了她的颜色,散了她的芬芳/消散了,甚至她的/太息般的眼光,/丁香般的惆怅"。在雨巷里,一切都消失了,姑娘的美丽和芬芳,姑娘对他愁怨深深的理解和同情。诗人怀着深深的愁怨走进这雨巷,在深深的愁怨中他还怀着梦幻般的希望。然而,那只是诗人一厢情愿的梦幻而已,最终连这梦幻也破灭了。那位姑娘飘然而逝——没有人来爱他,他没得到他所渴望的爱,诗人的愁怨最终还是没能化解。

这一切都发生在诗人的内心之中,对美和对理想的追求失败了，他陷在了不可自拔的孤独忧郁凄凉的情感之中；他渴望他所恋爱的人能够以他一样的愁怨理解他的愁怨，以爱心来理解安慰和化解他的孤独和愁怨；但是，他的渴望还是落空了，"丁香空结雨中愁"，那确实是孤独寂寞凄凉和愁怨的。然而，丁香的"愁结"终究会被春雨和春风所化解，那个愁怨的结终究会绽放出鲜艳的花蕾和灿烂的花朵。但是，在诗人的内心，那个丁香一样的愁结是永远也化不开的结，永远的结，凝固的结，绝望的结。他的丁香一样的愁结并不能解开。在诗人的内心，那雨一直在飘着，那丁香一直在结着愁怨的结，那丁香一样结着愁怨的姑娘一直也没有出现，而那长长的雨巷一直也不能走到它的尽头。其实，这首《雨巷》是诗人丧失美、丧失爱、丧失理想的绝望情绪的表达。诗人所写的是象征诗，他的孤独寂寞和愁怨的情感不能直说，而必须用意象来象征。诗人是将他失恋的愁怨和愁怨中强烈渴望同情和爱恋以及愁怨渴望化解的失败的情感转化为一种意象形式，这意象形式就成为他情感的象征。对诗人的意象不能作叙述性的理解，诗人从不叙述什么，而只是为他的情感找到或创造一种"同构"物，因为诗人的内在情感在现成的语言中找不到合适的词汇去表达，就只能以语言去描绘出一种和情感形式相似的外在事物,以外在事物的形式结构表现内在情感的形式结构。这种外在的事物就成为内在情感的象征或隐喻的符号。苏珊·朗格说:"隐喻的原理,也就是指说的是一件事物而暗指的又是另一件事物,并希望别人也从这种表达中领悟到是指另一件事物的原理。"诗即意象,诗即隐喻,诗即符号。因而,解读诗或破译诗的形式意味就必须从诗的意象隐喻符号开始。问题的复杂性还在于,解读诗不仅要注意到诗的隐喻象征符号,还要注意到它的意象的相互映衬,它的整体,它的统一结构。因为,只有这意象相互映衬形成的整体的统一结构——才是外在事物的整体结构形式;而只有外在事物的整体结构形式才能准确地表现内在情感的形式结构;如果把外在事物的统一结构肢解了,孤立地去解释某个单独的意象,就不可能获得对诗人表现的内在情感形式结构的整体把握。

《雨巷》表达的愁怨不仅是诗人个人的情感,还是人类情感的一个永恒的主题。《诗经》中的《蒹葭》就是愁怨情感原型性的表达。"所谓伊人,在水一方",那是因为"道阻且长"和"宛在水中央"。"道"和"水"是相爱的难以超越或根本不可超越的阻隔力量,因而,爱无论多么强烈、多么刻骨铭心、多么神圣美好都是无法实现的。爱是永恒的,而阻隔爱的力量也是永恒的。人类愁怨的情感也便是永恒的。爱无法实现,人便陷在了绵绵不尽的想极力解脱又不可解脱的深深的愁怨情绪之中。愁怨是人类的一个原型性"情结"。从古至今,有数不清的诗篇在表达这种愁怨的"情结"。《长恨歌》《钗头凤》《孔雀东南飞》等是表现这种愁怨原型的最伟大的诗篇。然而,《雨巷》虽然表达的也是愁怨,但与《蒹葭》等又是有所不同的。《雨巷》表达的爱的不能实现的愁怨,不是因为"道"和"水"的外在势力的阻隔力量,而是诗人用燃烧着整个生命的烈火去追求他的恋爱对象但并没有获得他恋爱对象应有的呼应的"阻隔"。这是爱的另外一种阻隔力量。这种阻隔力量更是无法超越和战胜的。《蒹葭》等所表现的阻隔,因为有心灵的相通,人们还可以想象以各种"桥"的形式,跨越"水"的阻隔,实现被压抑愿望的想象满足,比如"鹊桥",它就使天上人间之隔的"天河"得以沟通,从而使相爱的牛郎和织女得以相爱。而爱的追求没有获得爱的对象呼应的阻隔,因为没有心灵的相通,是没有任何桥可以沟通的。尽管,戴望舒想象了"我希望飘过/一个丁香一样地/结着愁怨的姑娘"

来化解他爱的不能实现的愁怨,虽然她"像梦一般地凄婉迷茫",但终究她还是"消了她的颜色,散了她的芬芳,消散了,甚至她的/太息般的眼光,/丁香般的惆怅"。心灵的不能沟通,爱的任何努力都是徒劳的、枉费心机的;而爱的不能放弃,就会陷在永无穷尽永远也不能解脱的愁怨里。

《雨巷》的意象表现了人的另一种愁怨情感。这是一种完全不同于《蒹葭》《长恨歌》等诗篇所表达的愁怨。它是以一种新的形式对人的情感的一种新的发现和新的表现。正是因为理解了这一点,我们才真正地懂得了为什么一些人们在吟诵这首诗的时候,止不住泪水涟涟的秘密。那是因为《雨巷》替他们宣泄了他们内心深处郁结的凝重而又绵绵不尽的愁怨。

丁香不展之结的意象是诗人苦闷、沉郁和凝重的愁怨情结的象征。在丁香意象的映衬下,"雨巷"——那悠长、悠长又寂寥的雨巷——诗人撑着油纸伞独自彷徨在这雨巷;在这雨巷的彷徨里,诗人又渴望逢见丁香一样结着愁怨的姑娘;但那个姑娘最终并没有出现;诗人还是独自彷徨在悠长、悠长而又寂寥的雨巷——这雨巷实在是诗人愁怨情结的意象象征。诗人是把他渴望化解、难以化解、没能化解的愁怨情结对象化到了雨巷的意象上。雨巷是诗人内心愁怨情感的外化表现。诗人内在的主观的愁怨情感在雨巷的意象上得到了外在的客观化的形式呈现。诗人苦闷、沉郁和凝重的愁怨情感是像雨巷那样悠长、悠长而又永无尽头。雨巷的意象,恰如"一江春水向东流"的意象对愁绪的表达一样,是"有意味的形式"。

灵光一闪中的失落感

徐志摩《偶然》赏析

费 勇

作者介绍

费勇,1965年生,1984年获浙江师范大学学士学位,1987年获吉林大学硕士学位,1997年获暨南大学中国文学专业文学博士学位。

推荐词

这首诗的意象已超越了它自身。我们完全可以把此诗看做是人生的感叹曲。人生的路途上,有着多少偶然的交会,又有多少美好的东西,仅仅是偶然的交会,久不重复。

我是天空的一片云,

偶尔投影在你的波心——

你不必讶异,

更无须欢喜——

在转瞬间消灭了踪影。

你我相逢在黑夜的海上,

你有你的,我有我的,方向,

你记得也好,

最好你忘掉,

在这交会时互放的光亮!

  徐志摩这首《偶然》,很可能仅仅是一首情诗,是写给一位偶然相爱一场而后又天各一方的情人的。不过,这首诗的意象已超越了它自身。我们完全可以把此诗看做是人生的感叹曲。人生的路途上,有着多少偶然的交会,又有多少美好的东西,仅仅是偶然的交会,久不重复。无论是缠绵的亲情,还是动人的友谊,无论是伟大的母爱,还是纯真的童心,无论是大街上会心的一笑,还是旅途中倾心的三言两语,都往往是昙花一现,了无踪影。那些消逝了的美,那些消逝的爱,又有多少能够重新降临。时间的魔鬼带走了一切。对于天空中的云影偶尔闪现在波心,实在是"不必讶异,更无须欢喜"。更何况在人生茫茫无边的大海上,心与心之间有时即使跋涉无穷的时日,也无法到达彼岸。每一个人都有每一个人的方向,我们偶然地相遇,又将匆匆地分离,永无再见的希望。那些相遇时互放的"光亮",那些相遇时互相倾注的情意,"记得也好,最好是忘掉"。

诗人领悟到了人生中许多"美"与"爱"的消逝,抒写了一种人生的失落感。这就是这首诗深含的人生奥义与意蕴。

诗人的感情是节制的,情态是潇洒的。把最难以割舍、最可珍贵的东西消逝后,而生发的失落感,用了貌似轻淡,貌似不经意的语调予以表现,使这首诗不仅在外观上,达到了和谐的美,更在内在的诗情上,特别地具有一种典雅的美。诗的上下两段中的中间两句，"你不必讶异，更无须欢喜"与"你记得也好，最好你忘掉"，蕴含了非常曲折的心态，非常细腻入微的情意。一方面，有克里丝蒂娜·罗塞提在《记住我》中所写的"我情愿你忘记而面露笑容，也不愿你记住而愁容戚戚"之韵味；另一方面，也可体会到一种在命运面前无可奈何的、故作达观的苦涩情调。这两个方面，构成了一个立体的、模糊的审美体，不断地思索、体会，不同侧面的观赏、玩味，都会有新鲜的感悟，显示了相当典雅的情趣。

徐志摩在这样短短的小诗中，用了那么单纯的意境，那么严谨的格式，那么简明的旋律，点化出一个朦胧而晶莹、小巧而无垠的世界。我们漫步在这个世界之中，生发出多少人生的慨叹，多少往事的追怀，多少爱情的回味……但，并不如泣如诉，更不呼天抢地。我们只是缓缓而有点沉重地漫步，偶尔抬头仰望，透过葡萄架或深蓝的云彩，恰有一颗流星飞逝而过，我们的心中，升起了缕缕的悲哀。但仍然漫步，那缓缓而又有点沉重的足音，如一个"永恒"，驻留在夜的天空。

显然，徐志摩虽然喜欢英国19世纪的浪漫派诗人，如雪莱,却未曾学会他们直抒胸臆的抒情方式,他在追求曲折的美,典雅的美。在这儿,他把那种失落感高度净化,又以高度艺术的手段写出。正是这一点,使我们想起了英国维多利亚时代的诗人,想起了克里丝蒂娜·罗塞提的《歌》。克里丝蒂娜·罗塞提是维多利亚时代的先拉斐尔派传人。她的诗朴实、哀婉、清新,曾被人誉为"在英国女诗人中名列第一位""她的歌唱得好像知更鸟,有时又像夜莺"。她以《歌》为名的诗不止一首,要拿来同《偶然》作比的是这样一首:

> 在我死后,亲爱的,
> 不要为我唱哀歌。
> 不要在我头边种蔷薇,
> 也不要栽翠柏。
> 让青草把我覆盖,
> 再洒上雨珠露滴;
> 你愿记得就记得,
> 你愿忘记就忘记。
> 我不再看到荫影,

我不再感到雨珠,

我不再听到夜莺

唱得如泣如诉。

我将在薄暮中做梦——

这薄暮不升也不降;

也许我将记得,

也许我将会相忘。

仅从外观上看,这诗同《偶然》几乎完全一样,都是整齐的两段。《歌》中的"你愿记得就记得,你愿忘记就忘记""也许我将记得,也许我将会相忘"与"你不必讶异,更无须欢喜""你记得也好,最好你忘掉"在审美心理上也大致是相似的。两首诗的表层信息,都用一种飘逸、潇洒的情调,着力传达一种作别时(一是"死别",一是"生离")欲忘不能而又故作达观的矛盾心态;而在深层信息中,却在抒写因离别而带来的人生失落感。但是,两首诗中失落感的情感内涵却是大不一样的。

《歌》,让人想见一个慵倦的少女躺在草地上,看着天上的流云,忽地对于人生发出莫名的惆怅与哀愁,假想自己死后——这本身就有点少年人的心态——的情形，她不要哀歌，不要蔷薇，不要翠柏，只要青草把她覆盖，"再洒上雨珠露滴"，她的情人"愿记得就记得，愿忘记就忘记"，她将在薄暮中做梦，那些过往的阴影、雨珠、夜莺，那些如幻的往事，她"也许将记得，也许将相忘"。她的情感中有悲伤，却依然轻快；有叹息，却依然憧憬。《偶然》呢，不失轻盈，不失飘逸，却总是掩饰不住现实的悲哀，情感深处隐伏着一丝淡淡的绝望。徐志摩对于美，对于爱，对于人生，并不是看得可有可无的，而是怀着深深的眷恋，执着的追寻，只是"美"与"爱"，都像天空中的云影，黑夜海上的光亮，在瞬间都无影无踪。他有憧憬，同时又无法摆脱一丝淡淡的绝望。"你记得也好，最好你忘掉"比"你愿记得就记得，你愿忘记就忘记"在语气上要重，单就语义来看，似乎更达观，更超脱。但在审美心理上，却并非如此，"最好你忘掉"，其实是最不能忘掉。没有一点超脱，没有一点可有可无。有的是现实的悲哀，是一个真实的人，执着于生活的人，执着于理想的人，在屡遭失意中唱出的歌。憧憬与绝望，悲哀与潇洒，奇妙地交织在一起，是一个纯诗人的哀感。他的潇洒与飘逸，也多半是他为了追求典雅的美，节制自己的感情而来的。克里丝蒂娜·罗塞提的死别是假想的,因死后而生发的失落感也是在假想之中。因此,她的失落感,以及她的寂寞心,仿佛是有心求得,有着一种"得道者"的自得,有点甘而乐之的自喜之感。她疏远着现世的人生,陶醉于自己的小世界,有着"自我欣赏"的快慰。徐志摩的失落感是无心求也无心得的,只不过他的感情比我们深厚,他的感觉比我们锐敏,所以能够在这么一瞬的别离之中感悟到了人生的失落感。他的诗所体现的,完全是一个纯粹诗人多情善感的气质。克里丝蒂娜·罗塞提与徐志摩对于人生都有点顿悟,但克里丝蒂娜·罗塞提的顿悟,是疏远现实、回避现实的"得道者"的顿悟,有点飘飘欲仙;徐志摩的顿悟,是执着于人生、追求人生的"落魄者"的顿悟,有点无可奈何。大概也就是因了此故,克里丝蒂娜写"死别",意象比较明朗,节奏比较舒缓,而徐志摩写瞬间的作别,意象却有点沉闷,节奏有点急促。

克里丝蒂娜·罗塞提的时代,正是英国资本主义繁荣的时期。她的痛苦,她的惆怅,来自于对于那些林立的烟囱、如麻的工厂……的厌倦,而去追慕往古的典雅,纯粹的美。她的痛苦是欲望充足的痛苦,她的惆怅带点精神的空虚感,但从不绝望。徐志摩处在一个贫困的国度最黑暗的年代,他满怀着"爱""美"的希望,在时代的夹缝中苦苦追寻着理想的光芒,但都如海滩上的鲜花,一朵朵在瞬间枯萎。他的痛苦,是欲望得不到满足的痛苦。他的歌喉,在"生活的阴影"逼迫下,最后变得喑哑、干涩。即使早期一些诗,如"我不知道风往哪一个方向吹"等,虽然那么轻柔,那么飘逸,但仔细体味,也无不让人感到一种淡淡的绝望感,如一条蜥蜴爬在他的深层情感中。写于1926年的《偶然》,也是一样,诗的深层信息中荡漾着淡淡的绝望,现实的悲哀。诗人无意于投身时代火热的斗争,也无意于表现所谓的"时代本质",但时代的苦难,也同样曲曲折折地映射在一个纯真的诗人的心灵深处。

有的研究者认为,徐志摩的《偶然》把"人与人之间的关系看得很飘忽、了无痕迹""把什么都看得很淡,都看成无足轻重,无可无不可,把火热的情怀与旺盛的生命,都化作轻烟"。这样的结论,不能说全错,但也不能说全对,因为这个结论是建立在研究者对《偶然》这首诗的表层信息的理会上的。而一首诗永久的魅力却来自于它的深层信息,《偶然》的深层信息传达了一种人生的失落感,这种失落感是飘逸的，也是轻淡的，但轻淡、飘逸的背后爬着一条蜥蜴——那就是淡淡的绝望、现实的悲哀。歌德说："象征把现象转化为一个感觉印象，把感觉印象转化为一个形象，结果是这样：感觉印象在形象中是永无止境的发挥作用而又不可捉摸，纵然用一切语言来表现它，它仍然是不可表现的。"《偶然》已经达到了这样的境界，它是诗人充溢着灵气的灵魂在瞬间弹出的心音，单纯的音符中回荡着悠长，典雅的美感中起伏着骚动，飘逸的情调中蕴藏着深邃……

妙在爱与非爱之间

从《沙扬娜拉》看徐志摩的诗艺启示

何希凡

作者介绍

何希凡,1958年生,四川省南部县人,毕业于四川师范学院。西华师范大学文学院教授、硕士生导师。主要研究方向为中国现当代小说文化与心理研究,承担"中国现代文学"和"中国现当代文学心理研究""鲁迅研究""中国现当代小说研究""中国现当代文学批评史"等课程教学。

推荐词

徐志摩的至交好友胡适先生曾对诗人"单纯信仰"的人生观有过知音之论:"这里面只有三个大字:一个是爱,一个是自由,一个是美。他梦想这三个理想的条件能够会合在一个人生里。"

一

提起徐志摩的诗,最能唤起人们记忆的恐怕仍然当属作于1928年10月的《再别康桥》,将近八十年的历史代谢,它在代代读者的执着传诵与深情吟唱中早已获得了与诗人共鸣的专利。然而,如果要人们举出一首可以随口完整吟出的诗,那么《再别康桥》无论如何也无法与徐志摩1924年5月陪同泰戈尔访日期间所写的小诗《沙扬娜拉》匹敌。也许人们难免要将其更多地归因于两首诗篇幅长短的差异,这自然也不无道理,但《沙扬娜拉》较之《再别康桥》更能成为读者完整记忆的原因绝非如此简单。早在20世纪30年代初,当"新月"同仁陈梦家将其收入《新月诗选》时,它就被公认为"新月"诗作中最简短也最脍炙人口的佳作。王富仁先生在论及他所认为的闻一多唯一一首"在诗的本身无可挑剔的诗"——《春寒》时曾指出:"但它的独创性还不是很明显,难与徐志摩的《沙扬娜拉》媲美。"他甚至还认为徐志摩的诗"艺术上最完美、最纯净的仍然要数他的这首《沙扬娜拉》,过去人们最称道的《再别康桥》,一旦与这首玲珑剔透的小诗放在一起,就感觉到有点矫情的味道了"。像这样能够超越读者对《再别康桥》几成定论的最高评价而对两首佳作重新作出明显的高下之判者似乎并不多见,但《沙扬娜拉》与《再别康桥》同为徐诗翘楚则早已是不争的事实。我今天重提这首已为人们耳熟能详的小诗,不仅是深感它与徐志摩最负盛名的《再别康桥》相比确有梅雪争春之势,而且更在于探索这样一首不足五十字的现代小诗何以能有恒久的艺术醇香被读者窖藏于美好的记忆之中,而又时时甜蜜地品咂:

> 最是那一低头的温柔,
> 像一朵水莲花不胜凉风的娇羞,
> 道一声珍重,道一声珍重,
> 那一声珍重里有蜜甜的忧愁——
> 沙扬娜拉!

二

徐志摩的至交好友胡适先生曾对诗人"单纯信仰"的人

生观有过知音之论："这里面只有三个大字：一个是爱，一个是自由，一个是美。他梦想这三个理想的条件能够会合在一个人生里，这是他的'单纯信仰'。他的一生的历史，只是他追求单纯信仰的实现的历史。"尽管诗人卞之琳曾特别强调在徐志摩驳杂的思想感情中"总还有三条积极的主线：爱祖国、反封建、讲'人道'"，但爱国、反封建、关心民间疾苦、批判现实社会的政治关怀并不妨碍像徐志摩这样灵活多变、对生活挥洒自如的知识分子对个人"单纯信仰"的追求。他恐怕是中国现代文人中最会享受生活、享受爱情、享受能够落到自己身上的幸福的人，尤其是在和女人的交往上，也最充分地实践了他所追求的爱、自由、美，"潇洒"一词恐怕是其人其诗最突出的彰显了。他一生交往的女人甚多，而张幼仪、林徽因、陆小曼则是最令人们熟悉的名字，但徐志摩却未能以与她们的情感交往写出较之《沙扬娜拉》更为完美纯净的诗来。我认为其中至为重要的原因即在于徐志摩交往的所有女人都不及《沙扬娜拉》中这位日本女郎这般特别：与张幼仪是在旧式的婚姻体验中明确走向无爱，与林徽因是在明知不能爱而又明白爱过之后只将真爱化作二人存于心底的默契，与陆小曼是在热烈而又大胆地爱过之后将其变成了婚姻的现实,而与诗中这位女郎的情感交流则既没有给我们以爱的确证,也同样没有给我们以非爱的确证,甚至至今是一桩无名的悬案。整首诗传递给我们的情感信息是再简单不过了:无非就是"道一声珍重",说一声"再见"(沙扬娜拉)。然而,我认为诗人正是在这爱与非爱之间发现了两性情感于瞬间显现出来的审美弹性和艺术张力,从而找到了诗歌情感表达的最佳切入口,并借此将有限的现实情爱空间拓展为无限的诗意表达空间,使简单的"道一声珍重",说一声"再见"蕴含着体味不尽的温情与娇柔。因此,当我们读着这首温暖而柔韧的小诗,如果还要一味地去追寻诗人到底是写给哪一位日本女郎,他们之间的交往究竟达到了何种程度,那就势必会破坏日本女郎温柔动人的美感呈现,也同时会破坏诗人沉醉缠绵的审美状态,从而使我们从诗的审美境界退回到非诗的现实境界。因为此时诗人正在向我们轻声地、不急不缓地传达出因告别才引发出来的两性间的那种有距离但又有点恋恋不舍,多少还显陌生而又有了心灵的颤动的微妙关系,一切已经有了点儿萌芽,而一切又还柔嫩得经不起强光照射和劲风吹拂,彼此的"悠然心会",其"妙处难与君说",此种情形,不说则难抑心动,说透则火候未至。在这言与不言之间,彼此都恰到好处地调控着极有可能的情感冲动,只将无限的柔情和依恋倾注于瞬间的告别,把简单而常见的外在仪式定格为美不胜收的永恒风景。

"最是那一低头的温柔,/像一朵水莲花不胜凉风的娇羞",诗人首先摄住了日本女郎"一低头"的美感,我们虽然难以具体把握她的年龄、体态和容颜,但"最是那"已传达出诗人的心动神驰,因"一低头"而愈益彰显的"温柔"已成为他最美好的记忆,而"像一朵水莲花不胜凉风的娇羞"则把"一低头的温柔"的美感体验作了具象化的延伸,从而让美有了色泽,有了质感,更有了鲜活无比的精神情态。"一低头的温柔"已足以令人心旌摇荡,而"水莲花不胜凉风的娇羞"更不是一般的友人告别可以领略到的风致。女人的"温柔"与"娇羞"是难以在自己的性别世界里产生特别的情感和美感效应的,而当她只将这一切尽情地展示给一个即将离她而去的异国男子时,一次并未言情示爱的寻常告别就融入了极不寻常的情感和美感内涵。因此,我们虽然缺乏对日本女郎身姿情态的具体把握,但我们触摸着诗歌婉曲的语言就像触摸着这个日本女郎曲线的身体,也触摸到她流淌的心河一样,我们于温暖的柔情中感到一点清纯的凉意,又在丝丝凉意中感到丝丝温暖,当然,我们也更真切地感到了诗人被激活的心和难以平息的心潮。然而,诗人没有让自己的心潮恣意翻腾,他没有忘记这仅仅是一次告别,所以他必须尊重日本女郎的告别方式,他更要用心来倾听她告别的叮咛:"道一声珍重,道一声珍重,/那一声珍重里有蜜甜的忧愁——/沙扬娜拉!"告别的语言把我们急剧膨胀的思绪重又唤回到告别的情境,然而,已然开张的心弦是难以回复到未及开张的状态的,如果仅仅是"道一声珍重",那其中也许还夹带着客套,而当她连声不断地叮咛,这"珍重"里就顿时有了无限的离绪和柔情,这使得诗人在这一声"珍重"的甜蜜体验中涌起一点忧愁,又在忧愁中品咂着一点甜蜜。但无论如何,告别终究是难免的,只是我们没有想到那体味不尽的温情和娇羞,甜蜜而忧愁的体贴,都融化在结尾飞扬而出的那声"沙扬娜拉"之中了。我想,倘若隐去了诗题,前四句所呈现的温柔缠绵而又轻灵飘逸的告别情景在传达两性交流的体验中应该具有很大的普适性,而结尾的这句"沙扬娜拉"虽与中国常用的告别语"再见"同义,但这不仅是徐诗一以贯之的出于对音调、音节、韵律等的用心,更在于它在极有可能的普泛性告别仪式中平添了余味无穷的异国风情，将我们于常态的告别经验中带到了极具新奇感的特殊审美视界，让我们不仅在记忆中定格了充满柔情的告别，更能掂量出其中蕴含的希望、寄托和期待！正如古人所谓的既有"藕断丝连"又有"异军突起"之感。

三

这首诗在整个徐诗乃至在中国现代诗歌中的特别之处首先在于诗人情感上的飘逸潇洒和审美表达上的从容节制。徐志摩既有"新月"同仁所共有的绅士风情，又有许多文人所不及的灵活多变、挥洒自如的才子气度，所以在他身上表现出来的既不是郭沫若的热烈疯狂，也不是闻一多的庄严沉重。这使他在与日本女郎的诗意告别中不但没有严肃到对蕴含其间的温柔与娇羞、甜蜜中的忧愁、忧愁中的甜蜜缺乏敏锐感知的地步，而且还引起了与日本女郎相同节律的情绪共振，但他又绝不会将情感放纵到郭沫若的《炉中煤》"我为我心爱的人儿燃到了这般模样"的狂热程度。正因为他在情绪上的张弛有度，才有了他在审美表达上的收放自如，从而将无限的温情与娇柔定格在爱与非爱之间。既没有刻意的情绪压制，也没有恣意的情绪放纵，而是在朦胧而"不隔"的境界中品尝微妙的心灵召唤,在适当的距离中感受难以言传的依依留恋,有类于《诗经·秦风》"蒹葭"篇中的隔水相望:美景当求而不至,佳人当望而不及。这就有效地避免了不少新月诗人乃至徐志摩本人的一些诗作中出于对韵律和色彩的过分追求造成了美的堆砌和情的失度夸张,并明显地有为诗而诗的嫌疑。

其次,这首现代白话诗也成功地实现了传统审美经验与现代文人情感体验的艺术整合。由于诗人与日本女郎的情感交流还处在爱与非爱、似与不似之间,所以徐志摩就竭力发挥朦胧、含蓄这些祖传美学秘方的现代效用,使这首小诗最大限度地吊足了深具传统审美经验的中国读者品诗、嚼诗的口味。然而,单凭中国古代格律诗的审美经验又不能充分实现两性吸引的现代情绪交流,诗人又充分利用现代白话语体的魅力,使简短而又舒展的诗句冲破了格律体可能形成的语言形式硬壳,有如溪水般自然而又温润地流进读者心田,从而焕发出一种只有新诗才具有的现代魅力。

最后还特别值得一提的是,徐志摩作《沙扬娜拉》原本为十八首形成的组诗,曾编入中华书局1925年版的《志摩的诗》,1928年8月新月书店重印时作者删去前十七首,仅留最末一首，题作《沙扬娜拉》（赠日本女郎）。这一事实在今天似乎已成了一般性常识，但我认为很多人并未关注这个常识所产生的重要意义。其实它绝不仅仅意味着诗人以少胜多的考虑，试读前十七首，凡写海上的朝阳、渔舟、墓园、急流以及极写日本少女的美丽与柔情等，无不意象清丽柔美、轻灵飘逸，连成组诗更有舒展畅达的流动感。因此，乍一读来，殊觉诗人删之未免可惜，但只要读至最后一首，便顿觉那十七首实在显得有些堆砌，所抒情感不仅因诗人的单向倾诉而缺乏彼此间的心灵互照，而且其情感内涵及力度已在一定程度上拆解了最后一首在爱与非爱之间的微妙互动，所以唯有最后一首才真正在瞬间的心灵颤动中富有审美弹性和艺术张力，才真正把有限的现实空间拓展为无限的诗意空间。就此意义而言，我认为徐志摩的删诗本身就是在写诗，是极富创造性的再度创作，他这一删不仅删出了诗人对既有创作深刻而富有灵性的自省，更删出了一首毫无杂质和矫情色彩的、也是最为纯净完美的现代新诗精品。

存在之思:非永恒性及其魅力

从整体上读解冯至的《十四行集》

张桃洲

作者介绍

张桃洲,1971年生于湖北天门,2000年12月在南京大学获文学博士学位,首都师范大学文学院教授、博士生导师。

推荐词

诗人对"生命的暂住"的思考敞开了这样一个存在命题:"生命的暂住"也许正是人的存在的全部本质和尊严所在。

冯至的《十四行集》这部被称作诗之"中年"(朱自清语)、被誉为"现代汉语诗的重大事件"(张同道《生命的风旗》)的诗集,以其深邃的诗思向我们的感受力、理解力和精神度提出了挑战。因此读解它,无异于进行一次精神探险。任何欲进入这一博大精神世界的人,必须以整个生命和灵魂去迎候、拥抱它扑面而来的诗意言说。本文试图从整体上读解《十四行集》,循着那美丽词句发出的诗意召唤,去探寻其诗思的运行轨迹。我们觉得,作为一个浑然的整体,《十四行集》回答了如下追问:什么是"我们的实在"?如何正视"我们生命的暂住"并达乎超越?可以说,这27首十四行诗全部都是围绕此一追问的回答。以追问为起点,诗人通过诗的回答,完成了一次精神还乡。《十四行集》是关于"我们的实在"的诗思,呈示了诗人在特定历史境遇下对人的存在境况的本然思考。

我们感到，诗人对"生命的暂住"的思考敞开了这样一个存在命题："生命的暂住"也许正是人的存在的全部本质和尊严所在。"生命的暂住"昭示人的"非永恒性"的本然处境。应该说，"非永恒性"是人之为人无可逃避的先天宿命。"非永恒性"意味着，"人的生存证明自己是一种受时间制约的历史性的生存"，即人禀有时间性和历史性的双重局限。"非永恒性"道出了人的现世处身的有限性、转瞬即逝性和终有一死性。在硝烟弥漫的战争年代，人的"非永恒性"的存在境遇更为鲜明、尖锐地凸现出来，并进入了诗人冯至的诗思领域。沉寂的诗思与早年的经验相融合，终于结晶为《十四行集》的隽永诗行。

领 受

我们准备着深深地领受

那些意想不到的奇迹，

在漫长的岁月里忽然有

彗星的出现，狂风乍起

在《十四行集》的首篇，冯至提出了诗思的任务和方向。作为整体的《十四行集》，其诗之思便沿此路径展开。在此，诗人关于思的任务的核心语词是：领受。领受即领会、承受。对于诗人来说，领会就是去聆听，聆听大自然的无语的倾诉；也就是去思，以思去追随存在的踪迹，迎候隐蔽的存在意义之出场。正是领会将人的生存与广阔而丰饶的存在之域联系起来，将人带入存在的澄明之境。领会是一个凝定的过程，它要求人平心静气，聚敛起全部智慧和心性，去与不期然的存在相遇。但这种凝定不是陷于死寂，不是被动等候，而是主动迎接和承担，亦即承受。只有懔然承受，当"奇迹"出现、"狂风乍起"时，人才不会惊慌失措，而是用整个身心与之相拥，使内心被一种全新的体验所充满而丰盈。领受所获致的最大体验便是震颤。"那些小昆虫，/它们经过了一次交媾/或是抵御了一次危险，/便结束它们美妙的一生。"生的美妙与死的庄严在此构成何等辉煌的瞬间，这惊心动魄的一瞬对于诗人无疑会唤起一种震颤。震颤是人的情绪的全面激荡：幼小生灵以死换生的方式使诗人的灵魂为之悸动，并在对这一方式的认可和体悟中将灵魂升华至一种神圣境界；这震颤是"体味过多次的最高的爱之奥秘的敏感和瞬息"，它给予诗人直面存在境遇的勇气。

然而，领受的深意并不仅止于生命奇迹所带来的令人震颤的灵魂探险，而是更在于，从最微不足道的和最司空见惯的机遇中揭示生命的本真含义，展示生命的内在深度：

> 我们的生命在这一瞬间，
> 仿佛在第一次的拥抱里
> 过去的悲欢忽然在眼前
> 凝结成屹然不动的形体

这是思的任务，也是诗人的使命。

诗人曾说："有些体验，永远在我的脑里再现，有些人物，我不断地从他们那里汲收养分，有些自然现象，它们给我许多启示：我为什么不给他们留下一些感谢的纪念呢？……于是从历史上不朽的人物到无名的村童农妇，从远方的千古的名城到山坡上的飞虫小草，从个人的一小段生活到许多人共同的遭遇，凡是和我的生命发生深切的关联的，对于每件事物我都写出一首诗……""纪念"与"关联"二词，无疑是对上述思的任务的最好诠释。后来诗人进一步解说道：

> 我那时进入中年，过着艰苦贫困的生活，但思想活跃，精神旺盛，……从书本里接受智慧，从现实中体会人生，致使往日的经验和眼前的感受常常融合在一起，交错在自己的头脑里。这种融合先是模糊不清，后来通过适当的语言安排，渐渐显现为看得见、摸得到的形体。

通过领受而进入内心体验，通过体验而达乎一种超升，再转化为看得见的"形体"（语言）。这一解说让我们不由得追溯诗人俯身领会存在之思的姿态和具体情境。

那是人被时代风云驱策的时刻。1938年10月，冯至携妻带女，随同济大学师生从江西赣县出发，经湖南到桂林，又辗转平乐、柳州等地，于两月后抵达昆明。这一路的颠沛触发了诗人多年来郁积心底的万般感受，无奈的漂泊感因面对"新天地"而化为豁然开朗的悲喜交加。当时的昆明，尚处在战争的大后方，起初天空还是纯净、明朗的，生活也还平静、安稳。但时过不久，战争的硝烟便弥漫进来，生之艰辛也接踵而至。这里，听不见隆隆炮声和悲壮的嘶喊，看不见激烈的格杀场面和毁灭场景，无法亲自触摸战争的残酷，但谁也不可能避开历史对人的裹挟；事实上，诗人是以自己

（略带隔离）的方式走进历史的，也许正是这隔离（方式而非主观态度），才更有一种冷峻的思考在，有一种"新的意志"产生。这疏离之中的趋近，不能不说体现了一种博大深沉的关怀：

> 你却不断地唱着哀歌
>
> 为了人间壮美的沦亡：
>
> 战场上有健儿的死伤，
>
> 天边有明星的陨落，
>
> 万匹马随着浮云消没……
>
> 你一生是他们的祭享。
>
> ——《十四行集》之十二《杜甫》

对于一介书生来说，与时代发生关联的最好方式也许是通过内省、关注保持一份良知，来完成对现实的更深刻的介入；对于诗人来说，只有成为"祭享"，真诚吟唱，才能发出对贫乏时代的"诗意提问"（海德格尔语）。

从1940年10月1日起，冯至住进了距昆明城不过十里的林场茅屋，并居于那里达年余之久。与恶劣的战争环境相对隔膜，与喧嚣浮华的市声相对远离，这便是林场茅屋所处的位置。时代的风暴和自然的风雨把诗人赶入林场茅屋的窄小荫庇，那里的幽静、安谧却为诗人提供了屏息谛听天籁、领受存在、进行形而上沉思的广阔空间，正如诗人所说，"我一走近那两间茅屋，环顾周围的松林，就被那里自然界的一切给迷住了"。在那里，在通往林场茅屋的小路上，冯至沉入对宇宙、人生、战争的思索。

> 我们听着狂风里的暴雨，
>
> 我们在灯光下这样孤单，
>
> 我们在这小小的茅屋里
>
> ……
>
> 好像自身也都不能自主。

这首诗（《十四行集》之二十一），真切地为我们描绘了诗思展开时诗人所处的具体情景：低矮的茅屋里，一点灯红微弱，各种用具像飞鸟"各自东西"；而屋外，"狂风把一切都吹入高空，/暴雨把一切又淋入泥土，"——可是"还有什么时刻比此时此景更适合哲学思考呢？这样的时候，所有的追问必然地会变得更加单纯而富有实质性。这样的思想产生的成果只能是源始而骏利的。那种把思想诉诸语言的努力,则像高耸的杉树对抗猛烈的风暴一样。"——在这肆虐的风雨中冯至开始了精神的漫游,用诗之思去证实"生命的暂住"。

的确,诗人的思是以对"生命的暂住"的关注和思考为起点的。作为一种"非永恒性"现象,"生命的暂住"在战争年代突兀地体现为生命的悲苦与绝望:"一个村童,或一个农妇/向着无语的晴空啼哭",他们"整个的生命都嵌在/一个框子里,在框子外/没有人生,也没有世界",生命的泪水洗净的是一个被限定的、无望的宇宙(第六首);表现为生命的陌生与未知:"这林里面还隐藏/许多小路,又深邃、又生疏",似乎一切都已熟悉,到死时却"抚摸自己的发肤/发了疑问:这是谁的身体?"对生之秘密的麻木和缺乏惊觉,必然会造成对自我的陌生感(第二十六首);表现为生命的无名和不可把捉:"走过无数的山水,/随时占有,随时又放弃""仿佛鸟飞翔在空中,/它随时都管领太空,/随时都感到一无所有",生之虚无感在于对生命本真的茫茫无知(第十五首)。

战争的火光将生之有限性凸现得愈加显明,对生之意义的求索也愈加紧迫。但冯至没有趋时附鹜地做一名摇旗呐喊者，其思绪透过现实的迷烟触到了更为根本性的存在问题。向着茫茫尘嚣诗人大声追问：

> 什么是我们的实在？
> 从远方什么也带不来，
> 从面前什么也带不走。

追问

这一根本性追问进一步将思的任务规定为对存在本质意义的深层求索，而使诗思获具形而上高度。这一追问是冯至早期长诗《北游》中自我拷问的延续和深化，显示了诗思的虔诚和执着。不过，《十四行集》有着更为纯粹的超越（现实）性。

毫无疑义，任何追问都是一种意义追问。如果说《北游》中"何处是我生命的旅程？"的疑惑，还只是显示了诗人对于人生、未来等现实性意义的焦虑，那么，到了《十四行集》，当诗人质问"谁能把自己的生命把定／对着这茫茫如水的夜色"时，他所思虑的便是一些带根本性的存在问题了。处在严峻的历史境遇中，"我们的实在"及其依据受到深刻的质疑。上述追问"我们的实在",即已深入到存在的本真问题,也关涉存在的处境、存在的终极意义等根本问题。

既然对存在意义的求索由追问而显得急迫,那么该如何沿着这一追问进行求索?或者说,既然以追问呼唤意义,即意味着意义的缺失,那么什么样的意义可以填补这一缺失?

冯至认为,意义在于"发现"。《十四行集》之二十六说:"我们的身边有多少事物/向我们要求新的发现。"对意义的寻求是通过一系列发现来完成的。人作为广阔无垠、不断变化的宇宙间的一分子,对自身有限性的克服就是在于不断发现世界的无限性。没有发现,人甚至对自己也怀着陌生感(第二十六首)。这是经由"领受"而来,通过观察后获得体验的发现:发现瞬间的未知和稍纵即逝的美,发现被隐匿的万物的价值;这是作为衔接短暂者"链条"的发现:发现是向过去告别,以每一次发现为基点,人不断"蜕变"而步入新生,从而感受到存在的意义。

"蜕变"意味着否定,有新的发现才有新的否定,在新的否定中又会有新的发现,这恰如人"从沉重的病中换来新的健康,/从绝望的爱里换来新的营养"(第十三首)。可以说,"蜕变"(否定)是贯穿《十四行集》的一条重要精神线索:"蜕化的蝉蛾/把残壳都丢在泥里土里"(第二首);"你无时不脱你的躯壳,/凋零里只看着你生长"(第三首);"你伟大的骄傲/却在你的否认里完成"(第四首);"你知道飞蛾为什么投向火焰,/蛇为什么脱去旧皮才能成长"(第十三首);"看那小的飞虫,/在它的飞翔内/时时都是永生"(第二十四首)。甚至别离也意味着一次蜕变后的降生,消去岁月烟尘后的重逢"像初晤面时忽然感到前生"(第十九首)。人也正是通过不断蜕变,褪掉身上过往的尘埃,褪掉人生的种种赘累、纷扰和杂芜,达到对有限性(非永恒性)的超越,获得自由和纯粹的新生。这新生后的纯粹,就"像一段歌曲"。

> 歌声从音乐的身上脱落,
> 归终剩下了音乐的身躯
> 化作一脉的青山默默。

但是,"从一个阶段到另一个阶段并不是轻而易举的,必须要用前一个阶段痛苦的死亡换取后一阶段愉快的新生"。在此,"蜕变"涉及痛苦和死亡。一触及死,诗思又深进了一步,几乎抵达存在的核心(至于诗人如何看待死,如何思考死之苦痛的担当，后将详论）。

在冯至看来，对存在意义的追问还在于对存在的"守护"。这是关乎存在的重大命题。就冯至的个人气质而言，他的平静温和的人生态度，他的悲悯宽厚的人格情怀，使他很容易趋向这一命题。《十四行集》中的许多篇什，意在塑造一种守护存在的"圣者"（语出第三首）或"维护人"（语出第十一首）形象；不论是在第三首（《有加利树》）、第四首（《鼠曲草》）中，还是在第十首（《蔡元培》）、第十一首（《鲁迅》）、第十二首（《杜甫》）中，诗人从那些他所景仰的人或物的身上，发掘某种敞开的、朴素的尊崇。

这是以沉静、严肃对抗鼓噪、虚浮来守护存在（意义）的"有加利树"："有如一个圣者的身体，/升华了全城市的喧哗"。这是以谦恭、静默成就高贵与洁白的存在之名的"鼠曲草"："一切的形容、一切喧嚣/到你身边，有的就凋落，/有的化成了你的静默"。这是暗自保持自己光彩的长庚和启明——"蔡元培"："从你宁静的启示里得到/正当的死生"。还有"鲁迅""杜甫"这些时代的维护人，他们伟大的人格，照亮了一整个时代，引导弱小的人们前行。在第九首中，一个无名战士以精神的旷远，超越城市的堕落和愚蠢；在第十四首中，"画家梵诃"以献身的热情，拯救冰块一般的不幸者。

关于这些守护者的意义，我们似乎可用冯至同期的一篇散文作为佐证和说明。当诗人在暮春和初秋的山坡上看到遍野的鼠曲草时，立即领悟到，这些小生命是怎样鄙弃了一切浮夸，孑然一身担当着一个大宇宙："我爱它那从叶子演变成的，有白色茸毛的花朵，谦虚地掺杂在乱草的中间。但是在这谦虚里没有卑躬，只有纯洁，没有矜持，只有坚强。"而对于那些在植物丛中高高耸立的有加利树，诗人这样说："我们望着它每瞬间都在生长，仿佛把我们的身体，我们的周围，甚至全山都带着生长起来。望久了，自己的灵魂有些担当不起，感到悚然，好像对着一个崇高的严峻的圣者，你若不随着他走，就得和他离开，中间不容有妥协。"

这便是圣者对于存在的守护。每一个时代，第一具体的环境，倘若缺乏神圣和尊严的尺度，应允和支撑人的本真存在，那么人们往往会被一些无谓的尘嚣所迷障，而无法体验到生的真正含义。所以守护也是为了抵御：既抵御特定时代语境下对存在的灾难性摧残，又抵御与生俱来的根本性焦虑和恐惧。守护为人们筑起存在的根基。这时，诗人是给时代提供一份诗意"守护"——那些圣者傲然屹立的，正是诗人的信心。

我们看到，从追问的迫切到圣者的从容，诗思得到了怎样的深化。如果进一步问，圣者何以如此从容？我们便会发现，圣者的担当撑开了一片存在的天空。

担当与决断

圣者最沉重的担当是对于死亡的担当。在这里，我们接触到"非永恒性"存在命题的核心。

死并非冯至偶然关注的现象，早在《北游》时期他便思及这一主题，后在纪念亡友梁遇春的一首诗（1937）中，诗人敏锐地警觉到："反而是那些乌发朱唇/常常潜伏着死的预感。"在艰苦的战争年代，死这一生命（存在）现象无疑是最令人触目惊心的。对于那个时代的诗人来说，"无论就民族及其文化的命运还是就个人的经历，无论就集体记忆还是个人记忆而言，死亡都是他们一直亲历，因而是过于熟悉的东西"。死亡主题其实是上述关于"蜕变"的赓续。蜕变已暗含着死，死以更为极端的形式完成了蜕变。提到死，我们仍然要再次谈及：

> ……那些小昆虫，
> 它们经过了一次交媾
> 或是抵御了一次危险
> 便结束它们美妙的一生。

美丽生命的结束并不意味着生命的真正终结，而是一次辉煌完成，它预示着新生命的开端。死成为走向更高的生命的过程。于是，生与死进入生命的循环和交融。

"一切生命的目标乃是死亡"（弗洛伊德语）。这一断言指出了死的本能性，死作为一种同生（本能）相抗衡的存在根性与生俱来。无处不在的死亡事件使人产生对死的忧惧和焦虑，处于死亡胁迫下的世人总在寻求对死的逃避。但是，对于现实中的人来说，死总是一个必然降临的现实难题，他们无法避开自身"生物学意义"上的走向死亡。既然死是人客观上无法逃避的命运，那么可不可以主动去迎接，去思考这"本然之物"？

诗人正是禀有诗的天职主动去言说死亡。任何诗人都面临着双重死亡的困扰：他自身的死亡和他所言说者——意义的消亡。但诗人必得言说，因为他必须越过终有一死的事实性界限，以追问、担当来完成对死亡忧惧的体恤、拒绝和超越。诗人试图以此唤醒人的存在勇气和良知。这里我们要提到里尔克，这位以言说死亡为己任来体现诗思深度、并对冯至产生巨大影响的诗人。在他那里，死亡是作为把人引向生命之巅并使生命第一次具有充分意义的硕大之物出现的："死背向我们，它是我们光线照不到的生命侧面。我们生存在生与死这两个无限的领域里，必须努力地克尽从这两个领域中摄取不尽的养分，这个最广大的自觉。真正的生命横跨这两个领域，贯穿这两个领域，进行着最大的血液循环。"因此，言说死是要将生与死融合、衔接，以完成更高更大的生命。

　　深受里尔克诗风熏染的冯至，无疑没有避开对死亡的言说。《十四行集》对"生命的暂住"的关切，扩展和深化下去即是言说死亡。在冯至这儿，言说死亡首先是为了懔然面对死亡。冯至通过对"蜕变"的自我理解和深化，已经实现了生死界限的消泯，从而将生与死连成不断更替、融溶的生命巨环。不仅如此，冯至还更进一步，倡导一种新的生死观：对死亡的担当。圣者出现的最深意义即在于，勇于担当死亡。在冯至看来，对死亡的担当就是对生命（存在）苦难的承担，也是对生命（存在）中全部问题的承担。对死亡的担当，既显示了对自身有限性的深刻清醒，又是克服有限性、真正实现超越的自觉姿态。冯至曾言："界限，是一个很可爱的名词，由此我们才能感到自由的意义。"（《界限》）这是承认界限、积极主动地承担界限（死亡）桎梏的慨然表述，其间没有悲观，没有消沉。

正是由于对担当死亡的强调，冯至才由衷地赞美那些守护存在的圣者；也正因为此，他在鼠曲草默默成就自己死生的静穆等圣者形象里，看到了一种"正当的死亡"。死的严正性、神圣性启示着——

> 我们把我们安排给那个
> 未来的死亡，……

只有对死亡去主动担当，死之"安排"才显得如此从容。这是担当死亡后的融容自得。这种融容自得的姿态将担当者生命的最后一瞬，定格为最完美的时刻，因为他已"深刻理解了生，却也聪颖地支配了死"（《忘形》）。

应该指出的是，由于冯至诗思的着眼点是生，所以对死亡的担当乃是出于对生存的决断。如果说"担当"是从死这一维度顶起生命（存在）的沉重，那么"决断"则直接进入生的内部，在本体意义的高度体现生命（存在）的庄严。

何谓决断？冯至说："活，需要决断，不活，也需要决断。"生命（存在）个体时时刻刻都要对自我处境作出断然定夺和择取。决断显示人的存在方式、境界和走向，同时也决定他能否抵达本真存在。在此意义上，决断的一刹那，危险与意义并存。但是，正是透过决断的瞬间，生命更崭露出崇高的旨意。由此决断也同"蜕变"联系起来：决断之后，人仿佛抖落了一件重负，从晦暗不明的境遇中一下进入豁然开朗的谐和境界。所以，人面对困境时便会摒弃无谓的态度，而是全神贯注地作出决断。冯至将决断视作至高之举：决断是生之最艰难的课题，是最郑重的精神行动。决断的艰难性、严肃性与决断本身所体现的价值对等：越是艰难的决断，其中含有的意义越重大；越是艰难的决断，越能体现生命（存在）的珍贵和庄严。对此，冯至转述他所敬重的基尔克郭尔的话说："选择（决断）赋予一个人的本质一种庄严，一种永久不会完全失却的寂静的尊荣。"

我们还要说，决断与时代境遇中人的信仰深刻相关。可以说，整部《十四行集》都是诗人冯至决断的反应和结晶，它以诗的方式，宣喻了那样的时代里一个诗人怎样执守信念，怎样思考存在，怎样对存在的意义作出决断。冯至告诉我们，人生在世，必得时时听到如此雄浑的呼声：

你要决断！

这呼声也许使懦者不敢向前，也使强者懔然生畏，可是在这懔然生畏中含有深沉的、真实的生之意义。

决断是需要慎重的，作出决断后，人也如担当死亡后的从容。作为对追问的回答，担当与决断互为依托，共同支撑起生命（存在）的意义。

返回之途

1923年7月，经北大教授张凤举推荐，冯至的包括《问》《祈祷》《绿衣人》在内的二十三首诗，以《归乡》为总题，在《创造季刊》（二卷一号）上发表。这是冯至第一次发表作品。从此，冯至开始了在诗国的漫长行旅。在《归乡》中，一种"不如归去"、向往"新的故乡"的意绪得到着力渲染：那近乡情更怯的异样感觉，那怕回家又要归乡的复杂心理，使这个"孤苦的灵魂儿"备受煎熬。于是他发出呼喊：

> 神啊，引我到那个地方去吧！
> 我要狂吻那柔弱的花瓣；
> 在花儿身旁休息。

但是，这诗之游子要去向何方？六十年后，冯至在回忆这组稚嫩的初始之作时说：想不到十八岁青年写的诗竟说出了一个七十八岁老人的心情。讲这番话时，年迈的诗人即将面临一次诗的"还乡"。原来，冯至的漫漫诗路跋涉，总是在寻求一种精神的还乡。

精神还乡，也许是每个有深度体验的诗人的创作指归。我们发现，冯至《十四行集》的诗思所完成的正是从外部世界向内心返回的一次"还乡"。还乡，不仅是冯至漫漫精神征旅的归宿所在，也是他的诗思的延伸路径。在此，诗的主题思路与陈述方式合而为一。"请走向内心"，冯至曾接受的这句里尔克的忠告，不仅帮助他祛除浮躁的心性而步入沉静从容，而且教他如何探索诗的根据和表达；"走向内心""从自己世界的深处产生出'诗'来"，这既是诗的缘由，又是思的起点。深入内心的诗，不断锻造、丰富、成熟着诗人，使他能够抗拒存在的虚无，潜沉地去思。

从外向内凝敛的诗思，使《十四行集》获具体验的特征。正如前述，整部《十四行集》所要回答的是：有限的个体生命如何把握本真的存在。由此引发的一切感受、追问、担当、决断，因体验而获具深度。这是承继里尔克而来的体验——这种体验，通过与万物发生关联来克服自我处身的非永恒性，以空间的敞开消除时间的有限性，最终回归到纯然之"物"的本原。所以，体验显示了诗之思与生命内在关联的共生性。

在《十四行集》中，宇宙万物的生命是时时处处关联着的。这些关联的发生是由于万物的相互转化；无边的远景由站立的人化成，城市和山川又化成人的生命；生长和忧愁化身为松树和浓雾，路与水、风与云，彼此响应和连接，也化身为历史的足迹（第十六首）。不管是隔着时间的烟尘，还是空间上纵横万里，在生命的深处，总有着"意味不尽的关联"：

　　这里几千年前
　　处处好像已经

> 有我们的生命；
>
> 我们未降生前
>
> 一个歌声已经
>
> 从变幻的天空，
>
> 从绿草和青松
>
> 唱我们的命运。

（第二十四首）

所有经历的人或事，所有见识过的景或物，都被凝结为"充满生命的小路"走向诗人的内心。"生命的小路"是万物关联最形象的表述，它的心灵化展开了人与自然、生与死、过去与未来相互沟通的主题。

既有衔接过去和将来的"亲密的夜"：那些"亲密的夜"汇聚成生命的原野，让我们认出"一棵树、一闪湖光，它一望无际/藏着忘却的过去、隐约的将来"（第十八首）；又有将记忆中的光明与未来的光明联结起来的"第一次领受光和暖"的经验："这一次的经验/会融入将来的吠声，/你们在深夜吠出光明"（第二十三首）。因为生命的关联，

"空气在身内游戏，/海盐在血里游戏"，睡梦里，"天和海向我们呼叫"（第二十五首）；因为生命的关联，寂寞的岛屿被水上之桥"结成朋友"，水城威尼斯成为"人世的象征"（第五首）。这些关联，是诗人返回内心后在冥思中与万物进行精神交流（体验）产生的；这些穿越时空的关联，克服了个体存在的隔绝性、短暂性。

"原野"是上述心灵化展开的主要领地（第六首、七首、十五首、十六首、十七首、十八首）。原野本身由千万条交错的路径构成，从它那里又延伸出无数"生命的小路"。原野是个无限开放的场所。原野呈现的是这样一幅景象：它的空阔旷远，它散发的粗犷野性的原始气息，使人产生一种亲近感，渴望逃离琐碎的尘俗生活，而获得无遮拦的心灵释放。在巨大的心灵释放中，本真的存在得以澄明、敞开。

冯至曾说："给我们生命的滋养最多的并不是那些石林山洞，而是碧绿的原野。"接着他又说："那朴质的原野供给我无限的精神食粮，……任何一棵田埂上的小草，任何一棵山坡上的树木都曾经给予我许多启示。在寂寞中，在无人可与告语的境况里，它们始终维系住了我向上的心情，……

我在它们那里领悟了什么是生长，明白了什么是忍耐。"可见原野是何等深入诗人的内心，为他敞亮了一个精神的世界。这就是冯至后来一再提及的"山水"精神。

在原野所敞开的境界里，原野上万物内部奔涌不息的生命之流给诗人以精神的滋养，也被诗人的灵魂触摸。在此敞开中，"物性"回归成为唯一的吁求："铜炉在向往深山的矿苗，/瓷壶在向往江边的陶泥"（第二十一首）。"物性"——物的恢弘、质朴的本性，物所蕴含着的存在的全部奥秘，浸漫进诗人的心灵视野。

正是通过《十四行集》，冯至经返回内心的诗之路途，抵达了自然物性，完成了一次精神还乡。在这部集中的最后一首（第二十七首）诗里，诗人表达了这一完成后的泰然；这些诗已穿透世上所有的晦暗不明与变幻未定，而把住了无边无形、无始无终的存在。

"走向内心！"这真诚的呼唤是何等强烈呢！

> 给我狭窄的心
> 一个大的宇宙

给人以温馨和希望的诗篇

艾青三首诗比较赏析

叶橹

作者介绍

叶橹,1936年生于江苏南京,1957年毕业于武汉大学中文系。1957年刚大学毕业的叶橹,却被错划为"极右"。1980年复出,先后担任江苏省高邮师范学校教师、扬州大学文学院教授。著有《艾青诗歌欣赏》《现代哲理诗》《诗弦断续》《诗美鉴赏》《中国新诗阅读与鉴赏》《季节感受》《〈漂木〉十论》《现代诗导读》等多部作品。

推荐词

对于生活,艾青始终是那样怀着真挚的爱恋;对于人生,他仍然进行执着的追求。生活虽曾欺骗和折磨过他,他却绝不因此而变得玩世不恭或冷漠无情。

一个人在生活中经受的曲折坎坷，对于强者来说，只不过是磨炼和升华他的意志的一种催化剂；他会在这种催化剂的激发下变得更加顽强执着，对生活更加怀着热烈的爱而感受到奋斗的欢欣。可是，对于一个生活中的弱者，苦难的折磨会使他一蹶不振，从此变得消沉冷漠起来，甚至会成为一个愤世嫉俗者。归根到底，一个人对待命运所持的态度，是衡量他的世界观和人生价值的一块试金石。对于一个诗人来说，他的整个创作倾向无疑地会体现出他的人生态度，这也是任何人所无法回避的。

　　艾青在经历了二十多年的严酷考验之后复出于诗坛时，已经是年近古稀的老人了。可是他早年那颗热烈而真诚的赤子之心，仍然在他温热的胸膛里跳动着。他并不像某些人那样的愤世嫉俗而把现实和人生看得如此冷酷阴暗。对于生活，他始终是怀着真挚的爱恋；对于人生，他仍然进行执着的追求。生活虽曾欺骗和折磨过他,他却绝不因此而变得玩世不恭或冷漠无情。他虽然也写诗揭露和鞭挞丑恶,但是基于对生活的强烈的爱,而不以可怕的阴冷来"以恶抗恶"。在中国现实的大地上,类似陀思妥耶夫斯基式"残酷的天才",是很难找到生根成长的土壤的。我们还是希望读到那种给人以温馨和希望的优美诗篇;即使愤懑、斥责、揭露、鞭挞,也是为了热爱生活而不是仇恨生活。

正因为如此,我们读到艾青那些以对生活的高度热爱而抒发其感受的诗篇时,不禁从心灵深处升腾起一种温馨之感,它们使人对生活和未来充满着希望之情。这些诗,对于曾经被伤害过的心灵,无疑是一种柔情的抚慰;对于曾经被败坏过的世风,也必将是有益的补救。

我在这里选择他的《伞》《仙人掌》和《盼望》三首短诗进行比较赏析,想借此窥见诗人的灵魂风貌之一斑,以及探索他丰富的内心感受的点滴。

《伞》是一首采用童话诗的表现方法写成的小诗。它的短小的形式蕴含着深广的内容,妙趣横生的语言体现出隽永的情致和哲理。伞在人们生活中的作用似乎是尽人皆知的,从这里怎么会发现诗意呢?然而在诗人的笔下,它的的确确被发掘出深邃的诗意。在"喜欢太阳晒还是喜欢雨淋"这个看来没有多少道理的询问下,"伞笑了",并且说:"我考虑的不是这些。"在这"笑"的后面的"考虑",艾青以他精练的传神之笔,揭示出一种崇高的心灵境界:

我追问它:

"你考虑些什么"

伞说:

"我想的是——

雨天,不让大家衣服淋湿;

晴天,我是大家头上的云。"

伞的话所显示的这种品格和精神,对于某些以自我为中心的人来说,也许是很难接受,很难理解的。有的人在经受一些坎坷曲折之后,把人与人之间的关系完全看成弱肉强食的生存竞争。这种人生哲学与伞的生活格言当然是格格不入的。艾青也许正是观察和感受到了生活中某些冷漠的利己主义的渗入,因而从伞的品格中获得了启示,才写下了这样一首针砭时弊的精警的小诗。在伞的品格中既寄托着他的希望和理想，也体现了他的为人处世之道。

然而，作为一首诗，《伞》的成功却并不在于图解了这样一种观念。"毫不利己，专门利人"这样的观念已经是众口皆碑的语言。可是，我们在读《伞》时，仍然感受到一种艺术欣赏的愉悦，而不会因为它所体现的那种思想已为我们所熟知而失去兴趣。这就是艺术欣赏的奥秘所在。有的同样是寄寓着某种思想观念的诗，读来却使人索然寡味，感受不到艺术欣赏的愉悦，其原因并不在于思想的不正确，而是因为它们违背了艺术欣赏中的"情"和"趣"的规律。

《伞》所表现的"情"和"趣"，是基于艾青对他所描写的对象的具体特征的把握，从伞的自然属性中发现了某种与人的社会属性相通的联结点，再从感性的角度加以表现和升华，才使具体可感的心理情绪活动转化升腾为蕴藉的生活哲理。所谓"雨天，不让大家衣服淋湿；晴天，我是大家头上的云"，如果脱离了伞在生活中的具体特性和使用价值，人们也许就不会感受得那么具体入微，而对它所体现的那种生活哲理也就不会领悟得那么自然深刻了。《伞》这首小诗使人在诵读之余感到情趣盎然，思想与情致有着和谐的统一，正是因为它不但体现了真理的正气，而且更饱含形象的诗意内蕴。诗的语言所具有的含蓄性，使人能够在更宽广的生活领域里驰骋想象、深化主题。通过对它的思索，会点燃人们内心的希望之火，产生对于人生的挚爱和眷恋。这就是艾青在这首小诗中所呼唤的人性美和灵魂美，是这首小诗所散发出的温馨之情。

在《仙人掌》中我们所看到的却是另一种精神和品格的诗意表现。对于"生长在热带"的仙人掌，它那"出奇的顽强"的精神，艾青是以高度的赞美之情加以描述的。"哪怕再干旱，花照样开放"，仙人掌的刚强坚毅，不屈服于逆境的品格，卓然耸立在我们面前。

触景生情，托物咏志，历来为诗歌重要的表现方法之一。然而，这一表现方法的悠久历史传统，也往往会对后来者产生束缚和制约。用得不好，难免落入俗套。《仙人掌》这首诗如果仅仅写到这里，那就未能免俗了。因为它只写出了最一般的"比附"，是人们比较容易能够看到的常识和真理。作为诗来说，如果仅仅表现这些，还离不了"寓言诗"的范畴。艾青的高明之处在于最后两句诗：

养在窗台上

梦想着海洋

这两行十个字的诗句,真正起到了"十字千钧"的作用。在诗情的转折和反驳,艺术境界的开拓和提高上,它的确收到了出人意料的强烈效果。前面八行诗,几乎是一气呵成地对仙人掌那种顽强的耐干旱的品格的赞美,怎么也没有想到诗人会把"梦想着海洋"的气质赋予了它。从诗情的发展来说,这是一种出人意料的跳跃,可是当你接受了这种跳跃之后再回过头来仔细玩味其中奥妙时,便不能不为诗人的高超艺术技巧而击节赞叹了。在窗台上梦想海洋的当然不会是真正意义上的仙人掌,而是社会现实中的人。我们会想到,生活中有很多具有仙人掌的顽强而耐干旱的品格的人,他们虽然"花照样开放",但是,也并非永远甘于"养在窗台上",而仍然"梦想着海洋"的辽阔和深邃。诗人就是这样以圆熟老练的笔触,把读者的联想和想象力触发起来,使你进而思索那些更为深广的生活哲理的。"沙漠是故乡"与"梦想着海洋"看来是两极,实则有着内在的必然联系。关于历史与未来,关于现实与理想,关于人生的追求等等,我们不是可以从中得到十分丰富而意味深长的启迪吗?所谓诗的内涵的丰富性，不正是由这种基于对诗的联想和想象而形成的吗？联想和想象会把诗的艺术效果发挥到极致，甚至可以常想常新而至无穷，这就是诗的艺术生命力之所在。

如果把《仙人掌》中的"梦想着海洋"这种浪漫色彩的生活情调发展下去，再读他的那首《盼望》，我们又会获得另一种艺术享受后的愉悦和思考。

艾青对于生活中种种十分微妙复杂的人的心理状态和感情活动的把握，常常使人感到他是多么的富于人情味，又多么的善于从平凡事物中发现诗意。《盼望》写一个海员"喜欢的是起锚所激起的那一片洁白的浪花"，而另一个则"高兴的是抛锚所发出的那一阵铁链的喧哗"。于是，诗人把他们的人生经验概括为：

一个盼望出发

一个盼望到达

这格言式的诗句把仙人掌的"梦想着海洋"的理想，具现在两个生活于海洋的海员身上。其实，"盼望出发"和"盼望到达"的，本应是生活中的海员的完整形象。诗人有意地把他们一分为二了。"出发"是为了"到达"，而"到达"是为了又一次新的"出发"。生活的进程就是在这不断的"出发"和"到达"中向前发展的。然而艾青不是在这里进行宣讲哲学论文,他只是抓住人的思想感情活动中那一瞬间的愿望,给以诗意的传达,在人的愉悦和希望中完成了对生活哲理的艺术表现。

《盼望》所写出的这种生活哲理,既为一般人感情活动中所常有,又常常为一般人在瞬间感受中所忽略。关于"出发"和"到达"的感情体验,恐怕是每一个人都有过的,但是,有谁像艾青这样用诗的形式把它固定下来,又表现得如此深邃蕴藉,耐人咀嚼呢?这首诗像一幅玲珑剔透的生活小品,平淡中显露出对于生活的朴实追求。它虽然不是对于惊涛骇浪的海洋生活的正面描叙,却有着对这种搏击风浪的生活的泰然而安详的自恃和自信。其实,人生不正是这样一个不断的"出发"和"到达"的循环往复吗?能够以自恃和自信来对待生活海洋的风浪的人,不管是"出发"还是"到达",他都对未来充满坚定的信念。明乎此,我们就更能够镇定自若地充当生活海洋中的合格的"海员"了。

纵观以上所涉及的三首短诗,不难看到,无论是《伞》的情趣中所流露的对于人与人之间那种温馨之情的向往,或者是《仙人掌》和《盼望》中所体现的对于人生理想目标的追求，都充分传达出艾青内心感情的丰富贮藏和信息。他以古稀之年而重登诗坛，仍然写出如此充满温馨和希望的诗篇，正证明了他对生活的挚爱和信念之坚定。他以长者的沉思而用诗的语言所表现出来的那些艺术结晶，不仅为人们树立了为诗之道，更为人们作出了为人的榜样。读他的这些诗，使我们深深地感到，他是在用诗来唤醒人们的心灵，扩大人的内心世界的丰富性，使人们心灵的触角去探向那些尚未被一般人所认识和理解的领域，启迪人们对生活和人生的意义认识的自觉性。他同时也在以自己的诗来同偏执狭隘的世俗观念进行斗争，使人们的情操得到陶冶，精神世界得到升华。他的诗，是给人以温馨和希望的诗。

秋天的梦幻曲

（汉园三重奏·第一乐章）

何其芳《关山月》、李广田《秋的味》、卞之琳《入梦》赏析

江锡铨

作者介绍

江锡铨,江苏教育学院中文系主任、教授、中国现当代文学专业硕士生导师,主要研究方向为中国现代文学思潮和中国现代诗歌,出版有《中国现实主义诗歌艺术散论》《中国现代文学实用教程》等著作。

推荐词

他们无疑都有着鲜明突出的艺术个性:何其芳的秀美、洞幽烛微和"甜蜜的忧伤";李广田的自然、醇厚、质朴无华和"地之子"的深情;卞之琳的善于在诗中隐蔽自己,自如地驱遣时空以及不断地追求艺术的"极值"——在最小的面积中收获最丰富的诗意。

古老的北京大学像古老的土地一样，不断孕育、不断滋养的却是新的思想和新的人才。20世纪30年代初，三位青年学子何其芳、李广田、卞之琳，分别从四川、山东、上海来到中国现代诗歌的发祥地，以诗会友，在这幽深静谧的汉花园里边攻读边苦吟，互相切磋，互相碰撞，烨发出奇异绚丽的火花，留下了诗的柔韧与精练。1934年，热心的卞之琳编录了三位诗友的部分诗作，编定了《汉园集》（1936年3月由商务印书馆出版）。这是中国现代诗歌史上继文学研究会诗人的《雪朝》，湖畔诗社四诗人的《湖畔》《春的歌集》以及"新月"诗人的《新月诗选》之后，又一部引人注目的诗合集。诗集的艺术成就使三位问鼎诗坛不久的年轻人荣膺"汉园诗人"的美名。

《汉园集》由三部分内容组成。《燕泥集》（何其芳）的纤丽奇谲，《行云集》（李广田）的深沉峻厚，《数行集》（卞之琳）的机敏幽深，使得你在读了《汉园集》之后，会得到一种不同于《湖畔》《春的歌集》的那种差不多是诗人所见略同的短小的爱的兴趣，也不同于《新月诗选》的那种整饬的，几乎是异口同声的美的讴歌的感觉。《汉园集》给我们一种异常丰富的和谐，一种音乐的和谐：不同音高、不同音色、不同声部在共同的旋律、节奏、和声中的和谐。他们的美学追求、情绪流向、艺术思索，全都那么相似又那么独异。他们带给诗坛的，不是独奏、齐奏、合奏，而是一种新的格式：三重奏。

《汉园集》像是一部"梦幻曲"。三位诗人有那么多作品不约而同地写到了梦："藕花悄睡在翠叶的梦间"（何其芳：《夏夜》），"频浣洗于日光与风雨，粉红色的梦不一样浅退吗"（何其芳：《休洗红》），"做一个透熟的八十春秋的酣醉梦"（李广田：《生风尼》），"昏沉沉的梦话又沸涌出了嘴"（卞之琳：《一个和尚》）。梦境成为他们作品中的重要情境、意境。由梦而幻，由幻而美，似乎只有梦境才是自由的、美的——对梦境的顾恋以至讴歌，不能不说是对于现实的一种隐曲的，然而又是执着的否定。

1937年，二十五岁的青年诗人何其芳的《画梦录》，获得了《大公报》文艺奖金的散文奖。这部与《汉园集》同年出版的散文集,与《燕泥集》中的诗作大体上同时,可以说是同一种思想情绪的两种艺术表现。《燕泥集》实际上是一部诗的"画梦录",梦在他的笔下充满了亲切和温馨。在《燕泥集》的第一首诗《预言》中,他这样描绘对于"预言中的年轻的神",对于美的陶醉:"我将合眼睡在你如梦的歌声里,那温暖我似乎记得,又似乎遗忘"。梦是美妙的歌声,是灵魂的乐园,又是心灵的慰藉:"我饮着不幸的爱情给我的苦泪,日夜等待熟悉的梦来覆着我睡"(《慨叹》),在梦中"我的灵魂将多么轻轻地举起,飞翔"(《季候病》)。正是怀着一种抑制不住的期待,他唱出了这首《关山月》。

《关山月》中的梦境是"银色"的:"如白鸽展开着沐浴的双翅,如素莲在水影里坠下的花片,如从琉璃似的梧桐叶流到/积霜似的鸳瓦的秋声。"这银色的梦幻世界纯净得像一段月华浸洗的白练——那已经是无瑕的白鸽的双翅又经过了沐浴,那洁白的素莲花片又坠落在澄澈的水面,而月下的那一片"秋声"又带着琉璃和积霜的洁白与晶莹,从梧桐叶流向鸳瓦,浸染着更大面积的梦中的天地。几个动词都是经过精心选择的。这里的"流到"以及前句中的"展开"(而不是扑闪)、"坠下"(而不是飘洒),使得这一片似乎是无声无息的宁静安谧的银白世界中,又透着一股生气。面对这生命本色的象征世界,人们似乎可以感受到自己生命的律动,甚至情不自禁地忆起自己的童年以至大自然和整个人类的初始。

这是一首托情于爱情抒写的诗篇。以后收入诗人的个人诗集《预言》时又作了一些修改,使其在形式上更像一首爱情诗。然而诗中所蕴蓄的深沉的情像,却不是一首普通的爱情诗篇所能容纳得了的。诗人似乎并不仅仅是在为一个具体的恋人,甚至主要不是为恋人吟唱爱、吟唱美、吟唱明净与纯洁的。这首诗写于1931年10月11日,正值古都秋高气爽的最佳季节,却又是我们祖国和我们民族的"多事之秋"。紧接着那一片静谧的,诗情画意的银色咏叹调,不能忘情于世事、忘情于雾浓霜重、寒凝大地的诗人用一个打着冷战的转折,惊醒了读者和他自己的思绪:"但渔阳也有这银色的月波吗?/即有,怕也凝成玲珑的冰了。"现实生活中也有梦境中月波似的银色吗?有是有的,但那是低温的,白色的冰霜,这不能不让人记起大革命失败后持续的"白色恐怖",

以及"九·一八"事变后国难当头的冷酷现实。梦境是迷人的、美好的，诗人是爱美的，但更是清醒的：再美的梦也只能是梦，追寻梦境也需要一个安身立命之所。"梦纵如一只满帆顺风的船，／能驶到冻结的夜里去吗？"由于整个意象群落都如此晶莹剔透，所以诗的调子是明净的，即便其中的忧愁也是明净的——明净的、沉甸甸的但不是阴郁的忧愁。这是忧国忧民的青年真诚的忧愁，即使是在梦中和梦醒了之后。

《行云集》中的第一首诗《秋灯》也是在梦境中点燃的。它宣告"一个温柔的最后的梦的开始"。不同于何其芳笔下"粉红""银色"的梦，李广田的创作一直致力于从平庸的事物里找到美和真实。在升华出《秋的味》的梦境中，我们看到，诗的意象的确是十分普通的：破窗幔，远方的池沼，水滨的腐叶，枯枝上的木莓以及秋云和西风。但正是这些平庸的事物蒸发出了神秘的"秋的味"，蒸发出生命的气息，触发——"醺醒"了诗人的旧梦。

作为北方农民的儿子，诗人有着"地之子"的深情（它的一首著名的诗篇即是以此为题的）。他对美的追求——他的梦境也只能从大地上升腾。他的梦简单又丰富，具体又飘渺，色彩浓重又清澈透明，就像诗篇所咏唱的"秋的味"：收获与成熟的喜悦掺杂着一点身世沉浮的慨叹的"秋的味"。北方农民的血液以及与诗友不同的坎坷身世——二十来岁就因参加进步文学活动身陷囹圄、饱受缧绁之苦，使得李广田的梦境不像何其芳那么轻盈，他的诗歌质朴、清新、深幽，又带着一些苦涩，他的梦也像是一段质朴的大地启示录：秋深了，叶落了，草木开始凋零了，但枯枝上又孕育出新的生命——木莓，失望中又闪现出希望的新绿，大自然的荣枯生生不已。作者用这种"秋的味"点染了自己的迷梦，传达出一种变幻莫测、飘忽无定、蕴蓄深厚又难以言状的意绪美，而笔致却那么简朴、从容、平静，大约很多成功之作都产生于灵魂的平静吧。这是一个非常巧妙的诗题：《秋的味》。其实诗中的梦境也只是一种"味"，一种需要用"意会"去领略的意味："梦是这样迷离的，/像此刻的秋云似——从窗上望出，被西风吹来，/又被风吹去。"

像他的两位挚友一样，卞之琳的吟唱也是从梦开始的。在《数行集》的第一首诗《记录》中，他写道："现在又到了灯亮的时候，我喝了一口街上的朦胧，倒像清醒了，伸一个懒腰，/挣脱了怪沉重的白日梦。"对于沉重的"梦"的沉迷，是因为执着于"梦"中那自由自在，无拘无束地畅想。他的《入梦》即开始于一个充满暗示的畅想与思索的浓重氛围之中："设想你自己在小病中／（在秋天的下午）／望着玻璃窗片上／灰灰的天与疏疏的树影，／枕着一个远去了的人／留下来的旧枕，"在与心情同样抑郁的秋日的下午，窗外是一片神秘的、令人浮想联翩的灰蒙蒙的天空与树影，脑后是一只滋生过许多梦幻的远去友人的旧枕，这种氛围的这样密集的暗示的挤撞，很自然地将人导入沉沉梦乡。于是"想着枕上依稀认得清的／淡淡的湖山／仿佛旧主的旧梦的遗痕，／仿佛风流云散的／旧友渺茫的行踪，／仿佛往事在褪色的素笺上／正如历史的陈迹在灯下／老人面前昏黄的古书中……"如果说何其芳是在雕镂梦境——梦是一部神秘深奥的大书。梦是飘渺的：朦胧，"依稀""渺茫""风流云散"；梦又是具体的：淡淡的湖山，旧友的行踪，褪色的素笺，昏黄的古书。飘渺与具体被诗人精细的淘洗融合得亲密无间。整个梦境把形形色色的空间印象排列组合在一定长度的时间过程里，把如烟往事凝结在瞬间，空间感被时间化了，但时间感又在不知不觉中被空间化了：历史的启示具体化为"昏黄的古书"，旧友的旅程也成为依稀可辨的"淡淡的湖山"，抽象的时间观念获得了相对确定的空间形象,这些空间形象所转化,所积蓄的时间感受又在不断地"挥发",云遮雾障,高深莫测,正像那一声千年的浩叹:人生如梦。而整个《入梦》又像是作者为之作出的诗意的诠释:人生如梦,梦既虚幻又丰富,历史如烟,烟既轻柔又浩瀚。最后诗人意味深长地提醒读者,同时也是提醒自己:"你不会迷失吗/在梦中的烟水?"然而艺术的神工却缓解了思索的沉重,这唯一的问句似乎也成了"烟水",成了梦幻,成了整体的美的一部分。诗人是那么自如地驱遣着时空,把人生的丰富,历史的浩瀚点染成为如此轻快又如此深幽的梦境:轻快如行云流水又深幽如重山复水。这个秋天下午的收获是丰饶的。

大约由于梦幻过程更宜于非理性、非逻辑、非常态艺术想象的驰骋,因此,梦幻感似乎成了现代派文艺、尤其现代派诗歌的主要审美特征。从波特莱尔的《恶之花》《巴黎的忧郁》到T.S.艾略特的《荒原》,如果不是贬义地使用"如坠五里雾中"这个字眼,那么我们从这些作品中所得到的,不正是置身梦境或如同梦境的迷茫、荒诞、虚幻的体验吗(当然还有这种体验所包含的对于现实社会的批判和否定)?同样几乎"无梦不诗"的汉园三诗人的作品所留给我们的,却又并不仅止于此，似乎又多了一些朦胧，多了一些迷离，多了一这奇谲。我们知道，"汉园"诗人们的创作起步正值"现代"诗风风靡诗坛的年代，从他们诗中观念联络的奇特，艺术通感的大量应用以及意象比喻的层出迭现等方面看，无疑他们都有着"现代"诗风的共同趋向，都曾不同程度地学习借鉴过西方现代派诗歌的表现技巧。但西方现代派的艺术经验只不过是他们的艺术"接穗"，在他们"砧木"的导管里，还流着民族传统的汁液——从《洛神赋》（曹植）、《梦游天姥吟留别》（李白）、《江城子·记梦》直到《牡丹亭》（汤显祖）这些真正的"美梦"的艺术甘露。他们用梦境剥离了现实的伪饰，真诚而又动听地咏叹着自己的所感所思，吟唱着至情至性之美，或怨或慕或泣或诉。从《汉园集》中我们听到的是一支优美的、三重奏的梦幻曲，而不是梦呓或梦魇（自然艺术上的"梦呓""梦魇"同样具有美学价值）。

作为30年代诗坛上产生过较大影响的诗人，他们无疑都有着鲜明突出的艺术个性：何其芳的秀美、洞幽烛微和"甜蜜的忧伤"；李广田的自然、醇厚、质朴无华和"地之子"的深情；卞之琳的善于在诗中隐蔽自己，自如地驱遣时空以及不断地追求艺术的"极值"——在最小的面积中收获最丰富的诗意。然而我们在反复阅读《汉园集》，阅读这三首"梦幻曲"之后，同时又能隐隐地体会到一种整体的美感，像音乐上的和声那样的整体的美感。这种感受很容易让人想起一些声乐或器乐的曲式，例如三重奏。三重奏是美妙和谐的，但不会掩盖小提琴、大提琴和钢琴各自的音色。从上述"抽样分析"中可以看到："汉园"三诗人常常共同演奏一段动听的旋律，但只用自己独特的音色演奏。

（本文所引三位诗人作品的内容及篇名均以1936年商务印书馆版《汉园集》为准。）

风骚一曲多寄托　十分沉实见精神

《死水》的寄托艺术

唐鸿棣

作者介绍

唐鸿棣,上海师范大学教授。

推荐词

闻一多不是一个极端的个人主义者,而是一个爱国主义者。他说过:"诗人的主要天赋是爱,爱他的祖国,爱他的人民。"在《死水》中,诗人不一语道破的,不只是一种关于个人身世、人情冷暖的思想感情,而更主要的是诗人所压抑的感情上的怒火,理想中的希望之火。

一

作诗贵含蓄，尤贵寄意。意要在言外，能启人深思，并思而得之，所谓"羚羊挂角，无迹可求"是也，又所谓"言有尽而意无穷"是也。于古诗有深博研究的闻一多先生，在他著名的新诗《死水》里，也极讲究寄意。

《死水》作于1926年5月。据新月诗派台柱人物饶孟侃先生称述：一日，闻一多偶见北京西单二龙坑南端一臭水沟，触发起了诗情，写成了《死水》。此诗的开头因此是这样的：

> 这是一沟绝望的死水，
> 清风吹不起半点漪沦。

诗人这是在纪实，在抒发感受。但此诗是否单纯纪实并直白如此呢？并非。闻一多在作了简明的纪实后，以此起兴，雅丽黼黻，馥采典文，在诗中予以更多的寄托。

清代陈廷焯在《白雨斋诗话》中说："凡交情之冷淡，身世之飘零，皆可于一草一木发之；而发之又必若隐若现，欲露不露，反复缠绵，终不许一语道破。"闻一多当时在北京艺术专科学校任教务长。艺专在该校校长刘百昭这个不学无术而又专门周旋于豪门官场的女学棍的统治下，搞得乌烟瘴气，浑如一潭死水。她安插私人，兴风作浪。闻一多对她非常反感，公开表示：只欢迎蔡元培来当校长。刘百昭就造谣中伤，说闻一多想自己当校长。在工作上，二人常有抵牾。闻一多在给友人的信里曾诉说在艺专当教务长是"骑虎难下"，心情"懊丧极了"，很不舒畅。以至在这年（1926）暑期，他终于携眷愤而南归。艺专的生活、工作环境，给闻一多留下了极不好的印象，我们从诗人的个人心境上分析，可以揣见《死水》的寄托意义之一。

但闻一多不是一个极端的个人主义者，而是一个爱国主义者。他说过："诗人的主要天赋是爱，爱他的祖国，爱他的人民。"在《死水》中，诗人不一语道破的，不只是一种关于个人身世、人情冷暖的思想感情，而更主要的是诗人所压抑的感情上的怒火，理想中的希望之火。他后来在给臧克家的一封信中透露说:"我只觉得自己是座没有爆发的火山,火烧得我痛,却始终没有能力(就是技巧)炸开那禁锢我的地壳,放射出光和热来,只有少数跟我很久的朋友(如梦家)才知道我有火,并且就在《死水》里感觉出我的火来。"《死水》里有什么火?诗人在其中寄托着什么?联系当时的背景,即可见端倪。1926年春,北京发生了反帝反封建的"三·一八"学生运动,并在段祺瑞政府镇压下,酿成"三·一八惨案"。对此,诗人闻一多写了《唁词》,称颂爱国青年的"青春的赤血再宝贵没有了",并期望着爱国青年的热血"开成绚烂的花"。四月一日,由他参与的《诗镌》创刊号问世,出了"为三月十八日血案"的专号,闻一多发表了《文艺与爱国——纪念三月十八日》的文章。文中说:"《诗镌》的诞生刚刚在铁狮子胡同大流血之后,本是碰巧的,我却希望大家要当它不是碰巧的。我希望爱自由、爱正义、爱理想的热血要流在天安门,流在铁狮子胡同,但是也要流在笔尖,流在纸上。"好一个"爱自由、爱正义、爱理想的热血""也要流在笔尖,流在纸上"!从《死水》中,我们正可以感受到诗人的理想之热血,是如何地流泻在笔尖,流淌在纸上。在《〈女神〉之时代精神》中,诗人申述他对旧中国社会的看法："二十世纪是黑暗的世界，但这黑暗是先导黎明的黑暗。二十世纪是死的世界，但这死是预言更生的死。这样便是二十世纪、尤其是二十世纪底中国。"诗人把旧中国比作死的世界，把旧中国社会比作死水，使诗意含蓄，并更富于暗示和象征的含义，这就使《死水》具有更深广的思想容量，具有更深的寄托意义。

但是，诗人在诗中不是简单地向读者提出"死水"这一抽象概念，而是具体地展示一沟死水的丑恶画面；并且，不是只展示这沟死水的丑恶画面，而且要表现自己对它的厌恶和绝望的情绪。因此，在诗的结尾，诗人愤愤写道：

> 这是一沟绝望的死水，
> 这里断不是美的所在，
> 不如让给丑恶来开垦，
> 看他造出个什么世界。

表示了他对当时封建军阀统治下的光怪陆离的旧中国社会极度的深恶痛绝！在诗里，诗人理想中的美与现实中的丑恶，形成了尖锐的对立。诗人一方面恣肆地诅咒黑暗、憎恨丑恶，另一方面又强压住、包藏起胸中的一团火——一腔爱国的热情。并且，由于爱之愈深，恨之愈切，愤激之情也愈烈。有人认为，这诗的结尾是诗人的唯美主义艺术趣旨的表现，我以为这看法是不妥的。它不是对"恶之花"的赞颂，而是诗人对他所处的那个黑暗时代、丑恶社会的艺术写癀，是一个思想迷茫、但心头激荡着强烈的爱国热情的知识分子的心灵的袒露。这又正是诗人在《死水》中的又一层更深的寄托之意。

二

诗要寓意，必须讲求寄托之法，才能使诗意蕴藉。在《死水》中，诗人在寄托自己的思想感情时，首先注意到了意象的运用。也就是说，诗人把一腔火样的思想感情，经了过滤，作了沉淀，凝聚在富于美感的艺术形象中。闻一多在《冬夜评论》中曾提出：一首好诗，必须要有"浓丽繁密而且具体的意象"，而意象又须"奇譬而且思想隽远耐人咀嚼"。在《死水》中，诗人用了许多的具体意象：清风、漪沦、破铜、烂铁、剩菜、残羹、翡翠、桃花、油腻、霉菌、罗绮、云霞、绿酒、白沫、珍珠、青蛙……一个接一个，真如走在山阴道上，令人目不暇接。这些意象，不仅具体，而且繁密浓丽。全诗没有空洞的说教、抽象的议论，诗人的思想感情全部寄托、隐藏在这些具体繁密又浓丽的意象之中，含而不露，若隐若现，终不一语道破，却又思而得之。还有一点值得注意：闻一多在运用意象寄托诗意时，不仅使用了像"死水""清风"等写实性的意象，而且在"不如""也许""如果"等假设词语之后，大量运用虚拟意象——"破铜""烂铁""剩菜""残羹""翡翠""桃花""罗绮""云霞""绿酒""珍珠""青蛙"等等。这不仅驰骋开了诗人的丰富的想象，使意象"奇譬"，而且还拓开了诗的意境，加深了诗的思想容量，使诗的寄托更加隽永、深远。

诗人为了能寄托，在《死水》中运用了寄寓式的构思、象征的手法。这沟清风也吹不起半点漪沦的绝望的死水，既是指西单二龙坑南端的那条臭水沟，又是概括着各处各地的臭水沟；它既象征着乌烟瘴气、死水一潭的北京艺专，更象征着沉闷、枯寂、腐败、黑暗的旧中国社会。诗人很重视诗的暗示力，因此，他运用象征的手法，来寄托更多的含义，并以此激发读者，进行想象、联想，去体会诗的多方面的含义。

在诗中,诗人还注意对比手法的运用,使寄托更加深远。这种对比,主要有两种:污秽与绚丽的对比(这是本质与假象之间的对比);死寂与声动的对比。先说第一种对比。试看:

> 也许铜的要绿成翡翠,
>
> 铁罐上锈出几瓣桃花;
>
> 再让油腻织一层罗绮,
>
> 霉菌给他蒸出些云霞。

诗人在此极写污黑的死水在让丑恶去开垦后所发生的变化:铜绿铁锈,如翡翠桃花红绿相映,使死水增添了几分鲜明度;又在光照下,细菌作用下,污水表面生出色彩鲜丽的罗绮、云霞,使灰暗、模糊的死水增添了几分绚烂。但事实是,唯因死水脏、臭,才有此虚假的鲜明、绚烂;唯因死水有这几分鲜明、绚烂,才是东施效颦,益增其丑。诗人很懂得相反相成的艺术法则,他通过虚拟意象的运用,抓住死水的鲜明、绚烂的假象与凝滞、腻厚的污秽的实质,进行强烈的对比,以美写丑,益增其丑,从而突出了诗人的强烈的厌恶之情。

再说第二种对比。试看：

> 让死水酵成一沟绿酒，
> 飘满了珍珠似的白沫；
> 小珠们笑声变成大珠，
> 又被偷酒的花蚊咬破。
> ……
> 如果青蛙耐不住寂寞，
> 又算死水叫出了歌声。

诗人在写第一种对比时是注意了色彩的运用，在这儿写第二种对比时则是注意了音响效果，抓了个动静对比。一沟寂静的死水，竟然有笑声和歌声，似乎增加了几分生气。但人们从这种热闹里所得到的特殊的心理感受是："蝉噪林愈静，鸟鸣山更幽。"这虚拟、想象中的寂处之声，只能更强烈地反射出这沟死水的死气沉沉，同时更深沉地传递出诗人的绝望、痛恨的感情。

三

《死水》除注意寄托之法外，还特别讲究寄托形式，确切地说，就是特别讲究与诗的思想内容相一致的诗的体式。全诗共五节段，每节段四行；每行四个音尺，而且都有三个二字尺，一个三字尺；每行诗的首尾又都是二字尺。读来音韵谐美，节奏鲜明。然而在这"句的均齐""节的匀称"的同时，它有着一种过于死板的、豆腐干式的诗体形式。应当指出，这种诗体形式是诗人别具匠心、苦心经营的成果。闻一多懂得内容决定形式、形式为内容服务的道理，他每每作诗，总是"相体裁衣"，取一相当体式。在《死水》中，诗人要诅咒那"清风吹不起半点漪沦"的一沟死水，于是就取此死板的、豆腐干式的形式。如若以长短句、活泼的自由的诗来配之，就会和诗人的思想感情，如诗的寄托之意，相背悖。诗体形式不当，就会影响到诗的内涵的寄托，就会显出不协调。在《死水》，唯有以这种死板的、谨严得近乎僵化的豆腐干式的诗体，才恰如其分地、锦上添花地把那凝滞、腻厚、污秽、丑恶、毫无生气的一沟死水，表现得淋漓尽致。从这样的体式中，我们可以捉摸到：诗人寄托的憎恶，愤激的情思和爱之愈深恨之愈甚的矛盾心理，不仅从诗的语言中流出，不仅从寄托之法中显示出，还从诗的体式中表露了出来。读者在吟诵之中，既能体察到诗旨的隽永深远，又可细细咀嚼,鉴赏玩味得到美的享受。

《死水》内容复杂、深沉,艺术技巧娴熟,风格凝重、沉郁。总之,风骚一曲多寄托,十分沉实见精神。诗人在端出他的一颗滚烫的爱国红心的同时,还给诗坛呈上了一颗光彩耀眼的明珠。

欲望的花朵

穆旦的《春》

唐晓渡

作者介绍

唐晓渡,1954年生,江苏仪征人。1982年1月毕业于南京大学中文系,在中国作家协会《诗刊》编辑部先后任编辑、副编审,作家出版社编审。

推荐词

艾略特式的玄学思维和奥登式的心理探索恰好成为其两翼:如果说玄学思维有助于清除那种浪漫主义末流的浮泛滥情的话,那么,心理探索则继承和深化了浪漫主义重视主体性的遗产。穆旦不但纯熟地运用现代派的技巧和表现手法,并且把艾略特的玄学的思维和奥登的心理探索结合了起来,从而形成了自己特有的风格。

绿色的火焰在草上摇曳,

他渴求着拥抱你,花朵。

反抗着土地,花朵伸出来,

当暖风吹来烦恼,或者欢乐。

如果你是醒了,推开窗子,

看这满园的欲望多么美丽。

蓝天下,为永远的谜蛊惑着的

是我们二十岁的紧闭的肉体,

一如那泥土做成的鸟的歌,

你们被点燃,却无处归依。

呵,光,影,声,色,都已经赤裸,

痛苦着,等待伸入新的组合。

1942年2月

穆旦,本名查良铮,另有笔名梁真,1918年生于天津,早慧,小学二年级时即有习作见于报刊。1929年考入天津南开中学,旋即开始诗歌创作。1935年穆旦17岁,在大学入学考试中,同时被三所大学录取,他选入清华大学地质系,半年后改读外文系。抗日战争爆发后,清华、北大、南开三所大学先后合并为长沙临时大学及昆明西南联合大学。在西南联大,穆旦受业于前辈诗人闻一多;同时,由于当时执教于该校的英国著名诗人和批评家燕卜逊的介绍,他开始接触西方现代派诗人如里尔克、叶芝、艾略特和奥登等人的作品并深受影响,而其中又以艾略特和奥登的影响尤大。唐祈认为穆旦是"四十年代最早有意识地倾向现代主义的诗人",他不但纯熟地运用现代派的技巧和表现手法,并且把艾略特的玄学的思维和奥登的心理探索结合了起来,从而形成了自己特有的风格(《现代派杰出的诗人穆旦》),这大致勾勒了诗人的创作步入成熟期时的心路和美学特征。

1940年8月,穆旦毕业留校任教。1942年,抗日战争进入了关键时期。2月,诗人满怀"国家兴亡,匹夫有责"的激情,毅然踏上缅甸抗日战场担任翻译工作。《春》即创作于此时。

这是一首具有典型现代意味的诗。起首两句"绿色的火焰在草上摇曳/他渴求着拥抱你，花朵"传达了一种炽烈炙人，不可遏止的生命冲动。这一点立即将其与诗歌史上大量同类题材的传统之作区别开来。古典作品中咏春的作品汗牛充栋，但多为怀春、伤春、惜春，几无如此强烈、遒劲的情感表达。在这种区别的背后有极为复杂的社会—文化—审美心理机制的变迁，此处不论；仅就表现方法而言，前者无疑大大突出了主观的因素。同类题材的传统诗歌由于受其基原"物感说"（陆机《文赋》："遵四时以叹逝，瞻万物而思纷"；刘勰《文心雕龙》："春秋代序，阴阳惨舒，物色之动，心亦摇焉"）的深远影响，加之受"温柔敦厚"的"诗教"制衡，在物我关系的呈现上往往或以主观情感融于客观物象（例如谢灵运的千古名句"池塘生春草，园柳变鸣禽"或谢朓之"鱼戏新荷动，鸟散余花落"），或以主客观在感兴中彼此对举（例如无名氏《读曲歌》："柳树得春风，一低复一昂。谁能空相忆，独眠度三阳"，或谢朓《王孙游》"绿草蔓如丝，杂树红英发。无论君不归，君归芳已歇"）；在这两种情况下，物象均示以本来面目，绝少出现像"绿色的火焰在草上摇曳"这样的主观幻化变形。

高扬主体性是"五四"以来形成的新诗传统的重要特征，穆旦置身其中。但在这一点上他较之前辈或同代诗人又显示了别一种独特之处。本诗第二句使用了第三人称，承接上句这似乎是顺理成章的事（至于为什么不使用物称代词"它"而使用人称代词"他"，我们将在下面谈到）；但通读全诗，我们就会发现问题并非那么简单。这首诗的人称在不断变换，短短十二行中竟达四次之多：在第五行中是"你"，在第八行中是"我们"，而到第十行中又变成了"你们"，这在当时是绝无仅有的。我们不禁要问，在一首短诗中如此频繁地变换人称究竟是因为什么？又意味着什么？

诗歌中的人称不仅出于上下文表达的需要，它还折射着诗人的抒情姿态，隐含着他的自我意识，甚至世界观。黑格尔认为抒情诗是最富于自我物征的艺术，在抒情诗中，诗人既是抒情的主体，又是抒情的客体（对象）；换句话说，二者之间可以达成完全的直接同一性。这种对抒情诗中物我关系的认识本质上是浪漫主义的。当它和浪漫主义对自我的另一重要观念即无限性结合在一起的时候，就很容易产生我们在大多数浪漫主义诗歌中所看到的那种自我涵盖一切、狂热地追求无穷超越的现象。正因为如此，第一人称单数"我"

是浪漫主义诗歌最常用的、某种意义上是唯一的人称（如果诗人出于需要而使用了其他人称，那也是可以和第一人称互相置换的——读者不妨试试）。诗人说出了"我"，也就说出了世界，说出了他和世界的关系。他和世界的冲突就是他的自我冲突，反之亦然；而无论他和世界冲突到什么程度，哪怕被扭曲，或是呈现为病态，他的自我都是完整的、金瓯无缺的。

浪漫主义诗歌是个性解放的社会思想运动在诗歌领域内的反映。它构成了我国"五四"以后一两代新诗人创作的基调。由此产生了两类诗歌：一类是表现出强烈的社会反抗和批判激情的诗歌，一类是高度重视吟咏个人性情的诗歌；它们各自都提供了优秀的传世之作，前者如郭沫若的《女神》《凤凰涅槃》，后者如冰心的《春水》《繁星》，但在另一极端上也产生了各自的流弊：在前一类是某种空洞、盲目的乐观和浅陋平直的语言风格，在后一类则是陷于琐屑的私人情感不能自拔，一味浅斟低吟。二者同属滥情，而究其根源，都可以说与浪漫主义诗观有着或直接、或间接的割不断的联系。

穆旦的诗则以此为背景体现了另一种新的诗歌可能性。

这里,艾略特式的玄学思维和奥登式的心理探索恰好成为其两翼:如果说玄学思维有助于清除那种浪漫主义末流的浮泛滥情的话,那么,心理探索则继承和深化了浪漫主义重视主体性的遗产。在《春》一诗中,频繁的人称变化一直不涉及第一人称单数,似乎诗人执意要让那个身临其境,感受着、痛苦着的亲在的"我"留在诗外,或者说他在不断地撤出语境,以保持某种超然的姿态;另一方面,这个不在场的"我"却又似乎一直处在语境的中心,所有的语象从一开始就经过了他的心灵——不,是全身心——的吐纳,打上了他独特的生命印记。这种既高度"非个人化"又高度"个人化"的状况正是上述两翼的矛盾统一;《春》既不是那种纯感性的诗,又不着理性的痕迹;它确实在很大程度上达到了二十年代西方"意象派"所矢志追求、而大多数"意象派"诗所未曾达到的"理性和感性在刹那间交融、结晶"的境界。

《春》内在的理性恰恰来自它表面上的非理性,或艾略特所谓的"现代感性"。在前一节的末尾,他使用了"欲望"这一更富有生命意味的词来总结他所"看"到的美丽的自然图像,他把第二节的大部分笔墨用来写生命的压抑,写"为永远的谜蛊惑着的""二十岁的紧闭的肉体",写那事实上不可能唱出来的"泥土做成的鸟的歌",写生命"被点燃,卷曲又卷曲,却无处归依"的悬空感。显然,诗人无意像大多数浪漫派诗人那样,对那种完整的、金瓯无缺式的自我以及自我和世界的同一性抱完全信任和无条件合作的态度。他看到了生命的盲目,包括它盲目的力量和盲目的软弱;而具有讽刺意味的是,他把力量赋予了自然,却把软弱留给了人类,二者形成了鲜明强烈的矛盾对照。第一节第二句不用物称代词"它"而用人称代词"他",表面上看是通过拟人化而达到某种双关效果,深层未必不是在为这种讽刺性的矛盾对照暗中铺垫。如果考虑到第一节的园子其实是一个开放的肉体的象征,这种矛盾对照就更加突出了。

《春》的运思基于的是一种更为彻底的生命本体立场。我们不太清楚这种立场是否、或在多大程度上受到了柏格森的"生命哲学"或弗洛伊德精神分析理论的影响;但可以肯定的是,即便诗人接受过他们的影响,也是以其真实的生命——时代感受为前提的,同时他致力发挥的是这两种理论的积极方面。青春期的压抑、灵与肉的冲突是诗人一段时间内倾心关注的主题。这一主题具有生命和社会的双重内涵。在写完他自认是受英美现代诗影响的第一首诗《还原》

(1940)后,他给一位朋友写信说:"这首诗是表现在旧社会中,青年人如陷入泥坑的猪而又自认是天鹅,必须忍住厌恶之感来谋生活,处处忍耐,把自己的理想都磨完了,由幻想是花园而为一片荒原。"因此,正如鲁迅当年呼唤"摩罗诗力",以反抗社会压迫,唤醒"不撄"的国人一样,他也要通过生命力的张扬,反抗普遍的精神压抑,再生那幻想的"花园"。在《野兽》一诗中,他写野兽的受创,写它濒临死亡的最后挣扎:它在紫色的血泊中抖身、站立、跃起、喘息着,但仍凝聚起最后的力量,发出惊心动魄的凄厉号叫,"它是以如星的锐利的眼睛,/射出那可怕的复仇的光芒!"

当然,更重要的是从美学的角度来评价诗人的这种独特关注。《春》的意象从一开始就充满着性爱的暗示,这是一种生命的还原,又是一种原欲的升华。三、四句是一个倒装句,按正常语法结构应该是"当暖风吹来烦恼,或者欢乐,花朵反抗着土地,伸出来"。通过变化词序,"反抗"紧接着前句的"渴望",大大增强了全诗的亲和力;而"花朵伸出来",则隔着"渴望"和"反抗",与那"绿色的火焰"的"摇曳"彼此呼应。诗即定格于此。这是一幅既遒劲、炽烈,又非常节制(这种节制导致了全诗的明快、简洁)的生命图像。火焰/花朵这一对意象既通过"渴求"/反抗、摇曳/伸出来,而淋漓尽致地表现了生命的冲动和实现,又保持住了必要的张力。这种矛盾的张力结构同时也是全诗的总体结构。按照郑敏先生的分析,它包括泥制的鸟/歌唱;青春的冲动/传统的压抑;希望/幻灭;黑暗/难产的圣洁的感情;燃烧的现在/熄灭的现在;现在的光/过去与未来的黑暗;时间的创造/时间的毁灭,等等。我们还可以加上推开/卷曲又卷曲;自然开放的肉体/二十岁紧闭的肉体;短暂的醒/永远的蛊惑,等等。这是一个既彼此冲突,又互相制约、均衡的张力场。它闪耀着现代诗艺特有的内敛的光芒,并且体现着和浪漫派迥然有别的诗歌——世界观。它没有像大多数浪漫主义诗歌那样,提供某种情感上的结局,但同时又保留着开放的可能性。"呵,光,影,声,色,都已经赤裸/痛苦着,等待伸入新的组合。"我们注意到那在开头"摇曳"过的火焰在第二节中又出现了一次("你们被点燃")。"火"在艾略特的《荒原》中曾作为涤罪的象征,而在这里则成为原发的生命象征,它作为一个统摄性的意象提供了生命升华、"重新组合"的动能。

"重新组合"是一种开放的可能性。诗人当年弃笔从军,该是寻求这种"重新组合"的一种现实选择罢?但这种选择没有、也不可能成为一劳永逸的选择。可能性仍然敞开着,包括重新体验压抑的可能性。1976年即他辞世前一年,诗人提笔写下了他的另一首名篇《冬》,其中两节仿佛是三十四年前的《春》的回响(正如春、冬恰成对称一样),如下:

> 谨慎,谨慎,使生命受到挫折,
> 花呢?绿色呢?血液闭塞住欲望,
> 经过多日的阴霾和犹疑不决,
> 才从枯树枝漏下淡淡的阳光。
>
> 奇怪!春天是这样深深隐藏,
> 哪儿都无消息,都怕峥露头角,
> 年轻的灵魂裹进老年的硬壳,
> 仿佛我们穿着厚厚的棉袄。

我的诗是由我的诗解释的

"九叶"诗四首解读

高少锋

作者介绍

高少锋,福建师范大学文学院教授。

推荐词

诗人可以这样一千次地声明:"我的诗是由我的诗解释的。"我们也可以这样一千次地答:诗美的创造必然需要由再创造者(读者)来超越。

"寻梦者"的幻美心态——杜运燮的《无题》《夜》

一、沟通创造者与接受者之间的审美距离

滥觞于20世纪20年代并于30年代蔚为风气的中国现代主义诗歌潮流,曾以新的姿态和声音崛起于中国诗坛。随着现代诗潮的崛起,诗学领域里一个现象不可避免地出现了:一些诗"由于表现题材领域、审美意识追求和传达组织方式的特殊性,往往以复杂的形体出现,造成了人们理解和欣赏上的困难"(孙玉石《重建中国现代解诗学》)。作者的审美追求和读者的审美习惯之间出现了巨大的鸿沟,距离横亘在作品与读者之间。于是,"晦涩""不懂"的呼声向一群年轻的诗歌探索者压过来。但"晦涩""不懂"的喊叫声并不能抹杀新诗所具有的审美特性。那种"可望而不可即"的欣赏距离,有如强大的美的磁场发出无穷的魅力,吸引着接受

者向它靠拢，"以褊狭和专制扼杀诗歌美学探索的生机是屠头。用宏观的扫描来代替对陌生世界的征服是逃避。看到新的鸿沟而连新的诗美也一起厌弃的是自杀"（孙玉石《中国现代解诗学随想》）。关键是如何沟通创造者与接受者之间的审美距离，理解和征服这个陌生的领域。

诗人可以这样一千次地声明："我的诗是由我的诗解释的。"我们也可以这样一千次地答：诗美的创造必然需要由再创造者（读者）来超越。

30年代由朱自清先生倡导并实践，李广田、废名、卞之琳、朱光潜、李健吾、闻一多、施蛰存、戴望舒、杜衡、金克木、林庚、邵洵美等诗人和批评家，也以多种形式的理论探索和批评文字，为构建中国现代解诗学作出了自觉或不自觉的努力。但这些文章未能从作品本体的解析中与读者进行审美心理的交流和沟通，距离仍横亘在作品与读者之间。80年代北京大学中文系教授、中国现当代文学博士生导师孙玉石先生赓续并完善了中国现代解诗学，他不仅构建起了中国现代解诗学的系统的理论形态，而且还撰写了大量的解诗文章，这些解诗文章，一反过去的赏析性文章以疏证释义为主的方法，而是从意象的联络和语言的传达入手，一层层挨着剥开去，弄清每一个意象、比喻（显喻和暗喻）的内涵以及它们之间的关系，每行诗句和每个词语的相互联系。既从整体上把握了诗歌的总体情绪，又将每行诗句中的每个意象、词语的内涵及它们之间的关系分析得清清楚楚。他所致力的这一切，都是旨在沟通创造者与接受者之间的审美距离，使陌生转化为美。

本文尝试以中国现代解诗学的方法，解读杜运燮的两首写于40年代初的现代诗。

杜运燮，原籍福建省古田县，1918年生于马来西亚呲叻州实吊远的农村。1945年毕业于昆明西南联大外语系。著有《诗四十首》、散文集《热带风光》等。

作为活跃于40年代的现代诗人、即"九叶"诗人之"一叶"的杜运燮，40年代初，在昆明西南联大开始创作的时候，既受到曾经在借鉴现代派诗艺上获得优异成绩的前辈诗人戴望舒、卞之琳、艾青、冯至的影响，又受到西方现代派诗人里尔克、艾略特和奥登等人的熏陶。他一方面肯定革命诗歌的现实主义精神，写出像《追物价的人》这样的讽刺抗战后期国统区物价狂涨的杰出的现实主义讽刺诗篇；另一方面又借鉴现代派的诗歌艺术，写出了一些确实有特色的诗篇。本文所要解读的《无题》和《夜》就是属于后一类的诗篇。由于诗人给人们创造了美的作品，却省略或隐藏起了意象到意象之间的链锁，造成人们理解上的一定的困难。本文想从这两首诗本体内部的意象和语言的关系中，追踪作者的想象和智性，也算做点儿沟通创造者与接受者之间的审美距离的工作吧。

二、一篇凸现心理真实的"灵视"法佳构

《无题》是杜运燮早期诗作之一。写这首诗时，诗人正在昆明西南联大求学，系统地接受了西方现代派里尔克、艾略特以及奥登等诗人的影响，这首颇能代表杜运燮抒情风格的爱情诗，就是他这时期学习西方现代派诗艺的成名作。全诗无论用词、造句和营造意象都呈示出鲜明的欧化色彩。

这首题为《无题》的诗，如传统的无题诗多为爱情诗一样，也是一首优美的爱情诗。所不同的是，它注入了新质。它以幻觉、错觉、感觉抒情，而不是以场景、动作表情。全诗共分三节，热烈、压抑、企盼三个层次的情感构成了诗的内在韵律。

第一节，诗人完全以幻觉的描述展开了一个想象中的

欢乐的世界。当夜幕降临时，兴奋异常的抒情主人公"我"产生了一种爱情的幻觉、错觉；他热烈地爱上了一个年轻、美丽的姑娘，爱情给他带来了无比的欢乐，如痴如醉、幸福之至，以致使他产生了这样的幻觉："山暗下来，树挤成一堆，/花草再没有颜色；/亲爱的，你的眸子更黑，/更亮，在烧灼我的脉搏。"这里，诗人力避爱情诗的陈腔滥调、熟词旧句，也不像汪静之《伊的眼》中写恋人的眼睛，用了一连串的新颖奇妙的比喻："温暖的太阳""解结的剪刀""快乐的钥匙""忧愁的引火线"，而是运用外部感觉与内部感觉交感，新奇的幻觉与心理真实的描述相结合的抒情方法，使这四行诗句披上了一层亲切而又陌生的朦胧色彩。静谧与亢奋两种感情色调糅合在诗行里，造句新奇、引人注意。黑夜降临，光没有了，眼前的一切如墨色一样漆黑一片、失去颜色。在这样的背景下，诗人突出了"伊的眼"。"亲爱的，你的眸子更黑、更亮"。饶有诗味的是：既然一切都是黑暗的，而在诗人的幻觉里，"你的眸子"却变得更清澈、更明亮、更妩媚多情了，使"我"感觉浑身热血沸腾、脉搏也跳得更快了。这种感觉显然是非物理的、反科学的。从表层上看，荒诞不经，实际上隐藏着真实美好的感情。在一篇科学论文里这么说是荒谬的，但在诗国里，诗人有按照自己的想象、情感去创造一切的权利！使用错觉，这是艺术特有的权力，尤其是诗的权利！很明显，前四行诗句，诗人不是从我国古典诗词的传统里吸取养分，而更多的是借鉴了西方现代派诗歌艺术的氛围、感觉、幻觉、错觉交织迭现的手法，按照他的情趣，竭力把美好的感情幻觉化、朦胧化了。山、树、花草、眸子、脉搏这些意象的接连推出，创造了一种幻觉、朦胧的意境，诗人的心境与这幻觉、朦胧的意境非常协调地统一在一起。幻觉的世界取代了现实的世界。只有这出神入化的幻觉才能推出以下四行精美绝伦的浪漫曲。较之前四行，这一节的后四行诗写得直白晓畅得多，但感情更为炽烈了，诗人用了感情色彩强烈的词句，渲染了巨大的快感所带来的爱的沉醉、爱的"眩晕"，使他在幻觉中又多了一层错觉：仿佛地球在旋转、宇宙在旋转，他的心也跟着旋转。这是一个多么热烈而美好的热恋镜头啊！它把诗人的恋情表现得那样的热烈、奔放与潇洒。

诗的第二节，诗人没有继续让炽烈的感情在幻觉、错觉世界中徜徉，而是从幻觉世界回到了现实世界，主要在现实的感觉世界中进行。抒情的视角发生了转换，热恋的激情为压抑的情绪所取代。抒情的音符也降低了八度，变得凝重、沉郁了。现实世界中没有欢乐之声，没有幸福之惑，没有紧紧的拥抱，没有亲昵的细语……处在严酷而黑暗的现实社会中的"我"，对爱情的追求、表现的行为方式没有幻觉世界中的"我"那么热烈，那么无所顾忌，而是在爱的面前表现得像小姑娘似的那样胆怯、迟疑不决，以至不敢伸手承接这甜美的爱情果实。"原谅我一再给自己下命令，/又撤销，不断在诅咒"；这是为什么呢？因为现实中有种种的限制，有种种的阴影笼罩在心头，青年男女的自由恋爱仍有许多人为的障碍，它不可能像幻觉世界中那样毫无顾忌、无拘无束。诗中的"警察"就是某种规范、限制的象征，它暗示着爱情与现实环境的矛盾，诗人渴望早日突破限制、框框，所以这一节诗的后四行，诗人把笔墨一宕，用了一个转折语气的字"但"，暗示了他心灵的转折、变化。现实的各种不合理的规范把他们压抑得实在痛苦。令人高兴的是，"现在"他们终于不再理会这种种规范、限制了，他们的情感超越了现实的层面，超越了现实环境的制约，他们的心"只向远飞"。"只向远飞"唱出了诗人对自由、对美的理想境界憧憬的歌声，这歌声极易唤起读者的共鸣。歌声里包含着诅咒、否定丑恶现实的声音，即"那性急的不祥哭泣，/和那可耻的妒忌。"

诗的最后一节，诗人又回到了幻觉的世界。诗人的情绪从压抑转入了对自由、对美的理想境界的企盼。诗人用"细白的两朵云"比喻"我"和"你"（美丽的姑娘）在超越了严酷、黑暗的现实后的那种轻松、欢快的感觉，这"两朵云"终于在现实世界里"消失"，飘到了自由、欢乐、"平静的蓝色"的理想世界，在这自由、欢乐的理想世界里，没有"警察"、没有"威胁"、没有人"诉苦"，也没有人"批评他们的罗曼史"。排除了现实的种种干扰后，他们终于达到了美的和谐。"批评他们的罗曼史"这行诗句，作者用了现代派诗歌中常用的省略法，省略了"自己"两个字，实际应为"他们自己的罗曼史"。"他们自己"泛指人类。这是一个多么令人向往的世界啊！谁不向往这和谐、自由的境界。诗人把人们的渴望和追求抒写得那么真切、诱人，振荡着读者的心扉。纯真的情感、热烈的追求与企盼，穿越了广阔的空间，展示着诗人对自由、美的境界的炽烈和殷切的渴望。诗的最后三行，诗人便在幻觉里、在回忆里、在"美丽的梦"里、"在无言的相接里"，"带走"幸福美好的时光。这三行诗句,相当典型地反映了从书斋里培养出来的年轻的"寻梦者"——杜运燮的幻美的心态。

《无题》一诗,从幻觉、错觉写到现实,从现实回到幻觉,全诗跌宕起伏,既促人追求,又启人深思,鼓励人们满怀信心、热烈地去变革现实,以觉醒的行为去迎接未来。

《无题》特具一种现代人浓郁的浪漫色彩。它写的是年轻的"寻梦者"之歌,反映的则是一代年轻人的理想和愿望。读者会在这热烈、激愤、企盼的三层情感、意象的构建中,感到诗人跃动着渴望自由的心,看到矗立着的桀骜不群的诗人的形象。

从艺术上看,这首诗的形式和内容达到了完美和谐的统一。它分节写来,每节行数相同,句式一致,每节的二、四、七、八行前面缩进一格,显示了统一的美;用韵也遵循一定的格律,读起来朗朗上口、抑扬顿挫,有一定的节奏感。因此诗的排列、韵脚、节奏乃至语言和感情的色彩,都明显地带有闻一多先生所倡导的"三美"的特点。

从艺术构思来看,《无题》采取凸现心理真实而歪曲客观物象真实以创造抒情意境的"灵现"构思法。诗中所写的一切景物都是通过诗人心灵的透视,通过各种感官的交感作用而显现的。比如,"山暗下来,树挤成一堆,/花草再没有颜色;/亲爱的,你的眸子更黑,/更亮,在烧灼我的脉搏",用的是外部感觉与内部感觉交感的手法;"站着警察的城里飘来嘎声"用的是视觉与听觉交感的手法。这种表现手法把事实的荒谬与心理感受的真实巧妙地联系在一起,给人以新的印象,美的咀嚼也就在这新奇的探求中产生了。

与田间、艾青、李季、阮章竞等诗人的那些没有沉醉于"纯诗"的艺术美的追求,而是饱含着革命的激情、努力反映时代和人民大众要求的诗篇相比,"九叶"诗人的诗表现出了与激烈的时代生活的某种隔膜。杜运燮自然也不例外,本文所解读的《无题》和下面所要解读的《夜》便是如此。但这两首诗以及他的其他诗作所表现出的注重对人类心灵探索,在40年代的诗坛上又是很有价值的。

三、一曲企盼心灵解放的沉重的歌

"从40年代开始脱胎于自由诗派和格律诗派的半自由诗体(基本上是自由诗)和半格律诗(基本上是格律诗)相当普及。前者矫正了以往自由派过分欧化的倾向,后者摆脱了以往格律诗派过分做作的倾向,成为被普遍接受的新诗形式"（吴奔星：《中国新诗的流派与流向》）。杜运燮写于1944年的《夜》就是这样一首典型的半格律诗。全诗共七节二十八行，除四行是八言外，其余的二十四行都是七言，诗行整饬，浑然一体。《夜》是一首佳作，是他侨居印度时的结晶。诗写得深沉、凄清、寥落、缠绵、富有层次感，而且非常纯朴、自然。像是信手写来，然而却是一首优美的抒情诗，读起来有种说不出的美。全诗用纯然的白话写成，没有格律诗那种严格的押韵的外在美，但读起来顺畅、平易、自然。

《夜》是一首蕴藉丰厚、艺术相当成熟的抒情诗。意象的鲜明与意境的涵远在这诗篇中达到了和谐与匀称。诗人以丰盈的想象力创造了一个优美而充满感伤的艺术世界。在这首诗里，杜运燮为我们描绘了一幅悲凉、肃杀的深秋夜景图。第一节开篇点题，起笔写夜。诗起得奇崛，诗人特别强调了心灵的感应，仿佛从来没有发现夜里粗壮的树杆所撑起的大大的树冠有这般的美丽：今夜我忽然发现/树有另一种美丽：/它为我撑起一面/蓝色纯净的天空。杜运燮抓住了美的瞬间的感觉，以抑制不住的惊喜感情，把这种感觉传达出来。所以这节诗句的意象与语言自然呈现出奇崛博丽的风格，激发了读者美学上称之为"惊奇"的美感。

第二节，写诗人躺在树下仰望天空的感觉，从"零乱的叶与叶中间"，他看到了星星在移动，又从落叶的秃枝上，看到了一轮"最圆最圆的金月"。"零乱的叶""落叶的秃枝"总是给人一种颓败、荒凉的感伤的情调、感觉，但让人感到矛盾的是：从这荒凉、颓败的景物中看到的却是极美的东西："玲珑星子""最圆最圆的金月"。在传统的诗词中，秋夜明亮清寒的月光、秋风中矗立的大树，往往给人感伤、悲凉的感觉。如李白的"举头望明月，低头思故乡""举杯邀明月，对影成三人"等都有这种感觉。但诗人为了创造一个优美而充满感伤的艺术世界，把清寒的月亮说成是"金月"，也就带有很浓的感情色彩了。这样还嫌不够，诗人又在"金月"前加上"最圆最圆的"修饰语，这就更加美轮美奂了，也就更增添了优美而感伤的情调了。

实际上诗的一、二节已经为全诗定下了抒情的调子。从第三节以降的五节的诗句，弥漫着浓重的感伤气息。从后五节诗的层面上看，描绘的是自然景物的画面，但在这些画面的背后，总有诗人的情感、情调和情绪隐藏着。

第三节诗人用视觉与听觉交感的手法，写出深秋萧条肃杀的凄凉景象。第一行"叶片飘然飞下来",一个"飘"字,令人产生飞旋曼舞的视觉形象,那纷纷扬扬的落叶加深了人们的颓败的感觉,叶片落到地上竟会发出"杀"声,这显然是诗人内心恐怖、痛苦的感觉的折射。

第四节写天气异常的寒冷,连耐寒的狗都伤风了,"牛群相偎着颤栗",这是一幅多么寒冷的深秋夜景图。自然的环境是那么的严寒,而生活在这个环境的人又怎样呢?"人多仇恨"四个字写出了人的感情更冷,人与人的关系与"仇生态"的环境何其相似!读者的心头更增加了一层沉重感。

第五节诗人又进一层写出了一种不优美、不舒服,甚至是怪异的感觉。这种感觉是超验的。作者用拟人化的手法,把鸟写成是一种有人性的动物,它不仅像人一样会"打鼾",有人的喜怒哀乐的感情,会忽然放声"大笑一声",而且还具有人类心灵中的一种宝贵财富——幽默感。

第六节感伤之情达到了极致。表面上是写"小虫"误把他视为"知音""奏起所有的新曲",实际上写的是现实社会中人与人之间得不到心灵沟通的悲哀与痛苦,一种不被人理解的孤独感、寂寞感咬噬着他的心灵。"多少热心的小虫/以为我是个知音,/奏起所有的新曲",这是一种反说。小虫是没有灵性、没有情感的小动物，根本不可能与人交流感情。实际上，是诗人不被世人理解，万般无奈的一种痛苦、悲哀的心态的表现。既然不被世人理解，更不可能寻觅到知音，所以他只好寻觅"小虫"为"知音"了，并为它"奏起所有的新曲"，这怎不"悲观得令我伤心"呢？

最后一节，诗人感伤、痛苦的色调进入了一个没有终止音符的尾声。"夜深了"，诗人仿佛走进了黑暗的深渊，他的心也沉得更深。大自然的优美的夜景，在诗人看来是那样的阴森可怕、那样的丑。他感到异常的痛苦，连心都觉得疼。这里，诗人反用了波特莱尔的"以丑为美"的原则，"以美为丑"，造成了很新颖的艺术效果：大自然越优美，诗人越觉得丑。所以他真想像自由的"雄鸡"大叫几声。"雄鸡"的意象，是自由的象征，用在这里，象征着诗人企望得到心灵的解放。结句的这行诗，是全诗最响亮的旋律。杜运燮很懂得中国古代诗歌"象外之象""言外之旨"的美学追求和西方象征派诗以形象暗示情调的审美原则，通过借助自然氛围的描写，来表达自己的某种情感或情绪，使抒情的主体情绪与象征的客观物境融为一体。

读《夜》，给人一种纯美的艺术上的享受。诗人在描写中，将动、静、声、色、冷、暖糅合在一起，既不乏函远的意境，又写出了实在的场面，于是景活了，诗也活了。诗篇蕴藉含蓄，不发露质直，正如黑格尔所说，"意蕴总是比直接显现的形象更为深远的东西"。

显然，这两首诗中的一些意象多义多解，要把它们的意蕴透彻地解清并不容易。我们认为，解诗不能游离于作品的艺术形象而妄加忖度、随意发挥，那种穿凿附会、强作解人的态度和方法，不仅为艺术鉴赏所不取，同样也为解诗学所不取。杜运燮诗歌的隐秘之处和难解之处，我们还是留给读者一起去揣摩、嚼味儿吧。

使命感：一个高悬的巨大光环——唐湜的《背剑者》《歌向未来》

唐湜是一位在40年代后期活跃于上海诗坛的"九叶"诗人之一。在40年代后期的上海诗坛上，唐湜经常在进步刊物《诗创造》和《中国新诗》上发表忧时伤世、反映国统区人民生活和斗争的诗篇，并很快地找到了自己作为诗人与评论家的位置。那时候正是中国新民主主义的大决战阶段，随着现代中国反帝反封建斗争的艰难前行，历史使命感像一个高悬的巨大光环,把四溢的光辉投射在每一个"九叶"诗人的心灵上。反映当时群众情绪的诗歌,以高亢明快、慷慨激烈为主旋律。作为一个具有某种程度的现代主义倾向的文学流派,"九叶"诗人在政治上是和时代潮流一致的。但他们非常讲究诗的艺术,着重向西方后期象征派和现代派学习。他们的诗比较蕴藉含蓄,也较为欧化。本文所要解读的唐湜的《背剑者》《歌向未来》就是这样的诗篇。由于诗人给人们创造了美的作品,却省略或隐藏起了意象到意象之间的链锁,造成了人们理解上的困难。本文想从作品本体内部的意象和语言的关系中,从整体上把握这两首诗的总体情绪,跟踪作者的想象和智性,从而由理解世界进入欣赏世界。

一、历史对一切黑暗势力的宣判

《背剑者》是一首粗犷深沉的战斗的歌!它写于1948年10月新中国诞生的前夜。那时,历史的趋向已经明白无误地显示了出来。正如诗题下先用两行小号字体的诗句所交代的那样:"一切的街,转向黎明/一切的窗,开向白日。"这样一个特定的历史背景,特定的前提,规定了全诗的抒情角度,一下子便把读者拉入了那个特定的时代氛围。

唐湜是一位略带点儿浪漫主义气质的诗人。他怀着一颗颇为宏大的诗心，像海绵吸水一样，把黑暗现实的形形色色都吸进自己的诗心里，终于强烈地感受到这个社会叛乱的火焰已到处在蔓延了。《背剑者》是他的一首政治抒情诗。从狭义上说，它抒说了历史对蒋家王朝的末日的宣判；从广义上说，它抒说了历史对一切黑暗势力的宣判。我以为，这首诗所赋予的这种思维向度，正是这首诗永久的艺术魅力之所在。

诗的第一节，语言朴实无华，明白晓畅。起首二句"声音起来又起来/手臂举起又举起"，坚定而复沓的节奏、铿锵而有力的音调，给人民以坚定的信心和勇气。不要畏惧反对派在行将灭亡时作的垂死挣扎，当他们"掩起耳朵""宣判别人"时，"就在他背后/时间吹起了审判的喇叭"。诗人写出了一种令人振奋、胜利的感觉。"当黑夜掩起耳朵"，这是拟人化的手法，"黑夜"象征、暗喻着大夜弥天的险恶的现实环境和反动派的黑暗残酷的统治。代词"他"，不一定是特指某个人，而是泛指整个黑暗势力。显然，"黑夜""他"都是极富感情色彩的意象。历史的规律是无情的，一切逆历史潮流而动的反动势力，尽管可以得势一时，胡作非为，压制进步力量，甚至进行所谓的"宣判别人"（即正在遭受到反对派迫害、压制的人民革命力量），但必将被历史的潮流所淘汰。这里的"时间"指的就是历史！这节诗句用直白的语言，对历史的规律作了哲理的提纯，蕴含着诗人对客观世界规律性的认识，使读者能于沉思里激荡起火一般的鼓动性的豪情来。这节诗句貌似平淡无奇，但读起来节奏感强，力量无限，给人一种响亮高扬的听觉美感，显示了人民对自己的力量充满了必胜的信心。我们透过诗的平淡无奇的外形，看到了思想的精髓。

第一节，可以说全诗的主题已经表现出来了。它染上了深沉的时代感情和鲜明强烈的战斗色彩。然而唐湜并没有就此收束，而是像演奏变奏曲那样，先奏出自成一段落的主题，然后以一系列的主题变奏，使主题通过多次不同的变奏而得到多方面的发挥。

诗的第二节是对第一节的补充，似乎是换一个说法抒发同样的内容。但第二节诗的线条变得曲折起来，意象也变得曲奥、朦胧起来。首先，从语言结构的层面上看，诗人用了西方现代派诗歌常见的不规则的断句法，突出、强化了诗人的情感。"舞蛇的臂给印上了/死的诅咒，蒙着耻辱的纹身人

/拖起了犁，淮南幽暗的黄昏/列车翻转了身/哪里有笙管哭泣的吹奏？"读这几行诗句，你会感到不连贯、不顺畅，但如果将它改成"舞蛇的臂给印上了死的诅咒，/蒙着耻辱的纹身人拖起了犁，/淮南幽暗的黄昏/列车翻转了身/哪里有笙管哭泣的吹奏？"就不仅连贯、顺畅，而且诗意也容易读懂了。其次，从诗句结构的深层看，由于意象的跳跃性太大，第二节诗句显得曲奥、朦胧，给解诗带来了一定的困难。现代解诗学的理论告诉我们，解读现代派、象征派的诗歌，不能拘泥于某个意象、比喻（显喻和暗喻）的精确理解，更重要的是在于总体把握贯穿在整首诗的内在情绪。诗不是像化学的 $H_2+O=H_2O$ 那样的明白，诗越不"明白"越好（指不那么浅显、直露），这样的诗读起来才有余味、有嚼头。明白是概念的世界，诗是最忌概念的。如果我们不拘泥于这节诗中的几个意象，而领悟到这首诗的总体情绪，再来重新审视这节诗的局部，那么，我们便不难对这些曲奥、朦胧的意象作出大致的解释。"舞蛇的臂""耻辱的纹身人"是两个令人思索的意象。"蛇"在传统的意象中是邪恶的象征，"纹身人"是受苦受难的奴隶的表征。这两个意象或许分别是暗喻蒋家王朝、黑暗势力和革命者、劳苦大众；或许是指其他别的什么的。但无论是什么,那"舞蛇者的臂"已给烙印上了"死的诅咒",所暗喻着黑暗势力的末日即将来临这层意思则非常清晰地显露出来了。应当说诗人所阐述的是一个并非深奥的历史规律,但由于诗人巧妙地将意象的经营和思想感情的表达紧密结合起来,使诗达到了作者所期待的象征,因而有了诗的暗示和形象的张力,而且也大大增加了诗的理趣和情调。接下来的三行诗句,暗示了历史发生了天翻地覆的巨变,感情色彩极浓。"淮南幽暗的黄昏"显然是暗喻着国统区的黑暗社会。"列车翻转了身"中的"列车"象征着"历史",即历史发生了天翻地覆的变化。在新的世界里,人们再也听不到那悲悲切切、如泣如诉的笙管的哀鸣曲了。"舞蛇的臂""耻辱的纹身人""幽暗的黄昏""列车",这些极不相同的意象被作者用蛮劲硬拉在一块,增加了"陌生化"的效果。它们似乎没有什么必然的联系,但仔细品味,又似乎可以找到很多的联系。从接受美学的角度,也可以说《背剑者》给读者的再创造留下了巨大的想象的空间,读者参与再创造,会比那些直接陈述或宣泄胸臆的诗得到更多的欣赏性趣。尽管这些意象都带有象征性,我们无法准确地、详尽地说明它的全部寓意,但由于这些意象与抒情主体形成了深层的暗示关系,使得诗人的情感、寓意和时代走向,还是较清晰地传达出来了。

诗的最后一节,诗人塑造了一个坚定的复仇者的形象,表现出一个不可战胜、不可征服的复仇者的优美而刚强的灵魂。这个"复仇者",可以是革命者也可以是中国人民坚韧、刚强的战斗性格的象征。在这节诗里,诗人用极为圆熟、精当的手法,把"雾"喻为初升的红日染上的一层"光晕",金色的阳光冲开了沉沉"黑夜",映照着"一幅永恒的图画",在这幅"图画"里,"江水壮阔地向南方流去"。"永恒的图画"显然是光明和理想世界的象征,"江水壮阔地向南方流去"这个意象,让人咀嚼思索。从自然现象看,江水是向东流的。在诗里,诗人却说"壮阔地向南方流去",不待说,它象征着革命形势迅猛发展,滚滚的革命洪流正波澜壮阔地从北方向南方奔腾而去。在这样的背景下,一个复仇者的形象由模糊到清晰,到"兀然挺身",由"沉默"到为光明而呐喊而战斗。

读《背剑者》有一种复仇、胜利、改变时代的感觉。《背剑者》的创作构思虽说是与当时的历史背景和时代走向密切相关,但是作为一首成功的诗作,它的艺术内涵又不是简单地指向某种特定时代的社会现象。象征的意蕴所具有的长久的艺术生命力，是由于它在深层意义上有着更加广泛和丰富的联想性。所以，即使离开了特定的时代，《背剑者》仍具有普遍的意义，因为它能够在本质上揭示和呈现生活的真理。

从审美形式上看，形成《背剑者》内在的情绪节奏是渐次趋于昂扬的。这是一种诗的内在韵律、节奏感的成功处理。这是一种"有意味的形式"，积淀在形式中的内容、结构节奏感中的内涵是诗人的坚定的复仇感和使命感。它唱出了历史对一切黑暗势力宣判的嘹亮歌声，极大地鼓舞了人民的斗志。

二、心儿里有片紫绛色的云彩

唐湜的诗风是由传统的浪漫主义转向象征主义的。40年代中期，他曾就读于浙江大学外文系，受欧美现代派诗歌的熏染较深。正如唐湜在《我的诗习作的探索历程》中所说的那样，他的诗"抽象的哲理沉思或理性的机智的火花较多，有多层次的构思，新诗传统的感性形象的描绘则较少"；所以，他的诗比较欧化。有的诗既借鉴了西方诗歌的精华，又汲取了我国古典诗词的营养，既有浓郁的诗情，又有深厚的韵味；有的诗则借鉴得并不成功，意象过于粗糙、提炼不纯，在艺术表现上，不能很自觉地收束和节制，使意象与意象疏密适度，凝成一个明晰与朦胧相间、内容与表现方法和谐一致的艺术品。《歌向未来》就属于这样一种类型的诗。密集、奇峭、诡谲、变形等意象，加上意象重叠和意象派生的恍惚莫测，使得《歌向未来》这首原本题旨十分明白的诗，读后感到有些模糊、朦胧、艰涩、费解。但是，无边的旷野不会拒绝任何一朵美丽的小花，何况这朵象征性的小花还有它令人思索的寓意所在。作品所发出的"陌生美"的磁场，仍吸引着读者向它靠拢。

《歌向未来》一上来就写"叫人们沉沉地睡去呵/叫那些眼睛里有嘴唇的焦渴/脑袋里有胃的贪婪的人们沉睡呵"。正如唐湜在这首诗下面所注明的那样，第二、三行诗句实际上是化用了A.E.霍思曼的诗句："他们憩息在床上，品味着食物的精美，/胸前佩着宝石章，脑袋里就一堆肠胃！"开头的三行诗句，写出了对那些只追求餍足的、浅层次物质需求的人、那些寄生虫，厌恶、否定的情感。这三行诗句不像A.E.霍思曼的诗句那么直白浅露，"眼睛里有嘴唇的焦渴""脑袋里有胃的贪婪",这是生理器官上的一种错位,调侃的口吻、讥讽的意味,增加了诗的理趣。以美国人本主义心理学家马斯洛的观点看,食欲、色欲的需求是人的最低层次的需求,而精神生活的需求则是人的高层次的需求。作者否定的情感、批判的精神是显而易见的。接下来的三行诗句就颇令人费解了。由于与前三行诗句之间失去了明显的关联,一些并无多少关联的意象的平行堆叠,令人目眩神迷、揣摩不透。尽管我们在反复研读后,可以朦朦胧胧地领悟出:诗人不满足于甚或厌恶那种餍足的浅层次的物质需求,而追求高层次的精神生活的需求,这种高层次的精神生活不是属于现实的,而是属于未来的。所以,诗人才会"面对着蓝色的天空""无边的草莽",想起了"远古"的过去,坚信在未来的日子里会有这样的生活这层意思。但由于这三行诗意象的转换相当随意,写法显得突兀,其意旨也有些晦涩艰深,读后总觉别扭,产生不了多少美感。唐湜诗作的一些缺点在这首诗里较明显地暴露了出来。我们知道,意象的繁复性和多义性,可以产生截然不同的两极效应,即晦涩费解的恶性效应和丰厚蕴藉的良性效应。这首诗中突兀出现的"无边的草莽""凄迷的绿草""远古的森林"的意象,便产生了不良的效应。

由于坚信在未来的日子里会出现高层次的精神生活，所以，诗的第一节的后两行诗句，诗人满怀信心地抒唱：

长夏郁郁，没什么开始、沉落
什么都歌向一个完整的未来

诗行里流转着令人昂奋的音响。诗人满怀希望地憧憬着"完整的未来"。作为一个自觉追求光明、在政治倾向上与时代潮流保持一致的进步诗人，对未来的坚信成为唐湜诗作的一大主题。这个主题在唐湜的《剑》《诗》《背剑者》《沉睡者》等诗中都或显或隐地出现过。在《歌向未来》这首诗中，诗人更是满怀信心地放声歌唱了。

第二节诗的前三行与第一节的第三行是完全相同的重叠。它增强了诗的回环的音乐感，也增强了诗情的流动感。重叠，如果仅仅为了达意，那么，语言的重复会使人感到啰唆，造成厌烦，可是一旦诗人能用重叠构成一种表现情调的旋律，读者就会乐于接受这种重叠，沉醉于其中，反复吟咏。本篇的重叠就有这种效果，增强了诗人对那些只追求餍足的、浅层次物质需求的人的厌恶、否定的情感的表现。接下来的一行诗句"我心儿里可有片紫绛色的云彩",可谓是全诗的诗眼。诗人用了一种极美丽的色彩"紫绛色的云彩"暗示了积蓄在诗人心中的是一种包含着极为丰富美好的情感生活内容的完整的生活。"一个完整的未来",肯定就是这片犹如"紫绛色的云彩"的未来。"打爱里孕着恨,又打恨走向爱"这行诗,有点儿类似我国古典诗歌的"互文"格的修饰手法。这种艺术手法的运用,增添了诗味儿。"自然会披着时序的衣裳闪现",随着时序季候的更迭,人们的衣着自然会不断变换。这里,显然暗示了时间的流逝、历史的巨变。天地在胎动,冰河在解冻,就连"冰河期的大爬虫"都会在这巨大的震撼里醒来。谁都不会怀疑,它暗示,沉睡了千百年的劳动人民觉醒了。

与田间、艾青、李季、阮章竞等诗人的那些没有沉醉于"纯诗"的艺术美的追求,而是饱含着革命的激情、努力反映时代和人民大众要求的诗篇相比,"九叶"诗人的诗表现出了与激烈的时代生活的某种隔膜,而在"九叶"诗人中,唐湜又是颇具现代诗风的"一叶",他的诗自然不会例外;而与"九叶"诗人中的杜运燮、郑敏、陈敬容等人相比,唐湜的诗(如《歌向未来》中的一些诗句)又存在着意象过于粗糙、提炼不纯、诗人的心理机制难于为读者所捕捉等毛病。但这首诗以及唐湜的其他诗作所表现出的注重对人类心灵的探索，在40年代的诗坛上又是很有价值、很有意义的。从他的《剑》《诗》《背剑者》《歌向未来》等诗中，我们不难看出，唐湜的诗呈示出"五四"以来新诗所接受的西方现代诗的形式，或者说是在西方现代诗影响下创造的新形式。但从总体上说，唐湜的诗在思想和气质上却是纯粹中国风格的。他的诗有较稳定的个人风格。正如丹纳所说："许多不同的作品，好像一母所生的几个女儿，彼此有显著的相像之处"（丹纳：《艺术哲学》）。因为，他的诗中所表现出的，总是力求既忠实于个人的感受，又努力使个人的感受与人民感情息息相通而走向现实主义精神的。诗人的血管与人民的血管接通了，诗人的愿望与时代和人民的思想感情相呼应了。

诗人自己的生命写照

读朱湘的十四行诗《Dante》

葛桂录

作者介绍

葛桂录,1967年生。福建师范大学文学院教授,博士生导师。

推荐词

朱湘死后,生前好友罗念生曾预言:"死了也不死,是朱湘的诗。"那么,这首题为"Dante"(但丁)的十四行诗是不朽的,因为它是诗人朱湘自己的生命写照。

世纪初回望人类精神文化的历史进程，我们无论如何不该忘记意大利最伟大的诗人但丁：是他拉开了欧洲文艺复兴和宗教改革的序幕，让人们迎来了近代文明的曙光；是他以人类精神巨人的坚定和深刻，让人们得以窥视人生的深邃与复杂；是他的不朽之作《神曲》所昭示的"天堂之路"，让人们领悟在通向至善至美的道路上，灵魂的改造何其艰难，又何其必要；是他对整个人类深沉的博大之爱，让人们体会何为一个大诗人的本色。我们中国读者一方面远观但丁，总是近想屈原，确实两位大诗人之间有某种深沉的精神联系，这似乎使得但丁离我们很近；另一方面，对于但丁的大著又常常缺乏耐心和勇气，或者出于浅薄和躲懒，不想深入下去，即便像鲁迅那样伟大者阅读《神曲》时也"没有能够走到天国去"，可见但丁终究还是离我们很远。

然而，在中国现代作家中，朱湘对但丁的人生遭际却有着深刻的体察。他所写的十四行诗《Dante》中即有这样的诗句：

> 自问我并不是你，叵耐境遇
> 逼我走上了当时你的途径；
> 开始浪游于生命弧的中心，
> 上人家的后楼梯，吞着残余。
> 中古时代复兴于我的疆域，
> 满目是"紊乱"在蠕动，在横行，
> 因为帝国已经摧毁，已经
> 老朽了儒教，一统变为割据。
> 你所遭的大风暴久已涣散，
> 污秽淀下了九层地狱，九重
> 天更是晴朗，九级山更纯洁
> 在同样的大风暴里，我欹斜
> 如一只船，难得看见在云中
> 悬有那行星，引着人去彼岸。

"叵耐"一词多见于早期白话文，也作"叵奈"，不可容忍之意。是何种难以忍耐的生死境遇"逼我走上了当时你的途径"？我们知道，被鲁迅称为"中国的济慈"的朱湘，其短暂的一生，呈现出从向往理想的和谐世界，关注现实的悲歌人生，到痛苦幻灭里的迷惘彷徨，这样一种人生轨迹。诗集《夏天》《草莽集》《石门集》分别代表着诗人三个人生阶段的心路历程。收入《石门集》里的十四行诗《Dante》，借着六百多年前意大利那个身居逆境、无家可归的浪游者形象但丁，展示出诗人在痛苦幻灭中发出的深沉的人生感喟。"浪游"既是朱湘后期生活及精神里的主导形象，也是诗人个体寂寞灵魂的存在之思。收入诗集《夏天》的短诗《寄一多基相》里，朱湘就表达出这样一种孤寂的浪游心态："我是一个惫怠的游人，／蹒跚于旷漠之原中，／我形影孤单，挣扎前进，／伴我的有秋暮的悲风。"形影孤单、蹒跚惫殆的浪游形迹，正与被放逐者但丁的人生际遇叠合。

诗中第四行"上人家的后楼梯，吞着残余"，这是但丁《神曲》展示自己艰涩境遇的名句。大概这句最能引起诗人朱湘的共鸣。《天堂》第十七歌五十八至六十行写道：

> Tu Proverai si come sa di sale
> Lo Pane altrui, e come è duro calle
> Lo Scendere e′l salir per l′atrui scale
> 然后你必将体味到吃人家的面包
> 心里是如何辛酸，在人家的楼梯上
> 上去下来，走的时候是多么艰难。

我们知道，但丁一生命运坎坷，刚过而立之年，便遭放逐，离开故乡佛罗伦萨颠沛流离，行踪不定。好像是一个掉进大海里的水手，忽而消失在波涛之中，忽而重新露出水面。对他来说，特别是离开维罗纳以后，每一处别人家的楼梯都越来越陡，每一块人家的面包都越来越苦涩，比饱含着悲苦的泪水还苦涩。他非常清楚自己的恩人们的价值，他们抛给他的每一块面包都卡在嗓子里，不流出痛苦的耻辱的泪水，就休想把它咽下去："他置羞耻于不顾，伸出一只手/可是他身上每根血管都在颤抖。"当他想起了另外一个靠着乞讨为生的被放逐者——白发苍苍，一贫如洗的罗曼莪——的时候，也想到了自己：

若是世人都能知道

他乞讨一口残羹剩饭时心中的滋味，

虽然已赞不绝口，还会加倍地赞美。

——《天堂》第六歌一百四十至一百四十二行

在《飨宴篇》第一章第三节里，但丁曾交代过他的境况："佛罗伦萨是罗马最可爱和最美丽的女儿，我生在那里，长在那里，在那里一直住到我的生命的中期，可是这里的市民们却随意把我放逐了，从那以后我全身心地想要回到那里去，以便为这颗疲惫的心找到一个宁静的处所并且结束注定的生命期限，——我几乎浪迹于整个意大利，无家可归，像个乞丐，违背自己的意志，展示着自己的伤痕，人们却往往指责这种伤痕累累的人。许多人也许根据谣传认为我是另一种人，——不仅蔑视我本人，而且也蔑视我已经做成的和还能做的一切。"这里，更清楚地展示出但丁作为一个永远的被放逐者，作为佛罗伦萨一个特别的异己者，像个幽灵似的在各地飘荡的痛楚。

在中国新诗史上，朱湘也是一个"特别"的诗人。赵景深曾经回忆道："我所认识的朱湘是一个性情孤高的诗人，一个纯粹的诗人,他'生无媚骨',不能容于斯世。"这样一个"不能容于斯世"的孤高诗人,其结局便是于1933年12月1日,在上海向二嫂薛琪瑛女士借得20元旅费,4日由上海乘吉和轮赴南京。次日清晨,喝了半瓶酒,朗读德国诗人海涅的原文诗,随即跃入江流,投水自沉,未留任何遗言,了却了自己不足30岁的生命。

朱湘曾在1926年5月31日为自己写下一首《残诗》:"湖中间忽然腾起黑浪,/一个个张口向我滚来;/劲风卷着水丝的薄雾,/吹得我的眼无法睁开。/我独撑着这小舟,/岸不知在天那头;/只有些云疾驰而过呀,/教我向谁去申诉悲哀/我的舟尽着打圈,/看看要沉下波澜。/只是这样沉下去了呀,/不像子胥也不像屈平。/吞,让湖水吞起我的船,/从此不须再吃苦担忧/虽然绿水同紫泥,/是我仅有的殓衣,/这样灭亡了也算好呀,/省得家人为我把泪流。"此诗曾刊于1935年7月《人间世》第三十二期,收入《永言集》。赵景深在《永言集》的序里说:"也许,他写这首《残诗》的时候,就有了自杀的念头。"

朱湘个性与自尊心极强,永远改变不了那独来独往的诗人性情,他说自己"是一只孤独的雁雏",不太了解他的人索性称之为"疯子"。柳无忌也这样回忆说:"不懂得子沉的人时常奚落他,以为他是怪,是孤傲;诗人对于情绪和外界的事物特别易受刺激,对于一点不如意的事故,也容易生出不快的情感,这种做人的特质也许就是子沉不能做成事业的致命伤吧。"

朱湘的诗歌情调凄凉、忧伤,其背后映衬出其颠沛流离、穷困潦倒的一生。1929年(25岁)九月,他应武汉大学闻一多先生邀请回国,到上海后,经朋友推荐,应聘到安庆安徽大学执教,任英文文学系主任。1932年,因约赵景深、戴望舒、方光焘同到安徽大学任教,被校方拒绝;又因为校方将他定的"英文文学系"改为"英文学系",执拗而气愤地辞去教职,于夏秋之间离开安庆到北平。自从离开安徽大学后,朱湘南北奔波,数度求职未果。他的诗被认为不如程砚秋的戏,他曾被旅馆扣留,甚至被茶房押着去找朋友解救。他曾在信中说:"这一次所受的侮辱可谓尽矣,我简直不好意思写成文章。"他的散文本来能卖三元千字,诗甚至能卖五元二十行,可是已经找不到地方发表。加上夫妻不睦,经济困顿,又身患疾病,日渐痛苦而潦倒,终至走投无路,他曾在给柳无忌的信中说:"若是一条路也没有,那时候,也可以问心无愧了。"精神陷于十分绝望与痛苦的境地，投江自杀似乎成了诗人在万般困顿之中的无奈而无望的选择。

我们读朱湘二三友人忆念他的文字，眼前便会晃动一个畸零漂泊者的影子。赵景深写道："以前我说他的诗像王维；从此以后，这一年半，他的生活竟像杜甫。他又自比为'一个行乞的诗人'台微司（W.H.Davis），可见他的生活之潦倒了。"

当时在武汉大学的苏雪林曾接到朱湘寄自汉口某旅社的信，请求她"通融数十元"。苏雪林到汉口在一间黑暗狭小的边房里见到了落难的诗人："容貌比在安大所见憔悴多了，身上一件赭黄格子哔叽的洋服，满是皱纹，好像长久没有烫过，皮鞋上也积满尘土。"

如此的落魄潦倒，寄人篱下，怎能不让我们孤高的诗人念及数百年前那位大诗人的人生遭际，感叹自己"叵耐境遇/逼我走上了当时你的途径；/开始浪游于生命弧的中心"。

与但丁巨著《神曲》一样，朱湘在这首十四行诗中也展示了当时"紊乱"不堪的时运现状："因为帝国已经摧毁，已经/老朽了儒教，一统变为割据。"诗人另一首小诗《回环调》以广州黄花岗七十二烈士为题材,也展示了"'紊乱'那母亲所生的'罪恶'""虽说可羞的是同室操戈,/为着要家门不卖给'灭亡',/又灭亡了许多七十二个"。朱湘还有一首佚诗,更表达了自己关注时事与民族兴亡的拳拳赤子之心:"中国该亡或许是一句真理。/他是败家子,穿的锦衣绣裳/已经破了,他还在口头讲/那卖了的老家是多么富丽。"可见真是"满目是'紊乱'在蠕动,在横行"(《Dante》)。

在朱湘眼里,但丁"所遭的大风暴久已涣散",往事早成历史,灵魂各得其所。罪恶的堕入地狱,净界山上的灵魂更为纯洁,天堂的九重天更为清澈祥和。而尚处于现实里的诗人自己,则"在同样的大风暴里",倾斜如一只船,即如但丁在世时所说的那样:"我的确是一条没有舵和帆的船,在大海上漂流,被贫困的暴风雨给折磨得疲惫不堪,有时也被吹到某些码头。"(《飨宴篇》第一章第三节)在一首十四行诗中,诗人朱湘甚至"情愿拿海阔天空扔掉,/只要你肯给我一间小房——/像仁子蹲在果核的中央,/让我来躲避外界的强暴;/让我来领悟这生之大道,/脱胎换骨,变成松子清香"。另一首十四行诗里,诗人也对自己的境遇忧心忡忡:"我的太阳已经行到中天——/可是,阴沉着,并没有光华,/苍白的,好像睡眠在床榻,/悄然无语的病人那张脸。"

外界的强暴让纯粹而柔弱的诗人无所适从。多希望有如但丁,在"昏暗的森林"里能出现维吉尔那样的引路人,而诗人朱湘终未能如愿,尽管在他困顿之中,柳无忌、闻一多、饶孟侃等好友同道亦曾勉力相助。既然难得发现那"引人去彼岸"的行星,自己的结局也就变得那么惨淡不堪了。诗人说:"不然,就烧我成灰,/投入泛滥的春江,/与落花一同漂去/无人知道的地方。"(《葬我》)诗人的自沉滔滔江水,将自己的灵魂带进了美丽、光明的永恒境界,又何尝不是诗人那种不屈的自由意志的体现:"宁可死个枫叶的红,/灿烂的狂舞天空,/去追向南飞的鸿雁,/驾着万里的长风!"(《秋》)又似那个"跳上高云,/惊人的一鸣"的爆竹,"落下尸骨,/羽化了灵魂"(《爆竹——见子惠同题作》)。

苏雪林在《我所见于诗人朱湘者》里谈到诗人自杀时说:"我仿佛看见诗人悬崖撒手之顷,顶上晕着一道金色灿烂的圣者的圆光,有说不出的庄严,说不出的瑰丽。但是,偏重物质生活的中国人对于这个是难以了解的,所以朱湘生时寂寞,死后也还是寂寞!"(见《青鸟集》,商务印书馆,1938年版)无人理解的寂寞当然是诗人的不幸。但丁身后也是寂寞的。他,以及那不朽的《神曲》,留给我们那么多难解的"斯芬克斯之谜"。18世纪的伏尔泰曾经幸灾乐祸地说:"他的光荣越是加强,阅读他的人就越少。"19世纪初,意大利著名悲剧诗人阿尔菲耶里抱怨道:"如今在整个意大利真正阅读《神曲》的人也许不超过三十个。"20世纪上半叶意大利著名的哲学家、历史学家、批评家克罗齐更说出了绝大多数人对但丁或明或暗的评价:"《神曲》的全部宗教内容对于我们来说已经死亡了。"诗人的呕心沥血之作不被关注,又有谁能领悟诗人那不屈的精魂呢?

诗人的自沉,让人们想到屈原。朱湘曾经写过一首追怀屈原的意大利体十四行诗:"在你诞生的地方,呱呱我堕地。/我是一片红叶,一条少舵的船,/随了秋水,秋风的意向,我漫游。"在生活的风暴和急流中,朱湘确是一片飘零的红叶,一条没有舵的小舟。他那很多美丽的梦,终究无法摆脱凋落与沉没的结局。"从憧憬自由到痛苦幻灭,从热烈奋斗到颓废自沉,从自负气盛到自弃绝望,他艰难而又酸辛的一生,反映了一类耿介正直而孤僻软弱的知识分子悲剧的命运和道路。"闻一多先生在哀悼信中说:"子沉的末路实在太惨,谁知道他若继续活着不比死去更要痛苦呢!"一个活着比死更痛苦的人,自沉便是最好的解脱了。难怪诗人庆贺屈原"能有所为而死亡",因而"留下了'伟大'的源泉"。屈原的人生遭际,又让我们自然而然地想到但丁。梁宗岱在《屈原》(广西华胥社,1941年版)中指出:"事实是,在世界的诗史上,再没有两个像屈原和但丁那么不可相信地酷肖,像他们无论在时代,命运,艺术和造诣,都几乎那么无独有偶的。"

如此,诗人们的命运是不屈的,心灵是相通的。朱湘希望有但丁一样的"深沉双目",诗人更有一颗真诚的心,为人处世从不苟且,这是他的特别之处,促使他对伪君子不屑一顾。《寻》里说:"你可以游遍阴曹,/看火油的锅里千人惨死;/这些鬼魂,无论多么叛逆,/他们总远强似一种东西,/假君子!"在《地狱篇》那些罪恶的灵魂里,伪君子也是最让但丁深恶痛绝的。

朱湘死后,生前好友罗念生曾预言:"死了也不死,是朱湘的诗。"那么,这首题为"Dante"(但丁)的十四行诗是不朽的,因为它是诗人朱湘自己的生命写照。

禅趣盎然的诗意探寻

从废名的四首小诗谈起

罗振亚

作者介绍

罗振亚,1963年生,黑龙江讷河人,文学博士,毕业于武汉大学中文系,任南开大学文学院教授、博士生导师。

推荐词

朱光潜先生说废名的诗"有一深玄的背景,难懂的是这背景",这背景指的是什么呢?我以为其当指诗人的脾气秉性、人生际遇,更主要指的是诗人心智结构中的禅宗思想。也许废名是与禅宗结缘最深的现代诗人。

在20世纪的历史上,被称为"新诗怪"的废名诗名不大,仅有的三十几首诗因为过分超脱奇僻,偏离了流行的与大众的趣味,难以捉摸,"无一首可解"。人说卞之琳的诗意连解诗行家朱自清、李健吾等都猜不中,可谓最难懂了;其实废名的诗才是20世纪30年代诗坛上第一难懂的。朱光潜先生说废名的诗"有一深玄的背景,难懂的是这背景",这背景指的是什么呢?我以为其当指诗人的脾气秉性、人生际遇,更主要指的是诗人心智结构中的禅宗思想。也许废名是与禅宗结缘最深的现代诗人。

　　禅宗是什么?它是一种具有人文气息的宗教,它主张从具体的、世俗的日常生活中去参悟"佛性",诗化日常生活,培养淡泊宁静而又达观的人生态度;按李泽厚的《漫述庄禅》所说,是讲究"破对待,空物我,泯主客,齐生死,反认知,重解悟,亲自然,寻超脱",在修行之法上,则有如冯友兰在《中国哲学简史》阐述的那样，不求"有为"，而在于"无心作事，就是自然地作事，自然地生活"。那么为什么诗人废名与禅宗结缘呢？细想恐怕有多种因由。翻开的诗人履历表平凡又简单：1922年入北大预科后转入英文系学习；1929年毕业留校任教；抗战时回湖北老家教中学和小学；抗战后重回北大任教；1952年转吉林大学任教。几个分镜头多与教师职业相关。平静清苦的教书生活养就了诗人的孤僻内向，使他落落寡合，狷而不狂，生活简朴，衣衫不检，常留和尚发式，仿若都市老衲。这份寂寥、多思与淡泊已暗含了禅道精神。而诗人又是禅宗圣地——黄梅之子。自幼多受乡土文化的浸染，喜欢说曾在黄梅修行过的禅宗五祖六祖的故事；稍大后常登山入旅游胜境五祖寺，更加亲近佛门，"独具慧根，自幼多病而能忍耐痛苦，以私塾为牢狱而能于黑暗中独自寻求想象中的光明"，在北大求学任教期间，因不甘随波沉沦又无力把握社会，遂对佛经道藏兴趣剧增，不仅"私下爱谈禅论道""会打坐入定"，而且在中华人民共和国成立前与人谈及抗战动乱中写的佛学著作《阿赖耶识论》，仍"津津乐道，自以为正合马克思主义真谛"。几个因素聚合，使废名富敏感，好苦思，有禅家与道人风味，心向佛老，亦禅亦道，既强化了修养消释了精神苦痛，又影响了审美取向，他把所学之禅理、所悟之禅趣，自然地融入诗中，开拓了新诗的诗意本质的内涵。使自己的诗充满盎然的禅趣，在现代派诗人中独树一帜。本文对之无意也无力做全面的阐释，只想通过几首小诗的解读，把握、捕捉废名诗歌中的特殊旨趣。

> 我学一个摘花高处赌身轻，
> 跑到桃花源岸攀手掐一瓣花儿。
> 于是我把它一口饮了。
> 我害怕我将是一个仙人，
> 大概就跳在水里淹死了。
> 明月出来吊我，
> 我欣喜我还是一个凡人
> 此水不现尸首，
> 一天好月照彻一溪哀意。
>
> ——《掐花》

废名由于受佛道禅家的玄理顿悟影响，不但平日说话时话语常常含有禅机（如"最高兴我的文章的是我自己，最不高兴我的文章的是我自己"），令初见者容易不知其所云，而且在诗中常瞩望一种抽象的存在，表现具有参禅意味的哲学玄思感悟，神秘而美丽。《掐花》的灵感就来自佛书，诗人说它的写作"动机是我忽然觉得我对于生活太认真了，为什么这样认真呢？大可不必，于是仿佛要做一个餐霞之客，饮露之士，心猿意马一跑跑到桃花源去掐了一朵花吃了。糟糕，这一来岂不成了仙人吗？我真个有些害怕，因为我确实忠于人生的，于是大概就是跳到水里淹死了。只是这个水不浮尸首。自己躲在那里很是美丽"。诗人说这是一首情诗，我看倒是一首感悟人生的禅理诗。禅宗思维的无拘无束，使废名有时兴致所至便不避成规禁忌，大胆引用借用化用古诗文或先哲典籍中的一些诗句、典故，或加以引申或赋以新意，此诗不仅开篇借用清代诗人吴梅村的原句"摘花高处赌身轻"，引申出自己身为凡人摆脱不了欲望纠缠而寻求希望的心态，为后文的寻求解脱起了蓄势作用，而且"此水不见尸首"一句又借用了"海不受尸"的佛意大典，《维摩经》曾记载"海有五德，一澄净，不受死尸"，按大乘佛学说佛门弟子死在海里，是向更小更苦众生的最后一次施舍，诗人这里用此典无疑美化了死亡，将"不见尸首"的境界写得煞是美丽。风尘与仙境的叠合，曲现着入世与超世的心理矛盾。诗人欲超凡脱俗去饮花又怕成仙，而冷峻尘世又多羁绊的悲哀，难怪"好月照彻一溪哀意"了。它隐蔽的含义是对禅宗虚静解脱境界的企望，是对超然物外的"拈花一笑"佛境化解的禅悟。也许有人会说，废名诗歌中禅理玄想带来的诗情智化，与卞之琳有相通之处，其实不然。同样充满思辨的玄理，卞之琳的诗出奇地雕琢，少自然之趣；它主要源于西方现代哲学与瓦雷里等人的理性思辨诗风的启迪，核心是相对论思想，多属于情理合一的形上思辨，更近哲学，思维结构相对易把握些。废名的诗却仿佛举重若轻，涉笔即成；在诗上废名压根不认识魏尔仑、瓦雷里、庞德与艾略特，他诗中的玄理完全得益于东方禅宗哲学的静观顿悟，与晚唐五代温李诗词以及禅诗意境感觉的滋养，核心为禅意佛理，不大讲究形上思辨，读如参禅，解读难度更大，它更近宗教。即卞之琳等现代派诗人的诗情智化多源于西方哲学诗学启发；而废名的智化现代意识则是从本土传统思想体系引发而来。

深夜一枝灯，

若高山流水，

有身外之海。

　　星之空是鸟林，

　　是花，是鱼，

　　是天上的梦，

　　海是夜的镜子。

　　思想是一个美人，

　　是家，

　　是日，

　　是月，

　　是灯，

　　是炉火，

　　炉火是墙上的树影，

　　是冬夜的声音。

——《十二月十九夜》

　　禅宗崇尚的人生态度与修行方式，常常为废名的诗歌涂了一层达观超脱的色泽。禅宗的教义表明它是一种中国化的哲学，它的核心是以"自我解脱"为精神归宿的理想人格，企望人们树立一种任远随缘、宁静淡泊的人生态度，以及不求"有为"的"无心""自然"精神。这一禅理的渗透,使废名总能以恬淡的心境、无为的方式,透过平淡悲苦的日常生活现象,把握人生世界,描绘灵性化的自然与自然化的人生,营造超悲哀、乐人生的达观超脱境界。这一追求通常体现在小说中,像《桃园》《浣衣母》《竹林的故事》就交织了田园寂静的美与人性的美。自然景观静谧淡雅,是怡情养性、澄心静虑之所在;男女老少一干人虽生活简陋却心地坦诚,自得其乐,有吐纳万物之情怀。人与景的交汇则构筑起了自足达观的理想乐园。就是在为数不多的诗中也有所表露。如《十二月十九夜》即是诗人精神自由自在的"逍遥游",笛卡尔式的心理活动的想象的飞跃,思维天南地北来去无凭,上天入地恣意驰骋,宣显着一种超然洒脱、天地万物容于我心的精神,有一定的乐人生意向。诗歌的题目若无其他的明确特指,就足可见出诗人选材的灵活随意性,即心灵的自由性。因诗人耽于禅家境界,深夜对灯思想,于是思绪心猿意马海阔天空,进入辽远宽阔的时空,幻化出宇宙间的一切。由灯光而星光而思想之光,最终点出灯与星之室的本体:思想。暗示是思想带来了光明,人类的智慧是有力量驾驭自然的。因为在禅宗看来,尘世本属虚无,内心才是实在，没有心即无世界，没有思想就没有光，没有美，没有文明。没有思想则万古长如夜。诗人在赞颂人类思想是灵魂之家、生命之光同时，也体现出一种跳脱自如的生命状态。那种不重事物推理过程、类乎小说意识流的禅性思维的汲纳，那种单刀直入的直指式的"是"字结构，别致而有力地传达出诗人行云流水般的、一气呵成的情绪动势，淡远幽深，有一定的情思冲击力，纵横酣畅。但转换得过于突兀的诗意断裂的结构方式，也令人难以厘清结构诗意的来龙去脉，难企及其奇绝境界。

> 我靠我的小园一角栽了一株花，
> 花儿长得我心爱了。
> 我欣然有寄伊之情，
> 我哀于这不可寄，
> 我连我这花的名儿也不可说，——
> 难道是我的坟么？
>
> ——《小园》

由于空物我、薄生死、尚心性这种禅宗教义的审美诗化，废名在诗中常以一份带着欣赏的心情去抚摸日常生活，对悲苦题材"无所用心",即便与穷、愁、病、死一类悲剧性题材不得已碰了头,也因使用了淡化处理手段而使悲剧氛围变得稀薄超然了许多。这在诗人有关死亡与生死观的诗篇《小园》中表现得最明晰,最典型。诗中出现的"坟"是废名独筑的一道不错的风景。诗人在《中国文章》一文中说"中国诗人善写景物,关于'坟'没有什么好的诗句",为了改变这一文学事实,他特别好写坟,如在小说《桥》中就写了家家坟、清明上坟等,至于诗里坟的意象就更多。歌吟爱与死的《小园》,开篇"有寄"的"欣然"与"不可寄"之"哀"构成的矛盾,好像把诗搞得悲伤缱绻,煞是动情,欲寄又没办法寄,不寄又不能让"伊"领略花的"心爱",这于人不是一件大悲哀的事情吗?而至"我连我这花的名儿都不可说"时,整首诗已经逸出个人的悲与喜,有名有实之花,成了"无"之抽象,情若长久爱至极限时何必寄花,不寄即是寄了。"坟"在此处可理解为花或小园,它与红花、绿园联结,不但意象妙善,而且体现出一种异于古代写坟诗的禅宗式的死亡观,使原本荒凉枯寂的意象焕发出葱郁蓬勃的生机。诗人这种写法也正应了禅宗在过于玄奥处领悟、在不可思议处思议的思维方式,揭示世上那些看似假的东西往往都是真的，看似无的东西往往都是有的。因为在禅宗看来，虚即是实，小即是大，不寄自然也即是寄了；生死无别，生即是死，死也为生，死亦不死，"生死忘怀，即是本性"，死乃人生的最好装饰，死乃人类一去不复返的精神故乡。原来诗歌《小园》表现的是一种禅宗的达观与彻悟啊！

> 行到街头乃有汽车驰过，
>
> 乃有邮筒寂寞。
>
> 邮筒PO
>
> 乃记不起汽车的号码X，
>
> 乃有阿拉伯数字寂寞，
>
> 汽车寂寞，
>
> 大街寂寞，
>
> 人类寂寞。
>
> ——《街头》

禅宗背景的辐射，赋予了废名的诗一种空灵静寂的美感。禅本是静虚、止观之意。禅宗的道义往往即是一个虚幻的不可把握的东西，属于"无"之范畴，它的最高境界乃是"空"，让人追求心无挂碍的灵魂空悟。因此，历代禅宗影响下的禅趣诗,都往往以"用"显"体",趋向清、静、虚、空的境界。受禅宗影响,废名的诗喜欢选择那些月、灯、花、星、水、镜等空寂的自然意象,作禅理禅趣的有机载体,这样就为自己的精神世界平添上一层空灵静寂之美。如果说《点灯》《星》等诗侧重外在景物空灵静美的话,那么《街头》《理发店》等诗则揭示了人类生存本质的内在精神空寂。在谈到即兴写就的《街头》时,诗人说"这首诗我记得是在护国寺街上吟成的。一辆汽车来了,声势浩大,令我站住。但它连忙过去了,站在我的对面不动的邮筒,我觉得于我很是亲切了,它身上的PO两个大字母仿佛是两只眼睛,在大街上望着我,令我很有一种寂寞。连忙我又觉得刚才在我面前驰过的汽车寂寞,因为我记不清它的号码了,以后我再遇见还是不认得它了。它到底是什么号码呢?于是我又替那几个阿拉伯数字寂寞,我记不得它是什么数了,白白的遇见我一遭了,于是我很寂寞,乃吟成这首诗"。它是诗人孤寂情思的具体体现。汽车从邮筒前驰过,邮筒无动于衷,上面的"PO"像两只凝思的眼睛,也是寂寞的,被误记号码的汽车更为寂寞,于是大街寂寞,人类寂寞。一切之间都是隔膜的,不相干的,宇宙间的芸芸众生正如涸辙之鱼,沟通艰难，永远赶不走孤独与寂寞。这是对纷扰人生大彻大悟的忧患，是知音难觅、人情冷漠的忧患。生活在熙攘茫茫的世界上，人与人缺少沟通理解，心与心交臂而过互不相干，这是怎样深入骨髓的可怕情怀啊！废名是太识得人类的寂寞了。应该说，孤寂曾大面积地覆盖20世纪30年代现代诗派的作品，但废名诗中的孤寂却异于流行的趣味，自有风度与内涵。对于现代诗派那些黑夜的寻梦者、荒原上的行路人，孤寂总伴着愁眉苦脸的焦虑；可废名诗中的孤寂却是难得的智慧福地，是走向深刻的必由之路。禅宗的统摄使诗人缺少西方存在主义哲学那种悲观，而善于致虚守静，在孤寂中安心悟道，既得到了精神闲散自由之乐，又因沟通了儒释道而远离了浅薄浮躁，所以废名的孤寂是一种"光荣的寂寞"。如同样的《灯》，在戴望舒那里化成了暗色调的生命冥思，凝结着诗人对美的追求与幻灭的心态；而在废名那里却不焦不躁宁静幽远，以淡泊诙谐笔调出之，灯下迷离的联翩幻想，不乏孤寂，但诗人又宽慰自己"莫若拈花一笑"，尤其结尾更以冷淡的自嘲化解了孤寂，将人引入了光明朗照的顿悟世界。

总之，禅宗哲学的支配，决定了废名诗歌缺少或化解了同时期诗人诗中那种儒家思想的悲悯情趣与浓重的悲剧色调；以其静美、淡雅与悠远，在现代诗派病态的诗化青春歌唱中提供了一种风格变化。读着废名的诗，人们仿佛看见"一个扶拐杖的老僧，迎着风，飘着袈裟，循着上山幽径，直向白云深处走去"。当然禅宗思想的作用，也使废名有些诗思维奇僻，玄理深奥，意念飘忽，幻美而晦涩，"曲高和寡"，无法完全破译；尤其是使废名长时间徘徊在时代洪流之外，表现出一种"出世"化倾向。但是任何严密的哲学背景、任何内向的灵魂顿悟，总难抵挡住时代风雨的侵袭，成为永久的独立存在，所以在《北平街上》与《四月二十八日黄昏》等诗中，人们就看到诗人入世化的努力，以诗承载民族危亡关头对周围人精神麻木的悲凉思考。

游走在童话与现实的边缘

顾城四首诗导读

陈仲义

作者介绍

陈仲义,1948年生,厦门人。厦门城市学院人文学部教授。有著作《现代诗创作探微》《诗的哗变——第三代诗歌面面观》《中国朦胧诗人论》《从投射到拼贴——台湾诗歌艺术六十种》等出版。

推荐词

我常思忖:顾城是幸运的,上苍赐以他一颗充满元气的活跃的本真童心,他的成功已具有先天优势。

一、《生日》导读

生　日

因为生日

我得到了一个彩色的钱夹

我没有钱

也不喜欢那些乏味的分币

我跑到那个古怪的大土堆后

去看那些爱美的小花

我说：我有一个仓库了

可以用来贮存花籽

钱夹里真的装满了花籽

有的黑亮、黑亮

像奇怪的小眼睛

我又说,别怕

我要带你们到春天的家里去

在那儿,你们会得到

绿色的短上衣

和彩色花边的布帽子

我有一个小钱夹了

我不要钱

不要那些不会发芽的分币

我只要装满小小的花籽

我要知道她们的生日

1981年12月

倘若说法布尔的《昆虫记》是顾城创作冲动的起点,而安徒生的童话则可视为诗人人生旅程的杠杆。"你运载着一个天国/运载着花和梦的气球/所有纯美的童心/都是你的港口",与其说这是诗人写给尊师的礼赞,莫宁说是自己理想人格的追求与写照。的确,他一向生活在超现实的假定性世界里,中国当代诗人中还很少有人像他那样耽于自造的幻象里如痴如醉。他的爱与恨、欢乐与痛苦、失望与憧憬、沉沦与超越都在那个幻型世界中得到补偿或平衡。而维系这一切的无疑是出自天性的本真童心。读他的诗,我们一直感到我们面对着一个永远长不大的孩子:时而睁着圆乎乎的大眼睛,巴眨巴眨的,时而托着下巴,稍作沉思状,时而扳着指头,把着指甲,喃喃自语……那些由童贞引发的情思、意念、幻想、体验总是带着良善、诚挚、谦卑、天真好奇的光彩。童贞是诗人灵魂的底色。

此诗开头一节叙述诗人的生日得到一个钱夹,心理上产生抗拒,而当他重新投入大自然的怀抱,则马上悟出钱夹完全可以改变金钱工具的性质,加入"实用美学"的行列:何不用它当"仓库"来装花籽呢。唯有与成人世界、世俗世间相悖逆的童心,才有如此奇特转移的"胡思乱想",于是那些密密麻麻的花籽幻化成巴眨巴眨的"小眼睛",黑亮黑亮的,也唯有童稚的灵视,才能在细微的事物里捕捉到别人难以窥见的美的虹彩。此时的诗人完全沉浸在幼儿园般的欢乐氛围里,像对小伙伴那样说着悄悄话:"别怕/我要带你们到春天的家里去/在那儿,你们会得到绿色的短上衣/和彩色的花边的布帽子",亲切的慰抚,美丽的遐思,天真的许诺,在人格化的对象交流中,我们何止感到人性中一种纯洁的体贴温暖，我们更享受到一种有别于大千世界嘈杂而经自然本性过滤，完全净化、完全透明了的审美怡悦。最后一节是对第一节的升华与呼应，"不要那些不会发芽的分币"，断然的口气是审美战胜实用的提升，而"我要知道她们的生日"是呼应，是作者由题旨——自身的生日自然转换为对"他人"——花的生日的祝福，流露出诗人对货币社会的嫌弃、逃离和皈依自然的情怀。全诗焦点集中，结构紧凑，明白如话，充满童稚的谐趣。我们同时亦可以把它看做是一首真正意义上的童诗。

本真童心是顾城创作的酵母，实质上本真童心仍是一种宝贵的艺术精神。因为它的天真，不通世故，故而可以彻底摆脱现实功利，以最纯粹的审美目光进入创造极地；因为它远离规范，不受法则秩序严密控制，它得以任性创造各种各样的形象；因为它变幻不居，好奇好强，善于猜想遐思，故而能时时杜撰出世上绝无仅有的"荒谬""奇迹"；因为它的敏捷和"钻牛角尖"，常常能对司空见惯的东西发掘出新鲜感。在某种意义上可以这样说，谁的童心保持愈长久，谁的艺术创造力就愈强，甚至可以说，艺术创造就是人类童心在更高层次上的激活再现。所有艺术家诗人终生都要追求童心"保养"童心。

《生日》这首诗多少代表了顾城早期诗歌特色：纯真的情思，透明的意象，由亢进的幻觉机制所产生的种种瑰丽的幻想，尤其可贵的是贯穿始终的童心一直到而立之年仍无消隐，且继续加强他的灵魂底色。我常思忖：顾城是幸运的，上苍赐以他一颗充满元气的活跃的本真童心，他的成功已具有先天优势。

二、《白夜》导读

白　夜

在爱斯基摩人的雪屋里

燃烧着一盏

鲸鱼灯

它浓浓地燃烧着

晃动着浓浓的影子

晃动着困倦的桨和自制的神

爱斯基摩人

他很年轻，太阳从没有

越过他的头顶

为他祝福,为他棕色的胡须

他只能严肃地躺在

白熊皮上,听着冰

怎样在远处爆裂

晶亮的碎块,在风暴中滑行

他在想人生

他的妻子

佩戴着心爱的玻璃珠串

从高处,把一垛垛

刚交换来的衣服

抛到他身上

埋住了他强大而迟缓的疑问

他只有她

自己,和微微晃动的北冰洋

一盏鲸鱼灯

1981年7月

仅仅凭本真童心经营童话王国显然是不够的,诗人突出的异想型人格本来就是建构幻型世界的强大支柱。"我是个偏执的人喜欢绝对。朋友给我做过心理测验后,警告我:要小心发疯。朋友说我有种堂·吉诃德式的意念,老向着一个莫名其妙的地方高喊前进。"顾城在《谈话录》中描述了自己气质个性的主要特征。据此线索我们在他的作品中不难发现,这种堂·吉诃德式的意念,异想的巨大功能是无所不在的!风,可以"偷去我们的桨";山影里有"远古的武士";铁船能"开进树林";"彗星是一种餐具";而"时间是会嘘气的枪";"家具笨重地路过大街""钨丝像一个伤口"……及至《布林》异想则到了登峰造极的地步:"西班牙会议变成口琴";"拖鞋们成为青蛙";"牙缝建成地铁";"耳朵长满钟乳石"。……异想充满了思维的严重错位。这种错位的奇特性还在于:某种"神经症"的怪谬离忤并非完全泯灭童话的单纯透剔。

乍读《白夜》这首前期作品,看不出诗人那特有的近乎"梦游症"的异想素质,而给人以宁静平和现实的印象,其实他的"异想"是作为一种"状态"沉潜于毫不夸饰,富有节制的冷静叙述中,在格外质朴客观自然的表象后面隐藏着深深的意味。这是另一种隐蔽的内敛型而非前面引述布林式的扩张型、暴露型。

联系1981年,正是诗人处于内外交困的窘境:职业、工作、房子、婚恋。外部的受阻、内心精神的失调,双重压迫使他在极为烦躁、焦灼、不安、痛苦状态中,不时突然生发出一系列超离现实囿地的狂热奇想。他向往过一种逃避生活,一种在孤岛上荒岛上远离人世喧扰近乎原始耕捕的、默守着"鲸鱼灯"、永远和"北冰洋"对话的"田园"生活。这种寄托、选择导源于现实压迫的深深体验,自然也就异想,外化出"替身"——"爱斯基摩人"。爱斯基摩人是生活在北极圈一带的"原始"人种,全世界迄今只剩下8万多人,生活困顿,长期受白人统治,他们以捕猎海兽为生,多用石骨制作工具,喜欢雕刻艺术。夏季住帐篷,冬季住雪屋,狗是唯一的家畜,用以驾驭雪橇,信服万物有灵和巫术。诗人忽然把注意力转向遥遥几万公里的北极圈,表面上看(特别是采用第三人称)是对原始捕猎生活的客观记叙,毋宁说是自己的心迹——寄托与选择的巧妙披露。

诗一开始,就突出爱斯基摩人的鲸鱼灯,而没有任何肖像特征描写，只是照出"影子""桨"和"自制的神"。浓浓的影子流露出孤寂，搁置的桨显出困顿与疲乏，而自制的神却顽强地证明即使如此境况信仰仍未完全泯绝。这个爱斯基摩人很年轻，太阳却从来没有照耀他，他存在于太阳从不越过头顶的漫漫白夜中，因而他只能"躺倒"孤独地聆听冰层的爆裂，想象在风暴中四迸的碎块。行为是慵懒的，但思想并不慵懒，他的思想远远大于行动，他在困倦与逃避中无时不在苦苦"想着人生"思索命运与归宿。如此窘困，需要靠别人资助（妻子用珠串交换衣服），加深了他"强大而迟缓"的震动和疑问。在深深的悲哀中，伴随他自己的只有"她"和"北冰洋"以及那一盏微弱的"鲸鱼灯"。至此，诗人在现实物质与精神双重重压下完成了对异域异族——北冰洋、爱斯基摩人生活的同构异想。一方面在一连串客观冷静，不动声色的借代隐喻中暗示了自身生存窘状，另一方面隐隐折射出逃离现世寻求解脱的意向。而那一盏开始和结尾出现两次的鲸鱼灯是否有意提醒：慵懒的孤寂中仍尚存微弱的却坚持的活气——一种不可熄灭的生存的信念？

三、《在这宽大明亮的世界上》导读

在这宽大明亮的世界上

在这宽大明亮的世界上

人们走来走去

他们围绕着自己

像一匹匹马

围绕着木桩

在这宽大明亮的世界上

偶尔,也有蒲公英飞舞

没有谁告诉他们

被太阳晒热的所有生命

都不能远去

远离即将来临的黑夜

死亡是位细心的收获者

不会丢下一穗大麦

1982年7月

如果以为童话诗人仅在假定世界虚构他的幻象型天国,用纯净的本真童心和异想型人格或者说凭借格外亢进的幻觉机制在白天做他的诗的"梦游症",那就大错特错了。在童话与现实的边缘,在异想与梦幻的氛围,他的诗亦时时渗透着对社会的介入与干预,以及对生命的体味,尽管不是重笔浓墨,倒像是透明淡远的水彩。

这首诗短短13个句子,形而上地触及了现实生存挣扎与死亡命定的严峻谜面。首句"在这宽大明亮的世界上"是概括性背景,有着映衬作用与反讽效果,联系整首诗可以联想为在这貌似明亮宽敞的社会舞台上,芸芸众生正在演出各自的剧目:正剧、闹剧、悲剧、喜剧……而对熙熙攘攘的众生相,诗人仿佛是以"场记"的身份出现,坐在角落,冷静审视各种剧情发生发展,然后做出法官似的判定:"人们走来走去/他们围绕着自己/像一匹匹马/围绕着木桩。"人们为了生存需要所进行的各种拼搏角逐("走来走去"),或巧取,或豪夺,其目的虽然是一种生存本能("围绕自己"),但不无可悲的是却被另一种社会性异己力量("木桩")所主宰所支配所控制,以致近乎盲目围绕着它团团转,还洋洋得意以为生存得"宽敞明亮"呢!这一剖析显示童话诗人并非天真,从"围绕自己"到"围绕木桩"的双重圆心运动中可以悟出,被"木桩"所异化的人无法自由地施展自己的本质，人时时陷入外部世界异己力量规定的重围中。当然，这只是第一层的社会性含义。另一层的本体含义是：人围绕着自己团团转，人陷入自身的木桩"圈套"，这种作茧自缚是现代人生最大的悲剧——人既是他人的地狱又是自身的囚徒。在这里，诗人用了一个众所周知的现象（马与木桩关系）贴切地道出人的悖论。

为了不至于过于分散，第二节首句再现一次"背景"以便收拢，接着道出"偶尔"也有极少数的英勇的"蒲公英"能够做超脱性飞行。蒲公英这一意象在新诗潮中被广泛应用。它常常扮演先驱者、觉醒者、探索者、冒险者、叛逆者的角色。可是没有人"告诉"蒲公英，他们终究飞不远，也有可能他们明知飞不远，还是义无反顾地"远去"。他们拒绝种种被异化的现实的"黑夜"，尽管他们明白：他们无法最终抗拒命运，无法抗拒人生最大的谜底——死亡。所有这一切都要被死亡这位"细心的收割者"所捕获。诗人把死亡比喻为一位巨细无遗的收割者，绝不丢下任何一穗麦子。从蒲公英的相对自我肯定（"飞舞"）走向最后的否定（"不能远去""不会丢下"）实质上涉及了生与死的命题。诗人在此似乎放弃了生的坚持而肯定死的威力，虽然他的否定心平气和，口气很是客观，但那宿命的意绪多少有所流露，那是一种挣扎，一种平静的绝望。D.蒂利希在《存在的勇气》一书中说："绝望是一种最终的或边缘的境遇，绝望的痛苦是这样一种痛苦：由于非存在的力量、存在者知道自己无力去肯定自己，结果便是它想放弃这一认识及其预设，放弃那被意识到了的存在。不想摆脱自己——而这是做不到的。绝望以加倍的形式出现，以此作为逃避的孤注一掷的意图"，幸好，顾城没有彻底陷入死亡的绝对宿命，他把平静的绝望化解，寄托在"蒲公英"的飞行中（在他作品中曾大量出现"蒲公英"的意象），哪怕最后都"不能远去"，毕竟他还清醒：整个人类的生命可以解释为一种避免绝望而作的待续努力，他并没有彻底放弃努力。

四、《穷，有个凉凉的鼻尖》导读
穷，有个凉凉的鼻尖

穷，有个凉凉的鼻尖

他用玻璃球说话

在水滴干死以后

四周全是麦地

全是太阳金晃晃的影子

全是太阳风吹起的尘暴

草棵蓬起了

很热,很热

粉红色的妇女在堤坝上走着

田鼠落进门里

落进灰里

灶台上燃着无色的火焰

穷,有个凉凉的鼻尖

  1983年,顾城开始告别他的《逝影》(第四本自选诗集),他的观照掌握世界的方式开始发生了变化。先前,他的幻觉、情思多通过透剔晶莹的意象给予外化定型。娴熟自如的叠加、断裂、脱节、绾结手法还没有完全遮蔽情思流动的隐约"框架"的主观自我色彩。当他步入《颂歌世界》(第五本自选诗集)时他完全把"我"从自身中抽离出来了,让它与客观世界处于平行游离状态——即我离开自身来看世界;这种微型结构诗的特点是:诗不再是主观情思朝外界作对应性投射,凭借自然意向来寻求暗示的联想过程，而是在极短的语言途径中以突发的方式呈现某种"关系"而已，它彻底地瓦解了情思流动的"逻辑"框架，此外那些主观的价值的评判的东西亦要作彻底清理。主体诗人可以站在一切事物之外，站在外人的角度来观照自身，诗呈现为一种相当客观、冷静的"局外物"。如果再从主体诗人具体的心理图式方面来考察，那么这种与世界平行的微型结构关系诗，往往是诗人儿时的一缕情绪记忆与现实显意识某种突发的耦合，往往是过往经验积淀与现时灵感骤至的耦合，往往是他夜梦痕与今日出神状态的不期耦合。它显得那样无序、飘忽、游移、跳脱，几乎没有过渡，没有承接，没有转换，没有过程。明了此种元序的微型结构关系特点，再来看《穷》就不会坠入五里雾中。

首句"穷，有一个凉凉的鼻尖"，句法古怪，"没头没脑"。"穷"以金鸡独立的姿态顶头，既可看做是抽象物，又可视为某个具体人的概括性替代符号，紧接着"凉凉的鼻尖"则是具象物的特征写照，两者的猝然组结，在视知觉上给人以"穷"——悬挂在鼻尖上的画面效果，这可能是诗人忽然遇到某个人的第一个印象直觉，那么它无疑是诗人直觉与意念的刹那的"联盟"，才产生如此"怪诞"的句子，但笔者细细斟酌之后，倾向于认为它更可能是作者自我的直接写照。接下去用第三人称叙述"你"也可以是"我"，这种随机颠倒的关系——诗中人称指代可以随意更换取代的做法，是此类微型结构诗又一特点（尽管此诗表现的更换不是最典型最突出的）。"他"虽然在用"玻璃球说话"，笔者据此倒听到"我"——童话诗人，在玻璃般的童话寓言喃喃自语。可惜我们实在无法听清楚他在说什么，只有玻璃球的声响让我们去臆想。更奇怪的是，诗忽然毫无准备地直接突入第二段。根据对对象的描写，笔者判断那是一组对农村生活片段的镜头"闪回"：中午；麦地；阳光；漫飞尘暴；草棵；热浪滚滚；穿红衣服的妇女在堤坝上；一只田鼠忽然落在火灰里，灶门即刻腾起火焰。此刻，"他"（即诗人）也许正倚在门口远眺，对炎热的午景呆呆地出神呢。诗的最后一句"穷，有一个凉凉的鼻尖"，再与开头做出呼应。到这里，读者恐怕要苦苦寻找夏日景象后面深藏着什么微言大义，那些意向后面究竟暗示着什么。如此那般去寻找肯定要走入迷宫，因为这种微型结构诗并无意体现深厚意蕴，不想表现过程，仅仅呈现一种关系。它的风格犹如诗人自己十分酷爱的古币上的饰纹，及其简洁、质朴，甚至让人感到拙稚。

这种关系诗是诗人意绪、意念、潜意识幻觉或超验在瞬时间的自然呈现。1986年"后崛起"一些诗人宣称自己实验的关系诗所拥有的专利权是何等具有超前性,其实在1982年江河的"投射诗",1983年顾城的"微型结构"中已显露出若干端倪。

一份发自肺腑的爱情宣言

读舒婷的《致橡树》

杨剑龙

作者介绍

杨剑龙，1952年生，上海师范大学都市文化研究中心主任教授、博导。

推荐词

舒婷的诗歌以其女性独特的情绪体验感受外部世界，在自我内心的深入观照中，将其独特的感受、真挚的情感化为充满诗意的诗句，以生活化的意象、隐喻性的诗句营造诗歌的意境，在平凡的事物中赋予独特的诗意，使其诗歌在单纯的形式中有着丰富的情感，在简捷的表述中蕴涵着深刻的思想，形成其诗歌典丽柔美的风格。

在中国当代诗坛上,舒婷被视为朦胧派的代表诗人,与同为朦胧派诗人的北岛、顾城等相比较,她的诗作没有北岛诗歌意象的奇诡新异、风格的深沉凝重,也没有顾城诗歌心态的梦幻稚气、风格的单纯稚美,舒婷的诗歌以其女性独特的情绪体验感受外部世界,在自我内心的深入观照中,将其独特的感受、真挚的情感化为充满诗意的诗句,以生活化的意象、隐喻性的诗句营造诗歌的意境,在平凡的事物中赋予独特的诗意,使其诗歌在单纯的形式中有着丰富的情感,在简捷的表述中蕴涵着深刻的思想,形成其诗歌典丽柔美的风格。其代表诗作《致橡树》就是一首在单纯的形式中有着丰富情感的诗作,诗歌以二元对立的艺术构思、新颖丰富的抒情意象、整饬自然的对偶句式,抒写诗人对于爱情的理想与追求,是一份发自肺腑的爱情宣言。

一

舒婷在"文化大革命"时期就开始诗歌创作,将其在那个动乱年代的苦闷与恍惚都写进她的诗作之中,粉碎"四人帮"以后,舒婷以充沛的激情从事诗歌创作,接连写出了《致橡树》《这也是一切》《祖国啊,我亲爱的祖国》等优秀诗篇,引起了诗坛的瞩目。发表于新时期之初的《致橡树》以二元对立的艺术构思结构作品,表达了其对于真挚情感崇高爱情的追求。也许是因为经历了"文化大革命"这个疯狂迷乱的年代,也许是因为见到过太多的虚伪与势利,从"文化大革命"的迷茫苦闷中走出的舒婷,将思考什么是真挚的情感、独立的人格置于十分重要的地位,这也是其对于我们民族灾难的深刻思考,她将这种思考以对于爱情境界的表白与追求为题材,以发自肺腑的内心独白表达其独到的爱情观。诗歌以否定的爱情观与所追求的爱情理想的抒写构成二元对立的艺术结构,诗歌先否定"借你的高枝炫耀自己"的凌霄花,否定这种充满着功利性的爱,也否定"为绿阴重复单调的歌曲"的痴情的鸟儿,否定这种缺乏独立个性的爱。诗人也不满于只讲奉献而缺乏交流的"泉源""长年送来清凉的慰藉";也不满于只为了衬托他人而忽略自我的"险峰""增加你的高度,衬托你的威仪";历代诗人一如既往地咏赞的日光、春雨,舒婷也不满于它们仅仅将日光洒满大地、仅仅将春雨滋润万物而从不考虑自己,因此,诗人从内心深处疾呼:"不,这些都还不够!"爱情不能只是单方面的利己或利他,爱情必须是双向的交流,必须是心心相印的理解与互动。因此,诗人在抒写了她所否定的爱情观后,就以生动的意象表达其独特的爱情观:"我必须是你近旁的一株木棉,作为树的形象和你站在一起",木棉与橡树比肩而立,这并非是中国传统爱情观中的"在天愿做比翼鸟,在地愿做连理枝",女性总是依附于男性,嫁鸡随鸡、嫁狗随狗,木棉与橡树同在蓝天下谁也不依附于谁,谁都作为树的形象而屹立,"根,紧握在地下,叶,相触在云里",紧握在地下的根昭示了它们心心相印的深情,这是任何狂风暴雨都难以将它们分隔开的;相触在云里的叶表达出它们相濡以沫的真情,这是任何花言巧语都难以将情谊表达的,"每一阵风过/我们都互相致意,但没有人/听懂我们的言语"。这就是两心相印的真情,一笑一颦都传情,这就是相互尊重的爱情,<u>丝丝缕缕总关情</u>。在心心相印中,双方仍然保持各自独立的性格:"你有你的铜枝铁干/像刀、像剑,也像戟；我有我红硕的花朵/像沉重的叹息，又像英勇的火炬。"男性的橡树充满着阳刚之气，铜枝铁干凸现出男性的英武姿态；女性的木棉洋溢着阴柔之风，红硕花朵展示出女性的柔美意味。双方都不以消弭自我的个性而迎合对方，而是依然保持自己鲜明的特性。在生命的旅程中，他们能够同甘共苦："我们分担寒潮、风雷、霹雳；我们共享雾霭、流岚、虹霓。"经历着艰难困苦坎坷磨难，爱的双方始终能够相互分担；面对着成功喜悦幸运欢愉，爱的伴侣总是能够互相分享，风雨与共、同舟共济，欢欣鼓舞、举杯同庆，这才是真正的爱情！"仿佛永远分离，却又终身相依。"既保持独立，又终身相依，在心心相印中同甘共苦，在风风雨雨中同舟共济，这才是诗人心目中渴望的爱情！诗人在诗歌的尾声中宣告道："这才是伟大的爱情，坚贞就在这里：爱——不仅爱你伟岸的身躯，也爱你坚持的位置，足下的土地。"诗人在二元对立的构思中，在被否定的爱情观与向往的爱情境界的比照中，突出一种坚贞的爱情，不仅爱橡树伟岸的身躯，而且也爱橡树足下的土地，这片生长着伟岸的橡树的土地。诗歌通过二元对立的结构，表达了诗人对于理想爱情的追求与希冀。

二

诗歌必须以形象表达情感和思想，意象就成为诗歌的精魂，通过意象的择取与描绘，将诗人内心丰富的情感含蓄地道出。舒婷的《致橡树》就以新颖丰富的抒情意象来抒写其内心对于世俗的爱情观的反对与不满，表达其对于心中理想爱情的向往与追求。在诗歌创作中，舒婷常常从日常生活中择取意象，这使其诗作中的意象显得十分亲切，她又常常赋予其择取的意象以十分独特的内涵意蕴，使其诗作中的意象具有十分新颖的意味。《致橡树》中的主体意象是橡树与木棉，诗人十分独到地择取了这两个外形迥异的意象，并赋予它们性别色彩，有着伟岸身躯铜枝铁干的橡树充满着男性的勃勃英气，有着红硕花朵的木棉洋溢着女性的娇艳美丽，也有着思想的深沉、行为的果敢，在勾勒橡树、木棉的各自特性后，诗人突出描写橡树与木棉的比肩而立、心心相印、同甘共苦、终身相依。在对于橡树与木棉意象的勾画中，表达诗人心目中的"伟大的爱情"，针砭诗人所不满所反对的爱情观，通过橡树、木棉这两个主体意象的抒写，将诗人心中关于爱情问题的思考抒写得十分形象、十分含蓄，十分独到又贴切地宣告了诗人独到的爱情观。诗作中，诗人还以凌霄花、鸟儿、泉源、险峰、日光、春雨等意象烘托反衬橡树、木棉之间的爱情，以针砭诗人所反对、所不满的爱情观，这使诗作中的抒情意象显得新颖而丰富。诗人抓住所择取意象的特点，在凸现这种特点中表达其对于某些爱情观的不满与反对，使其深刻的思想通过新颖丰富的意象予以含蓄生动的表达。栽培于庭院中的凌霄花，其藤蔓只有攀缘于棚架篱墙树干上才能生长，诗人通过凌霄花的勾勒反对攀附权贵等达到向上爬的目的的爱情观。痴情的鸟儿为绿阴而歌唱，因为绿阴可以为它遮挡住骄阳，鸟儿并非为其自我而歌唱，而是为能躲避在大树的绿阴下而重复单调的歌曲，鸟儿歌曲充满着功利性的色彩。诗人择取的泉源、险峰、日光、春雨这些意象，意在通过这些浇灌、衬托、照耀、滋润对方而不考虑自我的意象，以这些只知奉献而不为获取的意象，表达了诗人对于牺牲自我幸福、放弃自身追求的传统爱情观的不满，在这些被历代诗人所礼赞所推崇的意象上，不落窠臼地独辟蹊径，在平平常常的意象中见出新意，从而反衬出橡树、木棉主体意象的崇高壮美，抒写出心心相印同甘共苦的爱情的伟大坚贞。诗歌中所择取的意象群体都是与橡树相关的，无论是攀缘大树的凌霄花，还是站立枝头歌唱的鸟儿；无论是送来清凉的泉源,还是衬托威仪的险峰,都是诗人精心思考择取的,从而在动静结合有声有色远近交错的背景中衬托主体意象,使整首诗洋溢着诗人赋予大自然的清丽深邃意境。

三

阅读舒婷的《致橡树》,在流畅的节奏中读者可以感觉到诗人的不满与愤懑,在激越的情感中读者可以感受到诗人的执着与坦诚,在诗歌中诗人以整饬自然的对偶句式使诗歌读来朗朗上口,在发自肺腑直抒胸臆式的诗句中宣告诗人的爱情宣言。在整首诗中,诗人以两两对偶的句式表达其对于爱情的思考与追求。在开篇"我如果爱你——"的句式中分别否定凌霄花、鸟儿的功利性的姿态;在说及泉源、险峰时,诗人用"也不止"的对偶句式表达其对于一味奉献不谈平等的作为的不满;在谈到日光、春雨时,诗人采用了省略的方式,仅仅以"甚至"的对偶句式,表达对于这种爱的方式的不满。这种对偶句式的运用,读来流畅自然一气呵成,更好地抒发了诗人发自肺腑的心声。诗人在勾画橡树、木棉心心相印时,以对偶的句式很有层次地展示二者的爱情境界,分别从双方的平等处境、心心相印、个性特征、同甘共苦等方面,生动细致地抒写理想的爱情境界,在对仗工整的"根,紧握在地下/叶,相触在云里"中,勾画出二者表里合一心相印的爱情境界;在"你有你的铜枝铁干""我有我红硕的花朵"的对偶中,展现橡树与木棉各自的风采神韵;在"我们分担寒潮、风雷、霹雳;我们共享雾霭、流岚、虹霓"的对偶句式中,抒写双方患难与共、同享欢愉的爱情生活,共同承受生命过程中的风雨与磨难,一起分享人生旅程中的欢乐与光荣。在"仿佛永远分离,却又终身相依"的对偶句式中,写出了形分实合息息相关的爱情境界,将诗人心目中理想的爱情以对偶的句式十分生动流畅地抒写了出来,在跌宕起伏的节奏中,在隔句押韵的诗句中使整首诗激情洋溢、流畅自然,很好地宣告了诗人发自肺腑的爱情宣言。

舒婷的《致橡树》虽然以爱情抒写为主题,但是在诗歌的字里行间,读者也可以联想到更多,联想到如何坚守个性的独立、如何保持高尚的追求、如何远离世俗的庸俗,在爱情的宣告中也可以联想到对于民族的爱、对于祖国的爱。诗歌以二元对立的艺术构思、新颖丰富的抒情意象、整饬自然的对偶句式,成为舒婷的代表作,成为脍炙人口的佳作,是诗人发自肺腑的一份爱情宣言。

从橡树到神女峰

舒婷从崭露头角到艺术成熟

孙绍振

作者介绍

孙绍振，1936年生，1960年毕业于北京大学中文系，先后在北京大学中文系、华侨大学中文系、福建师范大学中文系任教。有专著《文学创作论》《论变异》《美的结构》《当代文学的艺术探险》《审美价值结构和情感逻辑》《怎样写小说》《孙绍振如是说》《你会幽默吗？》《挑剔文坛》等出版。

推荐词

从《橡树》到《神女峰》，隐藏着一条舒婷从崭露头角到艺术成熟的道路。

舒婷作为女诗人,其女性主题成就卓尔不群,就影响巨大来说,首推《致橡树》,但是,这种影响由某种不可重复的历史条件造成,毕竟《致橡树》是舒婷早期作品,难免有某种局限。就艺术成就来说,无疑是《神女峰》更为成熟。从《致橡树》到《神女峰》,隐藏着一条舒婷从崭露头角到艺术成熟的道路。

> 在向你挥舞的各色花帕中
>
> 是谁的手突然收回
>
> 紧紧捂住了自己的眼睛
>
> 当人们四散离去,谁
>
> 还站在船尾
>
> 衣裙漫飞,如翻涌不息的云
>
> 江涛

高一声

低一声

　美丽的梦留下美丽的忧伤

人间天上，代代相传

但是，心

真能变成石头吗

为眺望远天的杳鹤

而错过无数次春江月明

　沿着江崖

金光菊和女贞子的洪流

正煽动新的背叛

与其在悬崖上展览千年

不如在爱人肩头痛哭一晚

——舒婷《神女峰》

舒婷作为女诗人，常常被某些文学评论家当做女权主义的代表。这当然有一定的道理。不仅仅因为她的性别，而且因为她的作品里时时表现出来某种女性的视角。从早期的《致橡树》，到中期的《神女峰》，女性立场、女性价值的坚持一脉相承。《致橡树》长期以来受到女性读者的青睐，在婚礼上为女性来宾、新娘朗诵的故事比比皆是，被选入中学语文课本，不止一家。但是，《神女峰》却没有这样的幸运，在一般女性读者心灵中，似乎没有那么深的印象。其实，《神女峰》恰恰是《致橡树》姐妹篇，二者遥遥相对，息息相通。诗人有意在其中隐含着互相说明的寓意。关于这一点，舒婷在《都是木棉惹的祸》中有过坦诚的告白：

> 1977年3月，我陪蔡其矫先生在鼓浪屿散步，话题散漫。爱情题材不仅是其矫老师诗歌作品的瑰宝，也是他生活中的一笔重彩，对此，他襟怀坦白从不讳言。那天他感叹着：他邂逅过的美女多数头脑简单，而才女往往长得不尽如人意，纵然有那既美丽又聪明的女性，必定是泼辣精明的女强人，望而生畏。年轻的我气盛，与他争执不休。天下男人（不是乌鸦）都一样，要求着女人外貌、智慧和性格的完美，以为自己有取舍受用的权利。其实女人也有自己的选择标准和更深切的失望。
>
> 当天夜里两点，一口气写完《橡树》，次日送行，将匆就的草稿给了其矫老师。他带到北京，给艾青看。

北岛那时经常去陪艾青,读到了这首诗,经其矫老师的介绍,1977年8月我和北岛开始通信。前些日子,因为王柄根要写蔡其矫的传记,我特意翻找旧信,重新读到北岛1978年5月20日信中这句话:"橡树最好改成《致橡树》……这也是艾青的意思。"

这首诗流传开来,不断碰到那些才貌双全的女孩子,向我投诉没有橡树。因此又写《神女峰》作为补充:"与其在悬崖上展览千年,不如在爱人的肩头痛哭一晚。"年轻人却不予理会。至今,只要有人老话重提,说起当年的爱情史与《致橡树》有关,我赶紧追问:"婚姻还美满吧?"好像我要承担媒人职责那么紧张。

舒婷透露的信息很深刻,一方面是《致橡树》在读者的记忆中有那么重要,甚至与爱情史有关,而另一方面,读者对《神女峰》却"不予理会"。这是诗人多少感到有些困惑的。

其实,这种困惑也是一些深思的评论家所感到的。

当然,《致橡树》写作在1977年,从思想高度上来说,是横空出世的。从传统观念来说,女性被男性的目光欣赏是天经地义的,不光是"三从四德"中就有"女容",就是在经典文献上，也有"女为悦己者容"。现代男性也把女性的容貌作为审美的首要选项，是堂而皇之的。蔡其矫之所以在女性面前坦言不满足于女容，显然是在为自己的精神高度而自豪。但是，他完全没有考虑到女性也有权利对男性进行选择。舒婷说："天下男人（不是乌鸦）都一样，要求着女人外貌、智慧和性格的完美，以为自己有取舍受用的权利。其实女人也有自己的选择标准和更深切的失望。"当时社会情绪热点还集中在对"四人帮"政治批判，故舒婷的精神立场，并没有引起理性的震撼，只是在女性读者中，引起了感情的共鸣。正是因为这，这首诗在各式各样的婚礼和朗诵会上才反复被朗诵。

就是面对如此空前的社会效应，舒婷也不改她的敏感和反思，她似乎不太踏实。"不断碰到那些才貌双全的女孩子，向我投诉没有橡树。"这句话轻描淡写，语焉不详，其中有比较深刻的意蕴，值得分析。今天我们可以从两个方面解读。第一是，中国没有什么橡树，橡树意象，是从外国电影和风景中获得的。就是在杭州植物园中亲眼目睹，也是"病歪歪的，与想象相去甚远"。哪怕当地宣传部长好心提议在鼓浪屿择块风水宝地，种一棵橡树，矗一块《致橡树》

的诗碑，舒婷的回答也是："橡树在南方不容易成活，假使能生根，一定没精打采百无聊赖。橡树要长到可以托付终身的模样，需要好多年，至少我和部长都看不到了。"这种解读涉及橡树的生物学真实与艺术想象之间的矛盾，这从理论上来说，是没有争议的，不够引发舒婷写另外一首诗来"补充"的程度。这就有了第二种解读，那些诉说"没有橡树"的女孩子，是从现实意义上说的，实际上是在中国找不到像橡树一样伟岸的男性。这里可能与当年一种特有的思潮有关系。在舒婷的《致橡树》在《诗刊》上发表前后，日本电影《追捕》男主角高仓健在逆境中坚定不移的男子汉形象，在中国引起了轰动，报纸上一度出现"寻找男子汉"的话题。女孩子所谓"没有橡树"也包含着没有男子汉可以托付终身的意思。这样提出问题，使舒婷觉得这些女孩子，虽然可能在婚礼上朗诵了《致橡树》，但是，实际上并未真正读懂。舒婷为什么要在这些"女孩子"前面加上了"才貌双全"？这里显然并不是称赞，而是反讽。貌则有之，才则可疑。因为，在《致橡树》中，伟岸的橡树意象，并不是女性单方面可以依托的靠山。从一开头，舒婷就反对"攀缘"和"衬托"，她的立意是：以同样的姿态，独立、平等、互相理解、互相鼓舞、互相支持：

> 我们分担寒潮、风雷、霹雳；
> 我们共享雾霭、流岚、虹霓。
> 仿佛永远分离，
> 却又终身相依。

白马王子也好，理想的男子汉也好，都脱不了女性的依赖性。这和忍受男性单方面的选择，性质是共同的。正是出于这样的考虑，舒婷又写了《神女峰》，把平等的主题进一步深化：

> 与其在悬崖上展览千年
> 不如在爱人肩头痛哭一晚

在悬崖上展览千年，典故有两种来源：一是，古代书面文献，巫山神女主动献身于楚怀王，这是女性主动向男性奉献躯体；二是，出于民间故事，妻子在悬崖上等待丈夫，经年不至，久而化石，这是女性为男性献出生命。三峡景观，如果取巫山神女典故则当为神女峰，取民间传说，则并无神女，只有民妇，或曰美女，当为美女峰。舒婷取民间浪漫故事之实，以经典文献神女名之。借此向数千年的"妇德"发出质疑。锋芒所向，不但在男性，而且在女性：

> 在向你挥舞的各色花帕中
> 是谁的手突然收回
> 紧紧捂住了自己的眼睛

传统妇德观念的赞美者、崇拜者并不仅仅是男性，而且还有挥舞花手帕的女性。花手帕的挥舞者是如此众多，而质疑者却只有一个。尽管浪漫的传说是美丽的，留下的忧伤也是美丽的，"人间天上，代代相传"，但是，这仍然是不人道的：

> 但是，心
> 真能变成石头吗

为什么要这样等待，难道为了表现等待的痴情，就应该把只有一次的生命牺牲？把鲜活的心灵变成没有生命的景观？"心，真能变成石头吗"？这是激烈的感情，也是深刻的理念。

> 为眺望远天的杳鹤

而错过无数次春江月明

神女峰作为浪漫爱情的坚贞的象征，已经被传说话语霸权化了，成了不言而喻潜在的陈规了。但是，把生命献给绝望的等待，以表现爱情的坚贞，塑造成千年的道德的楷模，是值得的吗？她提出的质疑是：生命每一刻的体验都是珍贵的，不能为了非常遥远的、可望而不可即的概念（"眺望天上来鸿"）而忽略生命的美好体验。就是再浪漫的情操，也不能抹杀生命的珍贵感觉。为了把这样的思索强化，舒婷不惜把传统观念和生命价值放在两个极端上。一个是展览千年，作为道德的、情感的楷模，作为永恒的荣耀，一个是一个晚上的痛苦。在通常情况下，当然是千百年的荣耀更为光彩，但是，在一个条件下，二者发生了转化，那就是"在爱人肩头"，为了体验真正的爱，哪怕是痛苦的爱，哪怕是片刻的爱，也比没有感觉的石头有价值。舒婷的困惑在于许多"才貌双全的女孩子"，对《致橡树》十分热衷，而对《神女峰》却没有多少感觉，甚至"不予理会"。莫非她是觉得《神女峰》的思想比之《致橡树》更深邃？不一定。因为她自己说了《神女峰》是《致橡树》的"补充"。从观念的全面来说，应该说《致橡树》更值得注重。但是，舒婷的字里行间，却流露出相反的倾向。是不是舒婷对《神女峰》有所偏爱呢？这种领受的实质是什么呢？事实上，舒婷对《神女峰》如此"偏心"，唯一的原因，在艺术上。

《致橡树》写于1977年，是舒婷的早期作品，从构思到语言，都有70年代诗歌的某种宏大叙事的烙印。感情的强烈，结构的前后对称，句法上的多重排比，这些都是舒婷中期诗歌所扬弃了的。从80年代中期，从更加成熟的眼光来看，这样的句法：

> 我必须是你近旁的一株木棉，
>
> 做为树的形象和你站在一起。
>
> 根，紧握在地下
>
> 叶，相触在云里。
>
> 每一阵风过
>
> 我们都互相致意，
>
> 但没有人
>
> 听懂我们的言语。
>
> 你有你的铜枝铁干

像刀、像剑，

也像戟；

我有我红硕的花朵

像沉重的叹息，

又像英勇的火炬。

这里自然有舒婷式的精致语言，但是，也有太呆板的对仗，而且某种话语不无陈旧之感，这和《神女峰》的清新的语言相比，显然太过滔滔不绝，不够含蓄，在艺术上成熟了的舒婷认为是很幼稚的。正是因为这样，我们在她的文章中看出来，只要有人提起《致橡树》她就有点紧张：

至今，只要有人老话重提，说起当年的爱情史与《致橡树》有关，我赶紧追问："婚姻还美满吧？"好像我要承担媒人职责那么紧张。

从语言上来看，这样的对仗和排比，完全是在做出一副做诗的架势，从一些宏伟的词语中，甚至可以看出一些样板戏《沙家浜》的影子，细心的读者，可以从指导员郭健光的唱词中找到"模板"。如果读者不嫌我唐突，请把郭健光口

中的青松和舒婷的橡树略作比较:

> 要学那泰山顶上一青松,
>
> 挺然屹立傲苍穹。
>
> 八千里风暴吹不倒,
>
> 九千个雷霆也难轰。
>
> 烈日喷炎晒不死,
>
> 严寒冰雪郁郁葱葱。
>
> 那青松逢灾受难,经磨历劫,
>
> 伤痕累累,瘢迹重重,
>
> 更显得枝如铁,干如铜,
>
> 蓬勃旺盛,倔强峥嵘。

郭健光的"枝如铁,干如铜"到了《致橡树》中成了"铜枝铁干,像刀,像剑",这样的宏大话语,带着当时的英雄主义的音调。但是,舒婷毕竟是舒婷,她把青松改造成橡树,虽然她没有真正见到过橡树,但是,总算把青松强烈的政治色彩、英雄主义的高亢声调消解了。同时,她也加入了自己的话语:木棉,不仅像英勇的火炬,而且能发出"沉重的叹息"。如果这些还不是太重要的话,那么下面这几句就很重要了：

> 我们都互相致意，
>
> 但没有人
>
> 听懂我们的言语。

这就不是集体的英雄话语，而是个人的话语，正是在这样的语言上，我们看到了舒婷之所以成为后来的舒婷的端倪。这也许是我的吹毛求疵，但，这实在很正常，舒婷当时还是一个回城知识青年，才27岁，在厦门灯泡厂流水线劳动。在她成熟了以后，理所当然地有一种悔其少作的感觉。虽然是不经意的流露，也应该成为研究舒婷艺术的不可多得的线索。

在寒冷的雪中让内心和时代发声

王家新《帕斯捷尔纳克》欣赏

霍俊明

作者介绍

霍俊明,1975年生,河北丰润人,诗人,博士,作协会员,主要从事20世纪新诗史学与新诗理论研究。执教于北京教育学院人文学院中文系。任中国人民大学文艺思潮研究所《新诗界》常务副主编。

推荐词

在20世纪90年代的汉语先锋诗歌写作的经典文本谱系中,王家新的《帕斯捷尔纳克》以卓越的个性化诗歌写作,敏识和沉重的知识分子式的担当精神,呈现了由80年代末到90年代转型期的诗歌写作的诗学症候。这首诗以寒冷背景中的独语、对话和争辩、质疑,舒缓而凝重的诗歌节奏凸现出90年代诗歌写作的难度与深度,也更具代表性地呈现了内心与生活和时代之间的纠结与龃龉。《帕斯捷尔纳克》完成了一个时代剥洋葱式的伟大工作,在不可替代亦不可复制的词语、想象、经验、生活的反复摩擦中,诗人以寒冷而深锐的智性写作提前揭开了一个陌生而尴尬时代的降临,一个理想主义年代的黯然结束。《帕斯捷尔纳克》是90年代诗人的精神成长史,是一个诗人面对时代和内心的强大而低沉的发声。

在20世纪90年代的汉语先锋诗歌写作的经典文本谱系中，王家新的《帕斯捷尔纳克》以卓越的个性化诗歌写作，敏识和沉重的知识分子式的担当精神，呈现了由80年代末到90年代转型期的诗歌写作的诗学症候。这首诗以寒冷背景中的独语、对话和争辩、质疑，舒缓而凝重的诗歌节奏凸现出90年代诗歌写作的难度与深度，也更具代表性地呈现了内心与生活和时代之间的纠结与龃龉。《帕斯捷尔纳克》完成了一个时代剥洋葱式的伟大工作，在不可替代亦不可复制的词语、想象、经验、生活的反复摩擦中，诗人以寒冷而深锐的智性写作提前揭开了一个陌生而尴尬时代的降临、一个理想主义年代的黯然结束。《帕斯捷尔纳克》是90年代诗人的精神成长史，是一个诗人面对时代和内心的强大而低沉的发声。

在20世纪90年代的汉语诗歌写作史上，在理想主义结束和精神贫血的工业时代降临的背景之下，王家新的《帕斯捷尔纳克》成为绕不过去的经典文本。在12月冰雪的寒彻背景下，一个时代的开始是以难以言说的尴尬和沉重为代价的，而王家新则勇敢地担当了个人、生活和时代多重的难以想象的重压，从而使得知识分子的优异灵魂和个性化的写作成为20世纪90年代以来中国诗歌写作的强大、低沉而又持久的发声。王家新在上世纪90年代初期的《守望》《转变》等诗中呈现出特有的知识分子担当意识和对时代的深刻抒写，但最具代表性的还是《帕斯捷尔纳克》（最初发表于《花城》1991年第2期）。

《帕斯捷尔纳克》这首20世纪90年代诗歌的经典文本正印证了"诗与诗人的相互寻找"。20世纪90年代在一定程度上成为考验所有中国诗人的一个特殊时期，压抑、迷茫、困惑、沉痛、放逐成为诗人的日常生活和诗歌写作的主题。而如何以诗歌来完成由20世纪80年代到90年代中国社会的转型、诗歌写作语境和诗人心态的暴戾转换就成了20世纪90年代诗人所面临的挑战和难题，"是到了在风中坚持/或彻底放弃的时候了"（《转变》）。然而，最终缪斯在众多的诗人中选中的骑手只有一个，那就是王家新，还有他的这首写于1990年冬天的《帕斯捷尔纳克》。换言之，王家新和他的经典名作《帕斯捷尔纳克》以向内心和时代的"黑暗"挖掘成为映射20世纪90年代文学生活和社会生活的一面多棱镜，而王家新也成为转型期游动悬崖上的一个先锋的守望者和质疑者的形象。《帕斯捷尔纳克》成为20世纪90年代中国诗歌写作和时代境遇的一个重要寓言，正如程光炜在1991年初看到王家新刚刚写完不久的《帕斯捷尔纳克》时的震惊与沉痛，预感到20世纪80年代已经结束了……

从《帕斯捷尔纳克》诗歌的题目到诗歌中大量的诗人独语、对话，我们可以看出，首先这首诗含有对俄罗斯白银时代的伟大诗人、小说家帕斯捷尔纳克（1890—1960）这位"承受者""苦难者"式的"大师"致敬的成分，"不能到你的墓地献上一束花/却注定要以一生的倾注，读你的诗/以几千里风雪的穿越/一个节日的破碎，和我灵魂的颤栗"。这也正印证了王家新所宣称的帕斯捷尔纳克对自己产生的重要影响，他"激励我如何在苦难中坚持"写作。然而，这种诗人和诗人之间的对话与倾听的过程显然是如此的艰难，这种灵魂之间的"无言的亲近"却是以穿越几千里的风雪来完成的，其间是黑暗而寒冷的记忆，灵魂的孤独、破碎和战栗是同时属于王家新和这个俄罗斯伟大诗人的。但是，值得强调的是，如果仅仅将《帕斯捷尔纳克》这首诗简单地视为王家新对帕斯捷尔纳克的致敬，无疑将诗人的真正写作意图和这首诗丰富的诗歌意义大大降低了。与其说这首诗是对另一个伟大诗人的致敬，不如说这是精神贫血时代诗人自己和自己，甚至自己与时代的互相探询与争辩，换言之，王家新在《帕斯捷尔纳克》中只是结合一个遥远国度诗人的对话完成了一个中国本土化的诗歌寓言和个体写作与精神生活的强大象征，"从茫茫雾霾中，透出的不仅是俄罗斯的灵感，而且是诗歌本身在向我走来：它再一次构成了对我的审判"。这样，俄罗斯的茫茫雪野和北京十二月冬雪的"轰响泥泞"就构成了情感共鸣的生发场阈，诗人在遥远而沉重的俄罗斯和惨遭放逐的帕斯捷尔纳克那里找到了共鸣的契机和入口。在不断地掘进中，王家新完成了对沉重的历史重压下的个体命运和时代症候的本质性思考，这也是为什么在90年代诸多重要的诗歌文本中，《帕斯捷尔纳克》成为经典的一个重要原因了。由此，我们可以发现，在任何时代，诗人和时代的关系都不是一个大而无当的伪命题，而是一个真真切切难以回避的问题，而王家新以他的《帕斯捷尔纳克》做出了有力回答。

王家新在《帕斯捷尔纳克》中所呈现出来的沉痛和受难感是同时代诗人中相当少见的，王家新的诗歌写作技巧可能不是同时代诗人中最好的，但是他特有的知识分子的情怀和勇于担当的精神以及对命运和时代的深锐审视却无疑是同时代诗人中最为出色的，从而使得王家新成为中国20世纪90年代以来诗歌的一个个性化的独特存在，而只有如此，我们才能真正领略和读懂《帕斯捷尔纳克》这首诗歌的真正伟大之处，才会真正读懂十二月的风雪、泥泞、寒冷、清澈背景下质疑、盘诘、沉痛、尴尬、放逐、担当、牺牲的伟大诗歌精神的烛照与洞彻。在墓地、风雪、弥撒曲、死亡、黑色的大地等带有沉重质地的意象谱系中，我们似乎发现词语和修辞甚至已经无法分担事物的沉重、诗人内心的沉重和时代的沉重，"那些放逐、牺牲、见证，那些/在弥撒曲的震颤中相逢的灵魂/那些死亡中的闪耀，和我的//自己的土地！那北方牲畜眼中的泪光/在风中燃烧的枫叶/人民胃中的黑暗、饥饿，我怎能/撇开这一切来谈论我自己？"

在强烈而突然的时代转换中，王家新的《帕斯捷尔纳克》相当具有说服力地印证了诗人和自我、命运和时代境遇之间的复杂关系，其真切而撼人心魄的悲悯情怀、担当意识和怀疑精神完成对一个时代的命名,尽管这种命名是不无尴尬而沉重的。诗人将灵魂这个高贵而敏锐的避雷针探入到幽晦的时代天空的云层深处,提前承受到了一个时代的真相和寒冷,这就使得诗人不能不"忍受更疯狂的风雪扑打",不能不"嘴角更加缄默",因为那是"命运的秘密,你不能说出/只有承受、承受,让笔下的刻痕加深/为了获得,而放弃/为了生,你要求自己去死,彻底地死"。尽管《帕斯捷尔纳克》全诗充满着20世纪90年代特有的沉郁和沉痛的精神震荡,但是其间仍有明亮的色调,"无论生活怎样变化,我仍要求我的诗中永远有某种明亮:这即是我的时代,我忠实于它"(《词语》)。但是,这种"亮色"体现在《帕斯捷尔纳克》却恰恰是一种冰冷的亮色、沉郁的亮色,换言之,悖论的修辞与反讽成为全首诗的一个本质内核,正如诗中反复出现的"风雪""雪""雪的寒气""冰雪"等"深度意象",它们是寒冷与温暖、痛苦与幸福、质疑与肯定、放逐与坚持、受难与幸福的同时复杂呈现,"这是你目光中的忧伤、探询和质问/钟声一样,压迫着我的灵魂/这是痛苦,是幸福,要说出它/需要以冰雪来充满我的一生"。

王家新这首《帕斯捷尔纳克》寓言与象征性的诗歌凸现

了诗人的敏锐与深忧，因为一个理想主义的时代甚至诗歌时代已经结束了，非诗的时代已经降临，而在非诗的时代如何进行诗歌写作，完成对个人和生存甚至时代的多重命名就不能不是困难而尴尬的，诗人没有在艰难的时代到来的时候抽身而退，没有规避诗人作为个体对时代承担的责任，而是决绝地用词语、想象和灵魂担当起内心、生命和时代的多重压力，"从雪到雪，我在北京的轰响泥泞的/公共汽车上读你的诗，我在心中//呼喊那些高贵的名字"。轰响的泥泞、冬天的寒冷和以公共汽车为代表的工业时代的日常"暴力"景观就构成了生活和写作的双重难度，这也正是几乎所有的20世纪90年代先锋诗人所共同面对的难题。这样，担当精神、个性意识、怀疑立场就成为《帕斯捷尔纳克》整首诗歌的关键词。但是值得注意的是，王家新并不是一个充当暧昧的时代集体"代言人"的角色，而是在20世纪90年代以来的《帕斯捷尔纳克》等诗歌中以充满个性化的内省式的知性写作完成对内心和时代的双重命名与发现，而这种发现与命名却是在寒冷的时代转型语境下完成的。换言之，从发生学的角度考量，王家新90年代以来包括《帕斯捷尔纳克》的重要诗作在内的诗歌写作，总是在显豁或晦暗的写作情境中，持续地揳入个体生命体验和时代噬心主题的最为本质的部分,在与生存和语言的反复摩擦中,以个性化的叙述彰显出时代和内心幽微的闪电与惊悸。"终于能按照自己的内心写作了/却不能按一个人的内心生活",诗人有力地回答了在一个能够按照内心生活的时代诗人必须听从内心的召唤、遵从内心的律令,维护个体真实内心写作的道义与情怀。

真理的祭献

读海子《黑夜的献诗》

崔卫平

作者介绍

崔卫平,女,江苏盐城人,毕业于南京大学。北京电影学院基础部教授。

推荐词

海子的抒情的声音是他众多声音中最嘹亮、最尖锐的一种,是他被传诵得最远的声音。他的源泉是什么?他从中汲取又从中释放的根源是什么?让我们通过他那些优秀的抒情诗中最优秀的一首来寻找它。

在现代,抒情诗已经越来越成为一种稀有元素。因为抒情是一种"自然流露","流露"即意味着倒出、溢出,抒情诗本质上是这种赠送和给予。即便是面临各种混乱,它也具有能够凌驾或超越于种种混乱之上的一个本性,或者说源泉。源泉就是能源源不断地流出,抒情诗是在靠近源泉的地方并且为它所注满。一篇抒情诗或一个抒情诗人,都有自己的一个源泉,不断溯源而上而又顺流而下,便形成了抒情诗的所有活动。而现代人恰恰是源泉堵塞,是情感干涸和内心缺少水位,本雅明曾说:"波德莱尔面对的是读抒情诗很困难的读者。"中国的情况也越来越是这样。

海子是中国当代最优秀的抒情诗人。纵览他洋洋大观的诗篇,其中最令人震惊的元素便是他的抒情。这也许是他本人没有意识到的(在某处他曾表达过自己"不想成为一个抒情诗人")。但不管他的本意如何,他的抒情的声音是他众多声音中最嘹亮、最尖锐的一种,是他被传诵得最远的声音。他的源泉是什么?他从中汲取又从中释放的根源是什么?让我们通过他那些优秀的抒情诗中最优秀的一首来寻找它。

黑夜的献诗——献给黑夜的女儿

黑夜从大地上升起

遮住了光明的天空

丰收后荒凉的大地

黑夜从你内部上升

你从远方来,我到远方去

遥远的路程经过这里

天空一无所有

为何给我安慰

丰收之后荒凉的大地

人们取走了一年的收成

取走了粮食取走了马

留在地里的人,埋得很深

草杈闪闪发亮,稻草堆在火上

稻谷堆在黑暗的谷仓

谷仓中太黑暗、太寂静、太丰收

也太荒凉，我在丰收中看到了阎王的眼睛

黑雨滴一样的鸟群

从黄昏飞入黑夜

黑夜一无所有

为何给我安慰

走在路上

放声歌唱

大风刮过山冈

上面是无边的天空

  称之为"黑夜的献诗"，将这首诗的身份表达得很清楚："献"，是献出，是捐献，捐赠，是将什么带到什么之前。这里暗示着一股涌泉的力量。实际上，人们祭献的对象也是人们从中汲取的那种东西，所赠之物正是从祭献对象身上分有的，因此，"祭献—倒出"的过程，也是一个返回、被纳的过程。祭献神是向着神的返回；而这同时也是神本身的溢出和自身返回。祭献黑夜也是返回到黑夜中,在黑夜的杯中吸饮,同时是黑夜本身的涌起、涌现。"黑夜"与"黑暗"又不同,"黑夜"是有可能性的,它包含着闪闪发光的东西在内。副标题"献给黑夜的女儿"是一个小小的自身破坏,它把"献诗"庄重、神圣的含义引向不太庄重、非神圣的情诗。"女儿"是柔性的,小而具体的,在这个方向上可以使所捐之物更柔和、更真切,更像是从人的舌尖上涌出的。"黑夜"是什么?黑夜不是白昼,它是白昼的背面,不为人们的目光所熟悉、所习惯。它令人感到陌生、神秘、捉摸不定。因而它包含一种否定,意味着经由否定而分离出去的那种东西,是一个"它"。跟踪这个"它"的人,必定也是分离出去的,换句话来说,是在心灵、情感上经受了分离、分裂的人。没有一个内心和谐并与环境和谐的人会首先选中黑夜。那些进入黑夜者是被驱入者,是一些漂泊的灵魂。因此,"黑夜"一旦被"说出",某种残酷的心灵解体已经发生。

黑夜从大地上升起/遮住了光明的天空

已经被分离出去的黑夜始终没有找到自己的安身之所,

它仍然是不安的，焦虑的，它还在运行，运转，寻找着自己的道路，尽管它实际上并没有路径可循。它只是飘。这一回它升往天空。但这是危险的。一方面，天空何其遥远，路途何其漫长，这几乎是一条自杀的道路。另一方面，它又不得不忍受进一步的自身分离，上升即是脱离，脱离原来的地面，脱离刚刚安顿好的地方。沿着上升的道路，所留下的是一路带着余温的空缺。在这个意义上，上升即断裂。这种断裂的意味在一个"遮"字中充分呈现了。"遮"是拦住，挡住，在这里是"一分为二"。它既是黑夜的断裂，也是光明的断裂，升起的黑夜将"光明的天空"，分作两截。光明在这种分离中急遽地下降，沿着刚才黑暗上升的道路滑下。如果把这个场面按一般说法称为光明和黑夜的交战的话，那么，在一阵无声而激烈的前沿上厮杀之后，空中出现的是一些黑的和白的断柄残剑，交战的双方同时遭到折断。上升亦是一种失败，上升的道路亦是失败的道路。

丰收后荒凉的大地/黑夜从你内部上升

"大地"是一个承纳，它原本具有承纳的含义。但这是"荒凉"的大地，并且是"丰收后的荒凉"因丰收而显得更荒凉。在它上面,曾经上演过春华秋实的戏剧,曾经轰轰烈烈,富于绚丽的色彩,此时却已经失去了往日的光彩,是被荒置的,寒冷的。它搏斗过,如今也已失败。因此,这么一个大地本身亦是不稳固的,是充满危机和焦虑的。它与荷尔德林的"大地"不同。荷尔德林的大地是"神性的大地",是以神性作为它的内在尺度的,荷尔德林是在神性的大地上漫游和歌唱。海子的大地是自然的大地,是脆弱和无力自救的,或者毋宁说它是一个固体的黑夜,同样经历着难以弥合的分离,经历着没有归宿的漂泊。从上下文来看,"大地"的出现是在一开始上升之后的返回,是沿着与上升相反的方向进行回溯,回到地面、根基上来,但这个根基自身也是不牢固的,它仅是一个想象的、不可靠的虚假承纳。因而只有黑夜是永恒的,是目光所及唯一遇见的对象:

黑夜从你内部上升

第四句是对第一句的强化和加深,语气上更尖锐、更突兀、更决断。尤其是"你内部",让人感到防不胜防。从字面上看,它首先是对大地的一次猝不及防的深入和侵入,是大地瓦解的声音,但是又不仅仅是有关大地的。"你"在海子那里始终是个难读、难解的谜。"你"是谁？一个"它者"。然而这个"它者"不是身外的，它是从自身内部分离和分裂出去的，并且还在不断分离和分裂，不断令"我"本人也感到惊讶和陌生。"你内部"也可读作"内部的你"，是自己身体内"异样"的血。广而言之，"你"是所有那些从自身分离和分裂出去的东西，包括大地的，作者本人的，以及读者的。它突如其来的出现，其实也是早就等候在那里的。

　　你从远方来，我到远方去/遥远的路程经过这里/天空一无所有/为何给我安慰

　　"你"的身份仍然是游移不定的，它的意义在于构成与"我"的对立，并且这是一种内部对立。第二小节的前两句，在继第一小节垂直方向上的升起和下降之后，出现了水平方向上的回流。实际上，它们是对于前面出现过的视觉场景的倒置，将它放到水平的视线上，也是对于它的重复和叠加，同样的危机仍然在上演。"你从远方来，我到远方去"，同样的漂泊，同样的徒劳，正如黑夜和天空一样。海子的心中总有两股相反的力量在拉锯，它们拼命地在争夺他，拥有他。他处于这两种力量的争斗、冲突之中，实际上，是处于激烈的自我冲突、自身分裂之中。对于个人来说，这已经不是一般的无所归宿。一般的无所归宿或漂泊，作为个人，仍然可能是完整的、统一的，他只是找不到一个安身立命之所，而在这里，"身"和"命"本身即是分裂的，身首异处，哪怕在自己身上也找不到一个统一的东西。因此，漂泊不是漂泊在某条道路上或只身在漂泊，而是无数的"我"（也是无数的"你"）同时分散在所有的道路上，在同一时刻既"经过这里"，也经过那里，经过那些尚叫不出名字来的许多地方。哀痛出现了。

天空一无所有/为何给我安慰

——又回到了垂直的方向。此二句字面上简单、迅疾，它是重锤，是无名泪水的突然涌现。"天空一无所有"，这其中有一种撕心裂肺的东西。"天空"也是一个"根"，一个目光驻留的场所，而它归根结底是一场失败，那么，人的生命作为扎根在自己身上的东西，在它的底部，也是一无所获，也是一场毫无意义的失败。人的命运就像天空的命运，仅仅是作为遥远的背景，仅仅是各种力量的消长、抵消和没有结局的转换，"一切死于中途"，海子在另一首叫做《泪水》的诗中写道。这里出现的场景是非常富于张力的：一边是高高在上、广大无边的"天空"，一边是漂泊在旅途中的小人影"我"，在这种紧张压力中，"我"的情感得到一次放射性的呈现。

接下来的部分，垂直在继续——海子即属于那种垂直生存、直上直下、不受世俗羁绊的人——不过这次彻底换了一个方向。不是以天空为中心，而是更深地投往大地，向着大地内部更深、更紧张地旋落。相同的事件在前面出现过，但这里扩至一倍。与上两小节主要以"上升"的主题相反，这里出现的是"下降"的主题：天空被砍去，大地从其内部得到呈现。仿佛诗人一笔写下了两首诗，下面讲述的是另外一个故事。

丰收之后荒凉的大地/人们取走了一年的收成/取走了粮食取走了马/留在地里的人，埋得很深

该小节的首句"丰收之后荒凉的大地"，从结构上看，是向着开头的一次回复。这是海子常见的做法，采用前面已经出现过的某句诗行，作为下面某一小节的开始。这种歌唱的形式，民歌中用得最普遍，古典音乐里叫做"水磨式推进",哲学上又把它称之为"自我缠绕",对海子来说,这是一种经济、简单的手法,可以让他往返的、放射性的痛苦得到一种限制和有节奏的表达。

"取走了"的这个"取"字,也是一种放射性的词素。"取"是"拿""拿走",并且是把原来放在某处、实在的或造成实在的东西拿走,把……从……里面取出来,而这东西本来是作为核心存放在那里,因而"取走"所造成的是空虚。"取走"是一种分裂。"取走了一年的收成""取走了粮食取走了马",是大地的分裂,大地的痛苦。"取走"被"取"得远远的,分裂出去的东西再也不返回。大地被抽空了,抽干了,所谓"留在地里的人",不过是为了更好地揭示这种抽空的存在,揭示被抽空之后所留下的空缺。他们是一些沉默,不会发声的影子,像回忆,痛苦的永远留在那里的记忆。

"埋得很深"意味着一股永远下坠的力量,仿佛黑暗的地心深处有一种吸引力,一种召唤,深不可测,深不见底,它是可怕的地狱、深渊,永远没有一个底部,永远不存在依托,因此,也不存在走出它的可能。大地永远走不出自身,它是如此悲惨绝望,被取走而永远下沉是它永恒的宿命。

> 草杈闪闪发亮，稻草堆在火上/稻谷堆在黑暗的谷仓/谷仓中太黑暗、太寂静、太丰收/也太荒凉，我在丰收中看到了阎王的眼睛。

这是一处燃烧的内心火焰。"闪闪发亮"意味着有另外的东西，照见另外的东西。而它们只有用内在的眼睛才能够看见。"稻草堆在火上"烘托出了一个隐秘、暗藏密室。"谷仓"是海子经常爱用的一个比喻，它便是这样一种密室：它是封闭的，也可以说是囚禁的，但这种囚禁的内部意味着打开，密闭的同时意味着出行，黑暗聚集之处也正是光明升起的地方，如同种子的内心潜伏着一束光，肉体的深处埋藏着一个心灵，子夜的前头正是光明的吐出。黑暗的谷仓是有可能性的，它太有可能性，它因痛苦而富有，又因富有而痛苦，即所谓"太黑暗，太寂静，太丰收"。然而既然是富有的，也可能是被剥夺的，既然是即将打开的，等待在它前面的，也可能是进一步的封闭和囚禁。闪电骤然升起，也意味着它倏忽熄灭。因此以"太丰收"一下子滑到"太荒凉"：

> 我在丰收中看到了阎王的眼睛

丰收即是一种死亡，种子不过是一些小小的尸体，在任何生命之上，都凌驾着一个更大的意志——"阎王"，它掌管着一切生的生，死的死，生的死和死的生，在它面前，生即是死，死即是生，其余一切都是徒劳，哪怕是内心的火焰，内心的光亮，它们未必不是一种盲目，是更深的埋葬，是埋葬得更彻底。"阎王"读起来有些生硬，正和他本身的出现是生硬的一样。海子的"阎王"是土地的主宰和归宿，一切从土里生长出来的东西都要复归到它那儿去，它是中国的靡菲斯脱。

至此出现的这四个小节是可以拦腰截成两段的，其中土地的故事比天空的故事更为具体，更为实在。实际上，它们是同一个故事的不同穿插。这就是海子的故事。一方面，他努力接近天空，接近遥远的空中的光明，另一方面，他对大地更熟悉、更了解，他自己是从泥土中生长起来的，土地的丰收、喜悦，它的徒劳、失败以及黑暗，都曾经流进了他的血液，长成了他的身体，他对它们念念不忘，因此，在任何情况下，他都在转述两种语言，讲述两个不同的主题。他的许多诗其实是他本人的精神自传：既向往天空又投往大地。他离去前的那批最好的抒情诗始终是他自己精神的总结和写照，另一首题为《黎明》，写作日期比《献诗》晚二十天，是同一个总故事的又一延伸，其中矛盾、对立的局面表达得更清楚不过：

> 荒凉大地承受着荒凉天空的雷霆
>
> 圣书上卷是我的翅膀，无比明亮
>
> 有时像一个阴沉沉的今天
>
> 圣书下卷肮脏而欢乐
>
> 当然也是我受伤的翅膀
>
> 荒凉大地承受着更加荒凉的天空
>
> 我空荡荡的大地和天空
>
> 是上卷和下卷合成一本
>
> 圣书，是我重又劈开的肢体
>
> 流着雨雪、泪水在二月

分为"上卷"和"下卷"，天空、光明和大地、黑暗同时并存，这就是海子的辩证法。然而它并不提供对于分裂的最后解释，尽管它很容易造成这样的错觉，甚至海子本人也沉陷在这种错觉之中。分裂永远是在一个东西之内造成的，不是天空与大地的分离对立，而是天空或大地本身就已经是分裂的，自身冲突、徒劳和毫无出路的，在它们任何一个之内，在海子那里都没有能够建立起绝对的尺度，没有建立起真正的神性。大地是深渊，天空也是深渊，大地缺乏一个依托，天空也顶着一个虚无，它们实质上是同一个东西，同为"荒凉"在这个意义上，天空可以看作是从大地分离和分裂出去的，是大地的延长，大地也可以看作是从天空分离和分裂出去的，是天空的延长，这是一种被施了魔法的生长，某种既被砍去头颅又被削去脚跟的"精怪"同时向上和向下甚至是向着四面八方延伸出去，无限地延伸，任何时候也不会停止和终结。这个生长的过程，其实也是自我毁灭的过程，因为它包含了一种永远的自我否定在内，包含着让自己失败、向着自己复仇，越生长便越失败，越失败便越要生长。裂解便由此产生。无限的生长便是无限的裂解，生长在继续，裂解和危机便在加深加剧。所谓"圣书"，所谓"上卷"和"下卷"合成一本，都不过是反讽和一种无可奈何的亵渎和自我亵渎。

《献诗》接下来，第五小节，又出现了水平方向上的运行。

> 黑雨滴一样的鸟群/从黄昏飞入黑夜

这里企图缝合,企图在半空中使对立的双方得到和解,"鸟群"介乎天空和大地之间:一半属于天空,一半属于大地,一半属于光明("雨滴"),一半属于黑夜("黑雨滴"),"黄昏飞入"是一条中线,它起着弥合的作用。"入"有返回的意思,它使分裂得到暂时的缓解,疲倦的回光得到片刻的休息。"黑雨滴一样""飞入黑夜"的鸟群有一种自保的期许,免得在黄昏这种光明与黑暗交战的危险时分中被击得粉碎。既然黑夜是永恒的,唯一不变的,那么就让它来充当自己的保护神好了。

> 黑夜一无所有/为何给我安慰

这和前面"天空一无所有/为何给我安慰"构成呼应、对称和连接。经过一系列冲击和转换之后,某种哀痛一再出现,终于破堤而出,得到不可阻挡的涌现和释放:

> 走在路上/放声歌唱/大风刮过山冈/上面是无边的天空

歌唱什么？歌唱裂痛、哀痛，歌唱痛苦。痛苦正是那源泉。事实上，痛苦是自一开始就在全诗中回流着的，只有痛苦才将这种裂解把握在手，才将裂解体认清楚。分裂是在痛苦中被意识到的，作为意识到了的分离和分裂，痛苦又是一种联合的力量，它允许分离的对立面存在于自身内，同时又将它们统一起来：当分裂出去的东西离去很远时，当它们各自面目全非时，只有痛苦是它们共同的颜色，是它们最初携带出去因而能够互相辨认的东西，因而也成了它们唯一返回、返回到一个共同地方的所在。因此，痛苦形成了一个中心、一种引力，所有的分裂从它出发，离开它远去，同时又向着它返回，被它所加强并加强痛苦。如此不断倒出又不断回溯，不断释放又不断汇聚，来来回回离不开一个中心，围绕一个中心，于是推动了全诗的运作和形式，这源泉最终无可遏止，漫过山冈，漫过田野，漫过大地，乃至漫过天空，漫过所有那些经历过和没有经历过的，获得了一个高高在上的、超越的本质："大风刮过山冈／上面是无尽的天空。"

在没有真理的时代，痛苦便是一种真理。它为真正的真理的到来准备一场祭献。痛苦正是那祭坛。因为痛苦的存在和提醒，我们便不致因麻木而沉沦，因冷漠而变为白痴，因情感紊乱成为不知不觉的食人者和被食者。

海子便是屹立在这痛苦的中心,屹立于痛苦的风暴中不断歌唱的人。他的歌声穿越我们,有一种令人震惊的元素,一种充盈激荡的水位,使我们得以联合和超越。

让痛苦的钟声再度敲响吧:

> 黑夜从大地上升起
>
> 遮住了光明的天空
>
> 丰收后荒凉的大地
>
> 黑夜从你内部上升

1992.4.27写,1992.7.14改。

用纯真的心感受那朴素的风景

重读《东阳江》

谢冕

作者介绍

谢冕,1932年生,福建省福州人,1955年考入北京大学中国语言文学系,1960年毕业留校任教。北京大学教授、博士研究生导师。著名文艺评论家、诗人、作家。中国作家协会全国委员会名誉委员,北京文艺评论家协会主席。

推荐词

对于自然的热爱和对于乡情的专注,是这诗的精神所在。

蔡根林的《东阳江》是一首朴素的诗。诗人用纯真的心感受那朴素的风景：那里的沙滩和"愈到江心愈绿的江水"，无忧虑的童年的嬉戏，以及对于逝去的童年的怀想，造成了这诗单纯而明净的风格。《东阳江》通篇散发着那种率真的自然和不加修饰的纯粹感。这里看不到刻意作诗的痕迹，它只是沉浸在那令人陶醉的自然景色中，它不想惊动别人。读这诗，让人陷入一种梦也似的沉迷状态。对于自然的热爱和对于乡情的专注，是这诗的精神所在。

但以为《东阳江》不讲技巧则是误解。只不过，它自然得让你觉察不到艺术性的讲究。要是说，"江面摇动了细碎的波纹"，那"摇动"有一种让你看不出来的用心，那么，"星星在江心叮当地碰撞"，却是一种看似平淡却奇兀的笔墨了。星星本在天上，这里说是"在江心"，讲的是江水至清，是星汉摇曳的倒影。由于江波摇荡，故倒影中的星光也摇荡，于是有了"碰撞"的感觉。碰撞倒也罢了，却又是"叮当地"且有了声响。这都别有考究：那星星是金色的，金色转化为金属，金属的碰撞自然有了响声。从天上而为江中倒影，由倒影的视觉效果而转为固体的感受，再由此生发出听觉效果。这短短一行诗，用的是多层次的感觉转移。数十年后新诗潮中被广泛谈论的通感，那时在蔡诗中已经有了成熟的运用，而这一切都是在自然而然的状态中进行的。

这种不事声张的自然而然，甚至出现在诗中那些颇具戏剧性的激烈的情节中。东阳江并不是一味地安详，它也有爆发和怒吼的时刻。当村庄变成孤岛，当洪水吞噬家畜，当东阳江失去平静的紧张时候，诗人却在这一片喧嚣中意外地安排下这样的场面："娶亲的花轿歇在村口，新娘子在轿内打瞌睡。"这种"闹中取静"，这种惶乱之中的"从容不迫"，这种充满机趣的幽默，表达了诗人超然的智慧。

但《东阳江》最让人倾心的依然是它那不造作、不喧嚣的自然率真。它杜绝矫情，只是平静地讲出记忆中的风景。作者的创作心态正常，他没有通常写作的那种紧张和焦灼，不是斤斤计较于艺术得失，也不是时时萦怀于对读者的教化，他只是顺其自然地，甚至看来有点随意地一路说去。像这样的句子——

> 我多么想来看看你手臂一样的
> 新建的堤坝，眼睛一样明亮的孔桥；
> 看看成群的打鱼的童年的伙伴，
> 成堆的织网的弟媳和嫂嫂。

新建的堤坝一定很动人，再动人的也就是"手臂一样"的形容；新建的孔桥一定很壮观，再壮观也就是"眼睛一样明亮"的描写。对于习惯了花花绿绿的叠床架屋的装饰的读者，这种粗服乱头的本色倒给人以自然平实的愉悦。

五十年代的诗已经充斥了相当多的意识形态话语，加以非文学的功利动机，都使诗歌受到了严重的污染。《东阳江》正是这个时代的作品，但是却意外地保持了难得的洁净。也许正是由于这种普遍污染年代里的意外的洁净，这样的诗及其作者便应"理所当然"地受到打击。《东阳江》的创作出于至情，它只是在清清淡淡之中传达那一缕缕乡情。仅仅是因为这些，它和它的作者便遭到厄运，由此可见那时代有多么严酷。

浙江中部那一片丘陵地带，江河纵横，林木丰茂。它造出一片江南锦绣，也造出了几代最有才华的诗人。蔡根林就是从那里走出来的，他没来得及成为诗人便被湮没。但一曲《东阳江》却让人记住了他。这是蔡根林不幸平生中的一点安慰。有的人写了许多诗，人们却没把他记住；有的人只写了一首诗或几首诗，人们便把他记住了。都说岁月无情，而我在将近四十年过后的今天重读此诗，除了惊叹时间的公正之外，几乎说不出任何的话来。

解读一首叙事诗

《苍蝇》

洛 夫

作者介绍

吴奔星（1913—2004），诗人、学者、教授，湖南安化县人；北京师范大学国文系毕业；参加过湖南农民运动、"一二·九"运动；他先后在桂林师范学院、国立社会教育学院（1947—1948）、武汉大学（1951—1952）、南京师范学院（1955—1958）等任研究员、教授；1957年被划为右派，下放徐州师范学院任教，1982年获得平反，重返南京师范大学任教。

推荐词

《教我如何不想她》这首诗，众所周知，曾被著名语言音韵学家赵元任配谱，广泛演唱，名噪海外。但是，在新中国成立后，由于对刘半农在现代文学史上的地位没有充分肯定，加以"左"倾思潮的影响，误以为其是黄色歌曲，属于靡靡之音，以致长期以来很少有人提到它。

我最近写了一首实验性的生态诗：《苍蝇》，我把它定性为叙事诗，也可以说它是以叙事手法写的"主知"诗。这首诗的风格与我别的作品迥异，与一般讲究精致意象、选择暗示性强的象征语言的现代诗也不一样，语法与技巧平实得几近散文。其实对我来说，这还真是一次新的实验，现不妨谈一谈我写这首诗的动机。

我们素知，"主知"与"主情"是台湾早期现代诗运动中一个颇具争议性的两极话题，纪弦曾明显地把"主知"列为"现代派六大信条"之一，但这只是一种相当吊诡的论点，因为包括纪弦本人在内，现代派几位代表人物如方思、林泠、郑愁予等都难以毫无争议地列入"主知"的阵营，即使当时以台湾现代诗的整体风格来看，也不可能把一首诗作出如此二分法的理论性的辨析。当然，也并不是不可以这么中庸性地认知：传统诗美学侧重抒情性，而现代主义诗美学比较强调知性,只是把一首诗强行界定为"抒情诗"或"知性诗",确是多此一举。

话得说回来,我说《苍蝇》是一首主知的诗,这又作何解释?其实不难,你只要看到以"叙事手法"处理的这一前提,便不难知道,因为诗的叙事性首先必须建立在"知性"的,或"令人思考的""哲理性的"基础上,否则,一首缺乏感性,读来不能令人怦然心动的诗,只不过一堆普通文字而已。

一首好的叙事诗,除了具有知性的深度之外,当然还有别的,下面再论。

大概是从80年代初期开始,台湾现代诗人突然像由梦中醒来,从富于实验性的生涩的语境纷纷掉头转向中国古典诗韵味探索,以获取创新的滋养,于是抒情性便成了当时现代诗的主要风格,同时,也由于诗人并未完全放弃他们操作得相当娴熟的现代主义表现手法,诸如象征、隐喻,以及富于想象空间的意象语言,致使今天我们读到的新诗形式,已无可取代地成了台湾诗的主流,不仅老一辈诗人已从传统的汉语诗歌中找到了一种彰显永恒之美的生命力,中青一代诗人更在古典旋律、现代节奏、与现实题材的交响融会中展现出一种特具魅力的亲和性。至于诗中的所谓叙事性,在台湾几无生存空间,鲜有人提起,评论界也从未重视。

可是,叙事诗在今天中国已成为一种时尚、某种诗歌理念的标识。我对近年来中国叙事诗的泛滥,感受极深,它形成了中国当代诗歌的一大误区。写叙事诗的诗人多属民间派,忌讳隐喻,语言贴近浅白的口语,重视诗的现实性,这些都不算错,但如因某种"偏重"而过度倾斜地,矫枉过正地排斥了诗的抒情性和象征性,便形成了一种非诗甚至反诗的倾向。他们最大的困境是把叙事当做诗的本质,而未认识到"叙事"只不过是一种书写策略,一种诗的表现手法。诗人大多知道,西洋史诗采用的即是一种结构庞大的叙事体,只见叙事不见诗,诗被消灭于离离落落的散文语言之中,故这种史诗形式早就被现代诗所取代。我国古典诗中也不乏以叙事手法写的诗,如李白的《长干行》,杜甫的《兵车行》,韩愈的《石鼓歌》,以及崔颢的:

> 君家何处住?妾住在横塘。
>
> 停船暂借问,或恐是同乡。

都是叙事诗。其实我也写过一些叙事诗,如这首《窗下》:

> 当暮色装饰着雨后的窗子
> 我便从这里探测出远山的深度
>
> 在窗玻璃上呵一口气
> 再用手指画一条长长的小路
> 以及小路尽头的
> 一个背影
>
> 有人从雨中而去

只不过崔颢与我的叙事诗表现的乃是一种具有普世价值的人情共感。这两首诗的语言结构因戏剧手法的穿插而凸显其无限的张力,绝不像时下所读到的叙事诗那样的婆婆妈妈,琐琐碎碎,口水横飞。

检讨今天新诗的弱势和边缘化,如从另一角度来看,胡适当年的某些诗的革命主张贻害不浅,譬如他说:"诗国革命何自始,要须作诗如作文",一笔抹去了诗与文的界线,一掌推倒了中国数千年累积的精致意象、隐喻的想象魅力和诗性语言之美。胡适主张诗的大众化、平民化，叙事诗派推波助澜，结果把汉诗贬抑为极度低俗的散文化。

这种现象看在诗人兼评论家沈奇的眼中，也不胜感叹。他在《重涉：典律的生成》一文中（见北京《新诗界》第四卷）有一段话，对当前中国诗坛的时弊提出一些令人深思的看法，可说深中肯綮，甚获我心，他说：

> 格律淡出后，随即是韵律的放逐，抒情淡出后，随即是意象的放逐，散文化的负面效应尚未及清理，铺天盖地的叙事又主导了新的潮流，口语化刚化出一点鲜活爽利的气息，又被一大堆口沫的倾泻所淹没。由上个世纪九十年代兴起，继由迅速推为时尚的叙事性与口语化诗歌写作，可以说是自新诗以降，对诗歌艺术本质一次最大的偏离，至此再无边界可守、规律可言，影响之大前所未有。

近年来，不论在文章中，演讲与座谈会中，我都不遗余力地为久已失落的汉语诗歌之美招魂，大声疾呼把它那些纯粹、精练、气势、神韵、意境、象征、隐喻、妙悟、无理而妙、反常合道、言外之意、想象空间、多义性、朦胧美等诗的素质找回来，让读者在真正的诗中迷醉、沉思，让诗的数量降低一些，诗的品质提高一些。这正是我对沈奇"重树典律，再造传统"之说的回应。在最近的拙作《创世纪的传统》（见创世纪五十周年纪念特辑）一文中，我曾谈到："创世纪五十年来先跋涉过西方现代主义的高原，继而拨开传统的迷雾，重现古典的光辉，并试着以意象、象征、超现实诸多手法，来表现中国古典诗中那种独特之美。经过多年的实验与调整，我们最终创造了一个诗的新传统——中国现代诗。"

这里我所谓的新传统，其实就是一种新典律的建立。新典律一个明显的性格就是创新，求新是它的指标之一，但新典律不能只一味地求新，而忽略了求好，当下许多年轻诗人一脑门子的求新求变，写出来的诗光怪陆离，在后现代的旗帜下兴风作浪。但"新"并不等于"好"，"新"一夜之间可成，而"好"则非经过长时间的淘洗与锤炼不可。

我经常在思考，既然"叙事"只是诗的表现手法之一，一首叙事诗可不可以写得像一首诗？换句话说，能不能像诗一样具有想象空间和艺术感染力？或者仅仅是一堆废话。我的认知是：一首美学意义下的叙事诗，至少应具备三个特性：一是处理手法要冷静、客观、准确。首先排斥的是激情，由于淡化了鲜活的意象，自然更不应有超越物象的滥情，更重要的是诗人如何把握观察事物的准确度，尽可能提高一首诗的可知度，减少一首诗的可感度。其次是借用戏剧手法，叙事诗的语言基本上是缺乏张力的散文语言，戏剧手法有助于结构与气氛上的张力的增强。胡适的诗学观点虽大有问题，不过他认为一首好诗中都有情节（plot）倒是说到点子上，因为"情节"正是戏剧化的一个重要环节，前面提到崔颢的诗和我那首《窗下》也正是以生动的情节取胜。三是叙事诗背后必须具有深刻的内涵，譬如对生命的感悟，对自然与宇宙的观照等，否则这种叙事诗势必流于庸俗与空洞。现请看下面这首《苍蝇》，我认为它颇能符合上述三个特性：

苍　蝇

一只苍蝇

绕室乱飞

偶尔停在壁钟的某个数字上

时间在走

它不走

它是时间以外的东西

最难抓住的东西

我蹑足追去,它又飞了

栖息在一面白色的粉墙上

搓搓手,搓搓脚

警戒的复眼,近乎深蓝

睥睨我这虚幻的存在

扬起掌

我悄悄向它逼近

搓搓手,搓搓脚

它肯定渴望一杯下午茶

它的呼吸

深深牵引着宇宙的呼吸

搓搓手,搓

我冷不防猛力拍了下去

嗡的一声

又从指缝间飞走了

而，墙上我那碎裂沾血的影子

急速滑落

　　一位朋友读完《苍蝇》之后对我说："这首诗写得相当冷静，真够狠、稳、准。"他一句话就把我处理这首诗的特殊手法道破。多年前，我曾想为自己建立一种"冷诗"的风格，我的"冷诗"观念倒不拒绝隐喻，也不忽视意象的有效经营，只专注一点，即尽可能控制情绪的泛滥。当然诗人不是数学家，笔下不带一点情感是不可能的，但学习如何把激情透过意象使其冷却下来，却是一个诗人必修的课程。基本上我大部分的诗都可列入"冷诗"之类，1956年写的《窗下》是一个例子，48年后（亦即2004年）写的《苍蝇》是另一个例子。这类诗的叙事性主要建立在"出人意料之外，又在情理之中"的戏剧手法上，《苍蝇》这首诗如没有最后两行戏剧性的逆势操作，必然会像读一篇平铺直叙的散文那样寡味。

　　就内容而言，《苍蝇》可说是一首以叙事手法写的生态诗。身为一位诗人，或者说当我处于写诗的最佳状态时，我会以极度冷静的灵视，一种内在的看见来观察一向被人类鄙视厌恶的小动物,曾当做诗的题材的有蚂蚁、蟑螂、蟋蟀、蚯蚓、蛇蝎,以及这只被人类非理性地视为世敌的苍蝇。在宇宙万物中,在神和诗人的眼中,苍蝇也是一个生命,虽然偶尔会传染疾病,但它不是有意作恶,却不幸成了人人喊打,除之而后快的对象。人从不考虑一只苍蝇在整个自然生物结构中的地位,事实上,消灭苍蝇是会影响生态平衡的,所以我把这首诗作为一种反讽的隐喻来处理,当我悄悄地逼近,并扬起手掌准备把那只悠然自在地栖息在墙壁上的苍蝇打死时,结果苍蝇飞走了,被击碎的,打得满身沾血的,竟是我自己——那贴在墙上的影子。

苍蝇虽身份卑微弱小,却是一个安详而无辜的存在,而与之形成强烈对比的却是人的专横与残暴。最后我采用的戏剧手法可说是一个暗示,提醒我们应该有反思,如何善处人与他生物之间的关系。

不错,《苍蝇》是一首可归类为知性的诗,不过对我这样的诗人而言,这类诗的负荷未免太沉重了些,这不是我一贯的诗观诗风,我旨在借用《苍蝇》这个题材来说明我对叙事诗的看法,如此而已。

海外游子的恋歌

读余光中《乡愁》与《乡愁四韵》

李元洛

作者介绍

李元洛,1937年生于河南洛阳,湖南长沙人。1960年北京师范大学中文系毕业。1979年调湖南省文联,任《湘江文学》文艺理论研究室副主任、研究员。湖南省文联副主席,湖南师范大学名誉教授,中国作家协会会员。

推荐词

在那众多的思乡之歌里,诗人余光中的《乡愁》与《乡愁四韵》是情深意长、音调动人的两曲。

> 月明星稀，乌鹊南飞。绕树三匝，何枝可依？
>
> ——曹操《短歌行》

一湾天然的海峡，一道人造的鸿沟，三十多年来锁住了台湾回归祖国怀抱的脚步，却锁不住海外游子们怀恋母亲的心和他们驾着云彩飞来的望乡的歌声。在那众多的思乡之歌里，诗人余光中的《乡愁》与《乡愁四韵》是情深意长、音调动人的两曲。

余光中，台湾省著名当代诗人。他祖籍福建永春，1928年生。抗日战争时期他随母亲流亡于华东和西南一带，1949年5月去香港，次年5月迁居台湾，1952年在台湾大学外文系毕业，1958年赴美国爱荷华大学攻读，翌年获该大学的艺术硕士学位，此后，在台湾省的几所大学任教。1975年，他离台赴港，任香港中文大学联合书院中文系主任。余光中的文学生涯，可以追溯到1948年和1949年之交，当时他是厦门大学外文系学生，在厦门的报刊上开始发表诗作和评论。1954年，他和从大陆去台湾的诗人覃子豪一起创办《蓝星诗社》，主编"蓝星诗页"，成为台湾现代派诗歌运动的中坚人物。三十多年来，除散文集《左手的缪斯》、评论集《掌上雨》等七种，译作《满田的铁丝网》等八种，以及十余种英文论著之外，他还出版了十二本诗集，在诗歌创作上取得了颇为可观的成绩，在港、台诗坛有相当大的影响。我以为，在余光中的诗作之中，无论从思想内容或从艺术成就来看，《乡愁》与《乡愁四韵》都是他的重要作品，前者在一些文艺集会上朗诵过，而后者则被收入时事出版社1981年出版的《台湾爱国怀乡诗词选》。

乡愁，是我国传统诗歌的一个历久常新的普遍的主题。在西方音乐中，有不少题为《归乡》或《乡愁》的乐曲，在外国诗歌里，莱蒙托夫的《祖国》和海涅的《在可爱的德国故乡》等，都是为人传诵的名篇，而在我国古典诗歌的长河中，乡愁诗可以演奏一阕至今仍然令人动情的交响曲。在这一阕交响曲之中，"我徂东山，慆慆不归，我来自东，零雨其濛"，《诗经·豳风·东山》篇应该是最初的乐句。"陟陟皇之赫戏兮,忽临睨夫旧乡。仆夫悲余马怀兮,蜷局顾而不行",屈原在《离骚》中倾吐了他眷恋故国的拳拳之心;"少小离家老大回,乡音无改鬓毛衰。儿童相见不相识,笑问客从何处来",贺知章的《回乡偶书》概括了不同时代的人们可以普遍体验到的情感;"举头望明月,低头思故乡",李白的诗篇又是怎样挑动了历代作客他乡的游子的心弦呵!余光中多年来写了许多以乡愁为主题的诗篇,从《乡愁》和《乡愁四韵》可以看到,正像中国大地上许多江河都是黄河与长江的支流一样,余光中作为一个龙的传人,作为一个挚爱祖国及其文化传统的中国诗人,他的乡愁诗从内在的感情上继承了我国古典诗歌中的民族感情的传统,具有深厚的历史感和传统感。同时,台湾和大陆人为的长期隔绝,飘流到孤岛上去的千千万万人的思乡情怀,客观上具有以往任何时代的乡愁所不可比拟的特定的广阔内容,余光中作为一个离开大陆三十多年的当代诗人,他的作品也必然会烙上深刻的时代印记。《乡愁》一诗,侧重写个人在大陆时的经历,那年少时的一枚邮票,那青年时的一张船票,甚至那未来的一方坟墓,都寄寓了诗人的也是万千海外游子的绵长的乡关之思,而这一切都在诗的结尾升华到一个新的高度:

"而现在/乡愁是一湾浅浅的海峡/我在这头/大陆在那头",有如百川奔向东海,有如千峰朝向泰山,诗人个人的悲欢和巨大的祖国之爱、民族之恋交融在一起,而诗人个人经历的倾诉,也因为结尾的感情的燃烧而更为撩人愁思了。在《乡愁四韵》中,诗人没有去撷取自己人生历程中的往事,虽然往事的回顾常常是富于诗情的,一如怀旧式的《乡愁》所表现的那样,而是通过具体而又概括的象征性的形象,"长江水"与"红海棠","白雪花"与"香腊梅",倾注自己对祖国的河山与民族的历史的思恋,正如诗人自己所说的:"纵的历史感,横的地域感,纵横相交而成十字路口的现实感。"(《白玉苦瓜》序)这样,他的乡愁诗就有别于过去任何时代的乡愁诗,具有鲜明的地域感、现实感和时代感,有以往的乡愁诗所不可比拟的广度和深度。是的,余光中的乡愁诗是我国民族传统的乡愁诗在新的时代和特殊地理条件下的变奏,他的乡愁诗概括了相当长的一个历史时期内具有普遍意义的民族感情,而艺术地表现了他个人的也是为许多人所共有的具有强烈时代感的民族感情,正是《乡愁》和《乡愁四韵》的主旋律,也是这两首诗能激起人们心海的波涛的原因。

余光中曾经是台湾现代派诗歌的旗手之一,但是,随着诗人民族意识的甦醒和对西方现实生活与现代艺术阅历的加深,他终于逐步克服了原来的片面性,否定了"横的移植",以1964年出版的诗集《莲的联想》为起点,回到民族的传统的道路上来。他说:"我们也许在巴黎学习冶金术,但真正的纯金是埋在中国的矿中,等我们回来再采炼。""唯有真正属于民族的,才能真正成为国际的。"(《冷战的年代》后记)《乡愁》和《乡愁四韵》这两首诗,显然吸收了西方现代诗歌的一些表现技巧,但它们仍然是中国的。对此,我们不妨从意象美和形式美这两方面来领略一番。

《乡愁》和《乡愁四韵》有单纯而丰富的美的意象,同时又具有高明的意象组合的艺术。应该承认,20世纪初期活跃在英美诗坛的意象派诗人如庞德等人,在诗歌的意象艺术上确实有他们的贡献,学贯中西的余光中当然也受过他们的深刻影响,但是,意象艺术并不等于就是舶来品,我国古典诗歌从来就讲究意象,我国古代诗论家也对意象艺术作过多方面的探讨,王昌龄《诗格》就提出过"搜求于象,心入于境"的主张,胡应麟《诗薮》也提出过"古诗之妙,专求意象"的看法,而西方意象派的主将庞德,也毫不讳言他所理解的意象艺术是从中国古典诗歌中学习而来的。什么是意象？简洁地说，意象是诗歌形象的最基本的元素，是作者的情意和客观的物象相感应而以文字描绘出来的图景。在意象的撷取和提炼上，《乡愁》和《乡愁四韵》具有单纯而丰富之美。乡愁，本来是人们所普遍体验却难以捕捉的情绪，如果找不到与之对应的独特的美的意象来表现，那将不是流于一般化的平庸，就是堕入抽象化的空泛。《乡愁》从广远的时空中提炼了四个意象：邮票、船票、坟墓、海峡；《乡愁四韵》从大千世界里提炼了四个意象：长江水、红海棠、白雪花、香腊梅。它们是单纯的，所谓单纯，绝不是简单，而是明朗、集中、强烈，没有旁逸斜出意多乱文的芜蔓之感；它们又是丰富的，所谓丰富，也绝不是堆砌，而是含蓄、有张力，能诱发人们多面的联想。《乡愁》和《乡愁四韵》同具单纯而丰富的美质，但它们又还各具特色，这就是：《乡愁》的意象偏于写实，《乡愁四韵》的意象偏于象征。然而，写实而不陷于死板呆滞，有空灵之趣，象征而不流于玄虚晦涩，含意于言外可想——这正是它们的长处。在意象组合上，这两首诗也是各尽其妙的，《乡愁》以时间的发展为线索来绾合意象，可称为意象递进。"小时候""长大后""后来呵""而现在",这种表时间的时序语像一条红线贯穿全诗,概括了诗人漫长的生活历程和对祖国的绵绵怀念,前面三节诗如同汹涌而进的波涛,到最后轰然而汇成了全诗的九级浪。"少年听雨歌楼上,红烛昏罗帐。壮年听雨客舟中,江阔云低断雁叫西风。而今听雨僧庐下,鬓已星星也",余光中诗的技巧,和宋代蒋捷《虞美人》词的意象结构有异曲同工之妙。《乡愁四韵》的意象经营采取的是意象并列的方式,有如电影中的并列式蒙太奇。虽然诗人情思深婉而又激荡,但诗中四个意象却是平行并列的,虽然有其内在联系却不存在前后递进的关系,好像四个平行的乐段,围绕主题交汇成一阕思乡奏鸣曲。这种描绘性的意象并列的写法,我们固然可以从西方现代派诗歌追踪到它的轨迹,但是,从柳宗元的《江雪》等诗篇中,我们不是更可以看到它们之间的血缘关系吗?

在诗艺上,《乡愁》和《乡愁四韵》还有一个突出的方面就是形式美。所有的文学创作都要讲究形式美,诗歌尤其如此。余光中这两首诗的内涵是美的,但如果他对形式美没有敏锐的感觉,没有捕捉形式美的本领,那他的作品也就不会具有现在这种美学效果了。试看:

结构美。结构之美,是形式美的一个主要方面,任何艺术,从来没有结构缺乏美感而能给人以美的享受的。当然,结构的美的形态多种多样,不可能规定一个固定的僵死的程式。余光中这两首诗,在结构上呈现出寓变化于统一的美。统一,就是相对地均衡、匀称,段式、句式比较整齐,段与段、句与句之间又比较和谐对称;变化,就是避免统一走向极端,而追逐那种活泼、流动、生机蓬勃之美。有统一而无变化则平板,有变化而无统一则杂乱。《乡愁》共四节,每节四行,节与节之间相当均衡对称,但是,诗人注意了长句与短句的变化调节,从而使诗的外形整齐中有参差之美。《乡愁四韵》句段结构更为严谨,但每段中间三行的短句和首尾两行长句比较,便是一种变化,而且这三行都是低一格排列,除了表达情绪的律动而外,也是为了整中求变。总之,余光中的诗表现了在统一中求变化、在变化中求统一的美的法则,在结构上使人获得一种既大致匀齐神清目爽而又参差错落气韵流走的美感。

音乐美。我国古典诗歌历来讲究音乐美,可惜这一民族诗艺的优良传统却为一些新诗作者所忽视。有些论者强调学习西方现代派诗歌,其实,如法国象征派诗人保罗·魏尔伦就主张"音乐在一切事物之先""诗不过是音乐罢了",持论虽不免过偏,却也不无道理。余光中这两首诗的音乐之美,不完全在于押韵,如《乡愁四韵》一段一韵,尾韵押得很精美,确实有助于加强珠转泉回的听觉美感,但《乡愁》却除了"头"字的有规律地重复外,尾韵并不严格。这两首诗的音乐美,除了押韵和节奏之外,主要表现在回旋往复、一唱三叹的美的旋律。《乡愁》中的"乡愁是——"与"在这头……在那(里)头"的四次重复,加之四段中"小小的""窄窄的""矮矮的""浅浅的"在同一位置上的叠词运用,更显得全诗低回掩抑,如怨如诉。《乡愁四韵》的反复更为繁复,以第一段为例,一首尾两句完全相同,加上第二句中的"长江水","长江水"在一段中连续地或间隔地复唱了五次,在中间三行中,"酒"和"滋味"两词也分别在相同与不同的位置上重复了两次。以下三段的回环复沓,除最后一段又有所变化外,均和第一段格式相同。这样,如果说《乡愁》有如音乐中柔美而略带哀伤的"回忆曲",那么,《乡愁四韵》就好似情深一往、反复回旋的"咏叹调"了。

语言美。余光中这两首诗,语言质朴而典雅。质朴如同口语，富于生活气息，典雅则又经过锤炼加工，精丽而颇含逸韵。特别值得一提的是数量词、形容词和名词的巧妙运用。在《乡愁》里，邮票是"一枚"，船票是"一张"，坟墓是"一方"，海峡是"一湾"；在《乡愁四韵》中，长江水是"一瓢"，红海棠是"一张"，白雪花是"一片"，香腊梅是"一朵"，又分别以名词"酒""血""信""母亲"来比况，可谓妙喻如珠。此外，《乡愁四韵》中形容词的倒装用法也很具匠心。"青惜峰峦过，黄知桔柚来""露从今夜白，月是故乡明"，杜甫分别把表颜色的形容词倒置在句首或句末，十分醒目而语势峭劲，而余光中则把红海棠倒装为"海棠红"，把"白雪花"倒装为"雪花白"，把"香腊梅"倒装为"腊梅香"，也觉变常态为奇峭，化平顺为新警，正如李东阳在《怀麓堂诗话》中所说："诗用倒字倒句法，乃觉劲健。"

"谁言寸草心，报得三春晖？"余光中的《乡愁》与《乡愁四韵》，是海外游子深情而美的恋歌！

唱给西湖的情歌

读香港诗人黄河浪的西湖诗

李元洛

作者介绍

李元洛,1937年生于河南洛阳,湖南长沙人。1960年北京师范大学中文系毕业。1979年调湖南省文联,任《湘江文学》文艺理论研究室副主任、研究员。湖南省文联副主席,湖南师范大学名誉教授,中国作家协会会员。

推荐词

黄河浪很讲究诗的语言艺术。他在给我的信中说:"港台及海外华文诗在意象的经营和语言的运用上有独到之处,常有神来之笔,令人过目不忘。国内诗人如能善于吸收其优点,糅合在自己的创作中,则会有一番新气象。"

"**黄**河浪"，一个多么富于诗意而颇有气魄的名字，它使我想起横奔在中国古老大地上的那条河，想起穿行于华夏五千年历史中的那条河，那条歌唱在李白、王之涣的诗篇中的河。然而，它却是香港诗人黄世连的笔名：黄世连也许是由自己的姓而想到黄河的姓吧，一个人能有这样漂亮的笔名，他的诗也应该是写得很漂亮的了，果然，他的写西湖的篇什就给我以这样的审美印象。

西湖，祖国东南大地上一颗璀璨的明珠。山明而水秀，被称为"天下景"，历代诗人吟咏不绝，仅就古典诗歌而言，如果把其中最好的作品编辑起来，也可印成一本厚厚的《西湖诗词选》。这其中，苏东坡《饮湖上初晴后雨》和杨万里《晓出净慈寺送林子方》，应该是咏西湖诗的双璧了，但是，我们如果不被这些大家与名家的诗名所震慑，而且不褊狭地以为咏西湖的诗就到此止步，那么，只要我们偶一低头，还有许多灿如珠玉之作俯拾即是；并且会倏地照亮我们的眼睛。在新诗创作中，写西湖的作品不少，冠军大约是艾青而莫之它属了，香港学者黄维樑在《新诗中的比喻》一文中也说："1959年，艾青的诗集《海岬上》出版，卷首之作题曰《西湖》，使人颇吃一惊。……这首诗的好处，在于比喻的运用。"（《怎样读新诗》，香港学津书店1982年版）总之，在古今诗人纷纷登场献技之后，就非要翻出新意并且表现出新的诗艺不可。1985年5月我初游西湖时，当地一位诗人兼诗歌编辑对我说："黄河浪写西湖的诗真不错，简直把西湖写绝了。"自此，我对未曾一识的黄河浪之西湖诗便产生了强烈的审美期待，时隔一年，我终于读到发表在香港文汇报上的《西湖小诗》和《杭州抒情》（后收入诗集《大地诗情》，中国友谊出版公司1986年版），令我高兴的是，黄河浪的西湖之作确实没有使人失望。

这两组诗中的作品，除《岳坟》之外，都是写景抒情诗，或者说都是山水诗。在山水诗中，山水成为诗之独立的美感观照的主体对象，作者一方面要表现出山水韵普遍意义的自然美，即美的自然形式和自然形象，如线条、色彩、形体的均衡对称及变化等等，另一方面，任何自然美，都不能脱离特殊的时间与空间而抽象存在。因此，自然美又是指特定的时间、地点和条件之下的自然事物之美。石涛说："天之任山也无穷。"这个"无穷"就是指山的自然美的特异性。"剑阁天下雄，夔门天下险，峨眉天下秀，青城天下幽"，同是蜀国的山，民间就流传着上述这种闪烁智慧光华的谚语。所谓"雄""秀""险""幽"，不就是审美者对山的独特自然美的独特审美发现吗？所以，诗人表现自然美，也要讲求美在独特，即表现出自然美的具体性和特异性，同时也表现出作者自己独特的审美感受和审美发现，而不致陷入概念化与类型化的非诗的泥沼。

我们不妨由此出发来欣赏黄河浪的西湖诗，听听他在前人的大合唱之后，怎样一展他的歌喉。杨柳，这是古今诗人最钟爱的了，写杨柳的诗真可谓"汗牛充栋"，但是，黄河浪《西湖诗》所写的杨柳，却是地地道道的西湖的杨柳，表现的是独具风姿的西湖杨柳之美。"列无数碧玉屏风，衬在艳红的桃花背后，——你绿得更长久。"当这杨柳飘然而出时，到过杭州的人，就认得这确实是西湖的杨柳了。"伸长长的枝条招手，依依将人挽留：如多情的杭州姑娘，牵着千万缕温柔。"这是诗的拟人化，但不也是西湖杨柳的特有风情吗？令人更为动心的还有《三潭》和《三潭睡莲》。"三潭印月"，是西湖胜景之一，自宋代元祐四年水中建造三塔以来，九百年来吟讴不绝。《西湖志》说："月光映潭，分塔为三，故有三潭印月之目。"黄河浪的《三潭》就是写这一景色的，他不仅表现了水月的普遍意义之美，而且更表现了三潭印月特殊的水月之美。这首诗共分五节，一节比一节更引人入胜，最后到达高潮，如同五个乐段，最后以华彩乐段收束。"月圆的夜晚，泛一叶扁舟，到诗中荡漾"，起调就很美，如果说"到湖中荡漾"，那就诗味索然了。接下来的"银色图章"与"西湖织锦"的水月之喻，也颇有新意。大约是诗人想到柳永《望海潮》中"重湖叠清嘉，有三秋桂子，十里荷花"的咏西湖之句吧，他也突发奇想："湖边的白莲，摇曳淡淡清风，比柳永的词更香。"柳永词咏香荷，但他的词章本身是无所谓香与不香的，然而黄河浪却说柳永的词香，而且湖边的白莲"比柳永的词更香"，这样，我也要说黄河浪的诗句也洋溢一片清香了。俗肠俗口，怎么能吐出这样清香的诗呢？不仅此也，黄河浪还"好有一比"，就是"悠悠的游船，也比白公苏公的诗囊，载更多欢乐的时光"。欢乐的时光无形，负载的游船有体，这是情意觉通于触觉中的重量觉的通感,同时,也切合本地风光。这首诗的前面几节固然写得很美,但如果没有一个与之相当的结尾,那还是会使人感到遗憾的。幸亏作者不但没有使我们失望,而且使我们大喜过望:"假如李白无恙,劝他莫去采石矶投江,到西湖来,会捞起更美的月亮。"由水中之月而想到西湖之月,真是妙思翩飞,灵心独绝。

《三潭》的姐妹篇是《三潭睡莲》。三潭印月的内湖中广种睡莲,五色纷呈,娇艳典雅,有如睡美人。诗人首先以思念荷花而不复得见为衬托,引出"慰我寂寞的相思/湖中之湖/浮漾起微笑的睡莲","睡莲"出场就风姿绰约,惹人怜爱。诗人再由睡莲之圆而联想到明月之圆,他扣紧这一特定的时空,想象是昨夜的明月饮多了三潭美酒而醉眠波下,"惺忪的睡眼"和"含晕的小脸"都是传神之笔,更妙的是结尾,这位中年诗人简直童心勃发,他竟然"想摺一只纸船/悄悄划到你面前"。若问:人可以坐纸船而划行吗?那就未免大煞风景而不知诗为何物了。不仅如此,因为睡莲像明月,而月中俘嫦娥,而诗人竟然异想天开:"请你赐一杯桂花酒/舞一曲/嫦娥翩翩。"——由此可见,黄河浪艺术地感受、把握并表现了西湖之美的独特性,同时又提升为许多人都可以共鸣通感的美的情境。

黄河浪在《西湖柳》中，还有如下佳句："染得湖水青青，湖风也青青，湖山百里尽清幽"，柳色怎样能染得湖水和湖风都青青呢？现实生活中的空无，变成了诗天地中的实有，诗人所遵循的，正是以情写景、以神写形的诗美法则。黑格尔在《美学》中说得好："靠单纯的模仿，艺术总不能和自然竞争，它和自然竞争，那就像一只小虫爬着去追大象。"在诗歌中，诗人不必像小说家、散文家那样，侧重对生活中的物象作外在的真实的描写，他们有更多的充分抒发自我审美感情的天地，有更多的追求空灵感与超越感的自由。而在山水诗中，这种自由有着更为广阔无羁的世界，因此，所谓以情写景，以神写形，就是对客观地、机械地模山范水的背反，它以表现诗人对客体的审美情思为主，使诗中的"自我"上升到君临万物的地位，使形似的外在真实居于从属的位置，甚至可以使物象产生不同于本来形态的变化，即艺术的"变形"。物我感应而物我合一，艺术的注意力不在对象的自然形态，而偏于对象的主观化和感情化，这样的山水诗，其美学价值就远远超过了那种缺乏审美激情的描摹山容水态的平庸之作，后者较之前者，犹如跳跃檐间的瓦雀与高翔长天的云雀。

　　黄河浪的《三潭睡莲》就是以情写景、以神写神的佳品。浸润于诗中的是审美主体的激情，景是情化之景，自然物象的外在形态产生了美学的变异，形是神所统御之形。《西湖女儿》更是这样。这首诗，你说诗人是写西湖的姑娘，还是将西湖比为少女？认为是前者固然不可，从后者来欣赏似乎可以获得更丰富的美的享受。苏东坡不是曾把西湖比为西子吗？因此，黄河浪也可以将西湖与少女作审美的联结，这情况，王昌龄《采莲曲》的"荷叶罗裙一色裁，芙蓉向脸两边开"的美感联想有些相似。不过，黄河浪更有重于主体感情的抒发和对客体山水的传神。"脉脉一回眸，两眼荡漾着西湖水"诗人首先从西湖和湖水落笔，使我想起宋代王观《卜算子》中"水是眼波横，山是眉峰聚"的名句，词人是将山水作为人来写的，熟读古典诗词的黄河浪，在潜意识中是不是受到前人的影响？如果说第二节诗是写生活中的西湖少女，那么，在最精彩的结尾一节中，所描写的对象就完全"情化"了，也"神化"了——表现出对象的精神与气韵："被平湖秋月晒白/雷峰夕照映红/曲院风荷染翠/裁一角湖波作绿裙/你是婷婷的芙蓉/刚刚出水。"歌德说："自然造人,人造自然。"如此写西湖之作,完全可以说是"人造自然"的诗中上品,它不复是山水外形的消极临摹,也不是人物外形的习见比附,它是山水的心灵化,心灵化的山水。

黄河浪很讲究诗的语言艺术。他在给我的信中说:"港台及海外华文诗在意象的经营和语言的运用上有独到之处,常有神来之笔,令人过目不忘。国内诗人如能善于吸收其优点,糅合在自己的创作中,则会有一番新气象。"他自己的这些诗作在语言运用上的独到之处是什么?这里之我只拟谈谈浓缩凝练之美和音乐之美。

达到浓缩凝练的美学境界,语言途径是多样的。黄河浪要求自己的作品篇幅短小,意象精简,而且尽量删节那些不必要的关联词语和形容词语,使得语言极为精练而富于张力,而过多地使用关联词和形容词,只能使诗句松散疲沓,缺乏强大的内聚力。如"被平湖秋月晒白/雷峰夕照映红/曲院风荷染翠",如果换成别的作者,也许就会写成"被平湖皎洁的秋月晒得雪白,被雷峰镕金的夕照映得绯红,被曲院的风荷染成翠绿"。值得一提的是,"晒"一般是指日照,而此处却说"秋月晒白",词语的组合富于创造性,不同凡俗。又如《飞来峰》中的"山恋着西湖/亭恋着冷泉/人恋着杭州",如果换了一般作手,也许就会写成"峻峭的山峰依恋着美丽的西湖,翼然的山亭依恋着冷冽的清泉,四方的游人依恋着如画的杭州",何者张力强劲,何者带水拖泥,不是判然立见的吗?

诗,应该是语言的音乐。诗不仅要美视,而且要美听,要使读者获得听觉的美感和愉悦,但是,许多诗变成了"哑诗",既无内在情感的律动所构成的韵律,也没有外在的音韵与节奏所形成的音乐美,这实在是诗美的一大损失。黄河浪诗作的音乐美,一是叠字的运用,一是诗语的迴环。叠词的修辞手段,又名叠字法,即一个字的接连反复,这在中国古典诗歌中运用得很为广泛,它所到之处,既能状物传神,又能音韵谐美,前人就曾说崔颢《黄鹤楼》诗"天锦灿然,各用叠字成章,尤奇绝也"。在黄河浪的诗作中,如"悠悠的游船""依依将人挽留""摇曳淡淡清风""你是婷婷的芙蓉""舞一曲嫦娥翩翩""染得湖风青青"等,叠词分别置于句首、句中与句尾,音流韵走,纸上仿佛有悦耳的丝竹之声。迴环,是词与意的往而复返,它的美学效用是使情韵迴荡和使句法活泼,构成清新谐美的境界。最典型的是《飞来峰》,这首诗如果没有迴环,所造成的音乐美,那就会黯然失色，如花枝失落了迷人的色彩与芬芳。"山是飞来的灵鹫/亭是飞来的斑鸿/我也是远远飞来的/旧时有约的海鸥"，三次"飞来的"，本来就有迥环往复之趣，第二节的"山恋着西湖/亭恋着冷泉/人恋着杭州"，三个"恋着"之外，句首的"山""亭""人"又与首节前三行的第一个字相应，最后一节的"我走的时候/把山带走/把亭带走/把西湖也带走"，三个"带走"与第一节三个"飞来"相呼，而，"山""亭"与"西湖"又再次与前面同样为字词构成迥环，如此复叠生情、往复成趣，读诗如同听乐，除了文字构成的图画视觉美感而外，更有文字所谱成的音乐听觉美感，悦耳而且赏心。

黄河浪1941年生于福建省长乐县，1964年福建师范大学中文系毕业，1975年去香港。他少年时代就钟情文学与绘画，至今仍然诗笔与画笔齐挥。1979年，他的如诗如画的散文《故乡的榕树》获香港第一届中文文学奖散文组冠军，为国内外十余种报刊与选集所转载。1985年我访港时曾和他有一面之缘，他笔名虽曰"黄河浪"，然而为人却温文尔雅，谈吐时细语轻言，像他故乡清清的山溪。从六十年代初期到现在，他已三游西湖，他唱给西湖的情歌韵美情真，一曲难忘，他的其他诗作也颇有可观可赏之章，我相信读者会希望继续倾听他的吟唱。

镶嵌:取消"踪迹"和"替补"本文

台湾后现代诗勘探之一

陈仲义

作者介绍

陈仲义,1948年生,厦门人。任厦门城市学院人文学部教授。有著作《现代诗创作探微》《诗的哗变——第三代诗歌面面观》《中国朦胧诗人论》《从投射到拼贴——台湾诗歌艺术六十种》。

推荐词

这种将本文"踪迹"瓦解的做法,同样是出自解构者的"无视":无视本文的原意(因为世界本无意义),无视定于一尊的权威(因为世界的边缘化"本质"),无视原话语的存在性(因为世界已无等级)。一切都有可能,每一种完整或碎片都有道理,它们都可以重新对"在场"或"不在场"做任何解释。

驰骋在彼岸后现代批评疆场上,孟樊已不是一匹黑马。他的眼光、视界预示着大将风度。原以为,他一早就进入理性起跑线,读到他第一本"宝蓝色"诗集(1982—1992),才明了他也曾深深地捂着被缪斯射中的胸口,好一阵多情呢喃。这就不会感到突兀,近年他对后现代多持质疑忧虑,原与他早期钟情于浪漫情愫和坚持现代骨质多少有些因缘,同样也就不奇怪,五十首自选作,后现代的仅占极小比重。经过严格剔选,我以为只有一首颇具特殊意味和理论意义,那就是《后现代的抒情》。

该诗采取一种独异的操作方法,即从张默编的《七十七年诗选》抽取若干诗作,进而选择若干诗句,重新镶嵌组合,这是一种什么诗的合成物呢?"大拼盘"?"大杂烩"?局部的"复制翻模"?零碎而合法的"盗版"?一种精心预谋的"坐享其成"?抑或是某种新型的"众声喧哗"、相当出色的"二度创造"？结论不宜下得太早，让我们先来阅读全诗。

后现代的抒情
孟　樊

点燃

（罗英《异质街景》开头2句）

喂，楼上的，能不能

扶着我的影子走下来？

（林彧《穗惠街·木楼梯》开头2句）

让我们一齐

凝视自己拥有的一朵昙花

（林耀德《昙花学说》第23、24句）

用堆满了这星球的诗

重新改写为关于

我们一切的典故

（林群盛《让我把银河折成一张结婚证书》第1、3、4句）

非假寐不可

以消除梦的沉疴

(颜艾琳《史前记忆》第二节开头)

随着降落西山的夕照

(李敬德《五月组诗·天问》第7句)

一池灿烂的睡莲

(余光中《雨落在高雄港上》最后第2句)

以一种清冷的敲打音乐呼吸

(陈克华《冰》第2句)

雨,落在高雄的港上

(余光中同题目)

而谁来释放那禁锢在我们体内的火焰呢?

(陈克华《冰》第11句)

用手一推

窗关上

撞落风景一块

(陈雯雯《旅·窗》开头)

荒原似乎远在地球的另一端

除了下一场印度雨外

(陈瑞山《春之占领》第22、23句)

关紧窗、噤声、也能察觉

（黄靖雅《大风起兮》第13句）

忧郁，是

与悲壮等值之前

最偏远而寂寞的谎言

（李渡愁《致后现代》第5、6、7句）

我们呆坐屋内

瞪着自己的身影在如洗的白壁上

随着一寸寸隐灭

〔尹玲《讲古》（2）第21、22、23句〕

不言不语

使这一个晚上变得重要

（老木《暗夜飞来的鸽子》最后2句）

在夜里，火光使皱纹更深了

（刘克襄《小熊皮诺查的中央山脉》开头）

现在，你却

坚持的在椅子上

喝一杯冰咖啡

坐着

任泪一颗颗掉落

（聃生《冰冻的热泪》最后5句）

我跪着，偷觑

（洛夫《河畔墓园》最后一节开头）

眼泪从鼻缘扑簌滑落

（刘克襄《小熊皮诺查的中央山脉》第8句）

流自

我积雪初融的眼睛

（洛夫《河畔墓园》第10、11句）

到底是光，还是那影子

（席慕蓉《实验》结尾）

我于是决心点燃起自己来寻找你

（席慕蓉《假说》结尾）

请你爱我请你狠狠狠狠狠狠狠爱我

（陈克华《冰》结尾）

黑暗仍然归还

黑暗

（舒畅《灰烬之后》结尾）

笔者花了整整两小时,从《七十七年诗选》自头至尾搜索一遍,才将镶嵌的"原部件"清单线索逐一列在诗行的下边,读者可参照对读。在新完成的镶嵌本文里,尹玲《讲古》主题迸裂了,化作爱情纠葛的旨趣;聃生失恋的题材瓦解了,转化为两个男女间对峙的情景;林群盛充满喜庆的婚典憧憬,也"误读"成回忆的一种契机。洛夫"我跪着,偷觑狗尾草"的悼母原味,完全变质了,蜕变成男主角与哀悼截然不同的另一种心境。当然,有一部分诗作尚保留"原汁",如余光中《雨,落在高雄港上》此题目与其中一个句子在移植中,尚未更变相应氛围;李渡愁《致后现代》两句的"引种",依然贮积着原来的复杂深刻;舒畅《灰烬之后》的结语,亦相当吻合孟作的新旨。所有这些碎片,不管存在着脱离原作多少"差异",都在昙花似的爱情"典故"上,重建了一个大体一致的新语境,将忧郁向揪心的对峙定格显影,这一新本文的产生,消解了原作二十三篇,二十三种语境所播撒的意味,重新获得另一种可能,另一种生长点。假若让一百个人,重新把《七十七年诗选》做一百次拆散,同样可得面目各异的一百种新篇,犹如任何一次扑克洗牌,都可以组成无穷的变幻组合,这种游戏,再次证明了后结构理论：本文绝非单一的，而是具有无穷尽的复数性。

倘若再进一步追究，这种将本文"踪迹"瓦解的做法，同样是出自解构者的"无视"：无视本文的原意（因为世界本无意义），无视定于一尊的权威（因为世界的边缘化"本质"），无视原话语的存在性（因为世界已无等级）。一切都有可能，每一种完整或碎片都有道理，它们都可以重新对"在场"或"不在场"做任何解释，德里达在《文字语言学》中早就指出：本文踪迹实际上并不意味着事物的绝对本源，而是根源的消失，本文仅仅是供读者发现和追溯的一组"踪迹"而已，它绝非封固的自足实体，所以对本文"踪迹"的解释会进入一种意义无尽增殖的过程，这种不确定性同时也意味着本文可以由其他本文引申延展来构成。这种对本文"踪迹"的取消而引申延展，德里达称之为"替补"（supplement）：替补总是介入或悄然插进替代的行列。如果它填充，就犹如某物填充了空白之处，如果它再现和塑造意象，那是因为这意象是先前匮乏的存在。……替补不是简单地对已经确定的存在的增补，而是以替代者方式出现。替代不是转换，因为替代者的位置已由结构中的空白标志所确立。

可以这么说，孟樊以替补方式取消了《七十七年诗选》

中那二十三个本文在场"踪迹",并使之处于一个相对完整的形式框架中。在本质上,已与"原本文"毫无干系,它既"窃取"原本文的隐约踪迹,又最终断绝与之往来,既利用原本文的"空隙",又制造新的替补活动,在自足的形式框架中,完成自娱的游戏。这当然是因为"在世界成为碎片的世界之时,诗人为了不成为失去回忆意义的断片,就只能通过形式的变幻臆想而使自己置身一个相对完整的形式框架中"。

孟樊缀连出的这一框架或语境,不管是居于镶嵌式替补还是替补式镶嵌,都提供了后现代诗写作又一方式,这种消弭原本文踪迹而以借替取代来"显身"的意义,是否可以理出两点:

一、它将多个共时性本文,消解成另一种历时性阅读的可能。

二、它借助局部的"众声喧哗",来实现属于自己这一个的"主旋"。

当然,镶嵌式替补或替补式镶嵌滥用了,同时也会引出可怕的混乱和污染:

——因大量复制缀连,而有坐享其成之嫌;

——一旦陷入制作游戏和游戏心情,诗的原创性必将遭到削弱。

多情缠绵的爱情小夜曲

读三位台湾女诗人的抒情小诗

钱 虹

作者介绍

钱虹,笔名金巩。南京市人。1982年毕业于华东师范大学中文系,后在该校获文学硕士、文学博士学位。2002年调同济大学任文法学院副教授、教授。著有专著《女人·女权·女性文学——中华女性的文学世界》《缪斯的魅力》,与他人合著《香港文学史》《中国当代文学作品自学辅导》《台港文学名家名作鉴赏》,编著《庐隐选集》《庐隐集外集》《庐隐散文选集》《香港女作家婚恋小说选》等。

推荐词

这一组欣赏文章以三位台湾女诗人的爱情诗为欣赏对象,展现了台湾诗作不同于大陆的风貌。

"爱原来是一种酒"——读席慕蓉的《十六岁的花季》

十六岁的花季

在陌生的城市里醒来

唇间仍留着你的名字

爱人我已离你千万里

我也知道

十六岁的花季只开一次

但我仍在意裙裾的洁白

在意那一切被赞美的

被宠爱与抚慰的情怀

在意那金色的梦幻的网

替我挡住异域的风霜

爱原来是一种酒

饮了就化作思念

而在陌生的城市里

我夜夜举杯

遥向着十六岁的那一年

席慕蓉的诗,在诗歌体例上,属于自由体的抒情小诗。这类诗,一般没有什么繁复的意象、拗口的词句,轻盈而不艰涩,柔美而不深奥,蕴有某些思想火花,含有某些人生哲理,使人感到亲切可爱。这类抒情小诗,曾在"五四"时期的中国颇为流行,从冰心的《春水》《繁星》到"中国第一才女"林徽因的诗作,大体上走的都是这一路子。30年代以后,这一中国女诗人所擅长的诗歌传统,逐渐为残酷的战争和严峻的社会现实所湮没。40年代后期虽有"九叶诗人"中的二叶——陈敬容、郑敏的出现,但她们温婉沉思的声音,终究不敌《马凡陀山歌》《宝贝儿》之类时事打油诗的尖刻、粗犷与痛快淋漓,抒情小诗在中国遂陷于沉寂。席慕蓉的诗集《七里香》等的出现及其轰动效应,倒使人看到了这类抒情小诗在诗坛的复苏。

毋庸讳言,席慕蓉的诗作所表现的思想主题以及诗歌意象，是相当单纯的，无论是奠定其诗名的《七里香》也好，《无怨的青春》《时光九篇》也罢，作者所反复吟诵的，无非是对逐渐逝去的青春岁月的频频回首，以及对自己所拥有的美满爱情的痴痴眷恋。这两种"惜春"的情绪体验几乎构成了席慕蓉诗的主要的题材和内容（另一个重要内容是乡愁，如《七里香》集中的《隐痛》《乡愁》《出塞曲》《长城谣》诸篇，但这类乡愁诗在席诗中所占的比重并不很大）。席慕蓉无疑是一位敏感而细心的"恋旧"型女诗人，她珍惜过去的每一滴眼泪，每一回欢笑，咀嚼一次次刻骨铭心的离别和重逢，一个个回味无穷的企盼与失落，借此传达自己生命历程中那些"甘如醇蜜，涩如黄连的感觉与经验"（张晓风：《一条河流的梦》）。

于是，我们在《十六岁的花季》中，读到的第一节诗，从表面看来，诗人是在离别了所爱的人之后，不无伤感地对纯洁美好的恋情的哀悼，"十六岁的花季只开一次"，其实不然，作者所要表达的乃是千山万水无法阻隔爱情的坚贞、专一与穿透力，所以，虽然远隔重洋，可"在陌生的城市里醒来/唇间仍留着你的名字"。倘若没有第一节中对于离别的爱人刻骨铭心的思念和眷恋，决计不会出现第二节整段由表

（衣裙）及里（情怀）、凭梦织网的倾诉衷肠。这里，"异域"二字显然与上文"陌生的城市"相呼应，而"风霜"则意味双关，既形容异国他乡的风寒霜冷，也暗指远离爱人的凄清孤寂，因为前者只需添衣御寒，唯有后者，才会"在意裙裾的洁白"，重温"被宠爱与抚慰的情怀"，抖开"那金色的梦幻的网"。因而，第三节一起头便出现了可圈可点的警句："爱原来是一种酒／饮了就化作思念"。如果诗有诗眼之说，那么此句便是点睛之笔，"酒"，正是上承"风霜"二字而来。原来，诗人踏入陌生的城市，面对"异域的风霜"，她自有驱寒之方：斟一杯满满的爱情之酒，饮下，可以回味无穷；醉了，"唇间仍留着你的名字"。难怪"在陌生的城市里／我夜夜举杯／遥向着十六岁的那一年"。整首诗表述的就是这样一种对爱情之醇酒的眷恋、赞美之意。

不过，这里有一个问题，如此缠绵悱恻、忠贞不渝的爱情表白，似乎与"十六岁的花季"的题目不太协调，尤其是每当诗人提起对远方的爱人的思念时，就接上一句"十六岁的花季只开一次"，或是"遥向着十六岁的那一年"。席诗中常常出现"十六岁"字样，如"弹箜篌的女子也是十六岁吗"（《古相思曲》），以及"想起她十六岁时的那个夏日"(《青春·之二》),这就容易给人一种错觉。以至于读者为席慕蓉的《十六岁的花季》所眩惑,然而,正如一位深知席慕蓉的台湾评论家曾昭旭指出的:"她所说的十六岁并不是现实的十六岁,她所说的别离并不是别离,错过并不是错过,太迟并不是太迟,则当然悲伤也不是真的悲伤了。其实诗人虽然流泪,却无悲伤;虽说悲伤,实无苦痛。她只是藉形相上的一点茫然,铸成境界上的千年好梦。"(《无怨的青春》跋——《光影寂灭处的永恒》)

所以,"十六岁的花季"也好,"十六岁的那一年"也罢,无非代表了人生中最美丽的金色年华——青春而已。于是,我们又一次看到了席慕蓉那些"惜春"诗中青春与爱情的合二为一。

"撑起一个圆"——读涂静怡的《雨天》
雨　天

天天天雨

细细的雨

细细想你

推开小窗

　　　　一列亭亭的棕榈

　　　　伴风细语

　　　　如情话蜜蜜

　　　　出去　　出去

　　　　出去听雨

　　　　撑着伞

　　　　沿着小溪

　　　　细细的雨

　　　　细细的你

　　　　想你

　　　　在雨天里

　　涂静怡的诗，有一种浑然天成的诗情画意，这一点恐怕连专攻油画的席慕蓉的诗作也不能专美于前。不信，请看："假如我们绘的是荷/你是那翠绿的叶/我是含苞待放的花/羞答答情怯怯的/依偎在你温馨的怀里/我们一同欣赏这画中的神韵/你说/你说的"（《你说的》）。诗中嵌画，画中蕴诗，令人想起现代诗人卞之琳《断章》中的名句："你站在桥上看风景/看风景人在楼上看你"，只不过，画荷者与观荷者都是诗人自己,真让人拍案叫绝。

　　台湾女诗人大都从抒写少女的纯真爱情步入诗坛,已届而立之年才开始写诗的涂静怡也不例外。这首《雨天》,应属于她较早的诗作之一。全诗句式简短,最长的诗行为七字,最短的才二字,其余为三、四、五字,而以四字居多。"天天天雨/细细的雨/细细想你",整个第一段才十二个字,用的也是极普通平常的字眼,却勾勒出一幅烟雨、情意绵绵的动人画面,尤其是首句"天天天雨",一连三个"天",给人一种绵延不绝的感觉,但这"雨"又非倾盆大雨,而是"随风潜入夜,润物细无声"的微雨。细雨浸润着天地,也撩拨着诗人的情弦:由"细细的雨"而痴痴"想你"。"你"是何人?第一段中诗人没有明说,但在第二段中,诗人马上就把这个谜底揭开了:"推开小窗/一列亭亭的棕榈/伴风细语/如情话蜜蜜。"原来,诗人面对雨中"伴风细语""情语蜜蜜"的棕榈,细细想念的"你"自然是此刻不在身边的恋人!触景生情,睹物思人。一个无法抵制其诱惑的声音在她心头呼唤:"出去出去/出去听雨",于是,诗人再也无法静静地待在窗前观赏雨景,她要把自己溶入细雨中,做一个"鸳梦重温"的画中人!这整个第三段,犹如一首雨中的浪漫曲，又颇似古典词曲中的小令，虽是情诗，却又含蓄蕴藉，淡雅简约。尤其是诗中多用双声叠字，如"天天""细细""蜜蜜"，造成低回婉转、不绝如缕的音乐感。再加上"出去出去/出去听雨"，一连三个"出去"的动词连接，使本来静止的画面一下子充满动感。像这些本来十分口语化的字眼，到了涂静怡笔下，竟出神入化地组合成一首意味深长的情诗，可见其驾驭文字的功力不菲。

写雨中的痴情苦恋，自然使人想起戴望舒的名诗《雨巷》，然而这首《雨天》，却无《雨巷》的忧郁和感伤，相反却充满情深意长的温馨与甜蜜，怀人时不失含蓄，轻盈中满蓄空灵，古典与浪漫相交融。涂静怡似乎很喜欢在雨中漫步的浪漫情调，她的另一首《雨伞下》这样写："撑起一个圆/自成一方小千世界/雨虽急骤我心无惧/因有你同行"，"且任浓云密却天宇/且不问雨有无停歇之意/伞下的世界/恒是安恬如蜜/即使相依默默/也胜过千言万语"，这些诗句，正好成为《雨天》"出去出去/出去听雨"的形象图解。

自然，"撑起一个圆"的浪漫天地是属于热恋中的青年男女的，诗人不可能永远停留在"出去听雨"的雨伞下自我陶醉。发表于1986年的《如果》，使我们看到了涂静怡对爱情失落的深深忧虑和恐惧感："如果/这世间有更深沉的悲哀/那便是眼看着盈盈的爱/逐渐自掌中滑落/有如晶莹的雪花/以冷绝自焚""如果/明日注定/你我都要一辈子孤独/面对那遥遥前路/茫茫苍穹/我将如何如何/去抚触这深深的/创痕"。"如果"当然是假设，然而，从"伞下的世界/恒是安恬如蜜"到"眼看着盈盈的爱/逐渐自掌中滑落"，涂静怡似乎已经从浪漫温馨的"雨天"，走过雪花飘舞的冬天了。

于是，她的爱情诗不再一味甜得使人发腻。

"我们生生死死都是相爱的"——读夐虹的《海誓》

海　誓

你的泪，化作潮声。你把我化入你的泪中
波浪中，你的眼眸跳动着我的青春，我的暮年
那白色的泡沫，告诉发光的贝壳说，
你是我小时候的情人，是我少年时代的情人
当我鬓发如银，你仍是我深爱着的情人
而我的手心，有你一束华发，好像你的手

> 牵着我，走到寒冷的季节，蓝色的季节
>
> 走到飘雪的古城，到安静的睡中
>
> 当我们太老了
>
> 便化作一对翩翩的蝴蝶
>
> 第一次睁眼，你便看见我，我正破蛹而出
>
> 我们生生世世都是最相爱的
>
> 这是我小时候听来的故事

少年时代的翟虹即以写痴心相爱、生死相恋的情诗而使人惊奇。她的第一部诗集《金蛹》，收她十七岁至二十七岁（1957—1967）写的63首爱情诗。她在《金蛹》集前题词："取十七岁所见，垂挂在嫩绿的杨桃树上，那灿灿的蝶蛹为名，是纪念美好的童时生活；是象征我对诗的崇仰：永远灿若金辉，闭壳是沉静的浑圆，出壳是彩翼翻飞。"然而，"金蛹"的象征意义在她诗中并不如此简单，在《海誓》中，我们就看到了两情缱绻、至死不悔的爱情童话："当我们太老了/便化作一对翩翩的蝴蝶/第一次睁眼，你便看见我，我正破蛹而出/我们生生死死都是最相爱的/这是我小时候听来的故事。"蛹化为蝶，比翼双飞，生死相

随,永不分离,这才是"金蛹"的真正内蕴,也成为敻虹的早期爱情诗的最基本的意象。随着这一意象在敻虹诗中的不断出现和显示,如蝴蝶以及蝉、茧、网等,我们不难发现其诗某些古典与传统的意蕴:从庄周梦蝶的美丽神话,到梁山伯与祝英台的动人传说。不过,《海誓》的作者从一开始就将热恋中的少女对情人的倾诉,表现得热烈、急切,缠绵而多情,第一节是一大段情语绵绵的表白,似乎迫不及待地决口而出,诗人已经不在乎诗的格式限制(如要讲究音韵、句式大致齐整等等),她甚至不惜在每行诗中加上不止一个的逗点,以便一口气将长长的情话和盘托出,诗句中最长者达十八字。参差不齐的诗行,既表现了热恋中的少女心中的情感起伏,也使此诗呈现思维和语言的跳跃性,如"波浪中,你的眼眸跳动着我的青春,我的暮年",由"青春"立即跳到"暮年";又从"你是我小时候的情人,是我少年时代的情人",马上跃到"当我鬓发如银,你仍是我深爱着的情人"。经过这跳跃性的"海誓"之后,诗人如痴如醉地陷入了神仙眷侣的幻觉,由第一段急切热烈的倾诉,到第二段渐渐归于喃喃细语的遐思。在憧憬中,诗人为"二人世界"构筑了一座美丽恬静的爱情宫殿,这里没有姹紫嫣红的绚丽,也没有桃粉柳青的艳俗，只有纯洁无瑕的清一色——蓝色与白色。蓝与白，构成了夐虹早期诗作的基本色调：清丽而不俗艳，纯洁而不虚伪。虽然她在此诗的结尾加了一句"这是我小时候听来的故事"。但第三段从第一句"当我们太老了/便化作一对翩翩的蝴蝶"到"我们生生世世都是最相爱的"却并非只是"听来的故事"而已，这样一种白头偕老、生死相恋的山盟海誓，是无法用虚伪的感情表达出来的。

夐虹早期的爱情诗大都带有"海誓"式为爱情而至死不悔的表白，如《死》，全诗极短，仅二十二个字："轻轻地拈起帽子/要走/许多话，只/说：/来世，我还要/和/你/结婚。"这首《死》便成了《海誓》一诗的最好注脚。

自然，当热恋的岁月过去之后，尝过失恋滋味的"金蛹"对情人的"海誓"已不再那般盲目，那般迷信，即使再遇从前的恋人，她也只是说："记忆不起了么？也许/日记焚了，再也寻不着往日的一丝儿/笑意。/哭泣吧，你怎不为垂幕之前的琴音哭泣？""而我，总思量着/墓上草该又青了；蝶舞息时/虽只二瓣黑翅遗下/说：/哦，那是春天/我们在雨中相遇——"诗人已为她"少年时代的第一曲恋"，唱出了一支冷静而理智的挽歌。

画龙点睛 水到渠成

台湾短诗鉴赏

古继堂

作者介绍

古继堂,1934年生,河南修武人,1964年8月毕业于武汉大学中文系。1985年2月在中国社会科学院文学研究所工作,研究员。台湾暨海外华文文学研究会常务副会长、中华炎黄文化研究会新文学学会理事。主要代表作有:《台湾新诗发展史》《台湾小说发展史》《台湾新文学理论批评史》《台湾青年诗人论》《台湾爱情文示论》。

推荐词

诗要做到画龙点睛,神来之笔是不易的。但短诗的特点却要求诗人能够做到。这种神来之笔,靠苦思冥想是很难做出来的。多数是灵感触动,水到渠成。

台湾的抒情诗中，不乏像王禄松气壮山河般的《长城颂》，像罗门深沉悲戚的《梦坚利堡》，像痖弦和洛夫迷幻奇诡式的《深渊》和《石室之死亡》等长篇优秀之作。它们像一座座高山，峰峦叠翠，云雾缭绕。但是台湾抒情诗中更多、更迷人、更能抓住读者视线的是精品短诗。它们是沙中明珠，石中宝玉，浩瀚长天上的闪电，辽阔夜空中的灯光，以一点亮全局，以一光照天下。它们积小容大，形弱实强，高墙挡不住，语言装不下，含蓄无比，优美绝伦。这种短诗有几个特点：

　　其一，庙小神多，不分主次。

　　文学是文化中的精品，诗是文学的王冠。因而诗，这里说的是真正的诗，而非伪品，就必须具有内容大于形式的特质。即在一个形式中含有数种可供想象分析的内容，亦即形式的恒定性和内容的异变性。古语说：诗含二意，不精而自精。而诗中精品，优秀的短诗，更是如此。现举例分析。如台湾诗人罗智成的《观音》：

> 柔美的观音已沉睡稀落的烛群里
> 她的睡姿是梦的黑屏风
> 我偷偷到她发下垂钓
> 每颗远方的星都大雪纷飞

首先是诗中的主角就具有文字的确定性和想象空间的不确定性两种。文字上的确定性是观音菩萨。她是专门做好事的，为人添子加孙的大善神，这是一个神化了的美好的形象。而烛群使人想象到无数善男信女到观音菩萨面前烧香祈祷，求子祈福的情景。但是从想象的空间看，我们可以把这个至美的观世音，看作一个绝色美女，把她从神降格成人，于是小伙子们就有了盼头，她成了他们渴求和追慕的对象。"她的睡姿是梦的黑屏风"，这里面暗藏着一个不可知的世界。睡姿和梦是紧密相连的，那黑屏风掩盖的是什么东西呢？这个美女的梦是什么呢？她在想什么呢？我是不是她的梦中情人呢？主人公在思索之后，便不失时机地下手了。如不"该出手时就出手"，很可能错过时机。但只能偷偷地进行，不可太张扬。否则犯了忌，很可能把事情弄糟。这里诗人用了一个"发下垂钓"，就是要顺着她的梦下钩。"垂钓"二字极准确而鲜活，因为还不知道对方是否上钩。这首诗最妙的是第四句："每颗远方的星都大雪纷飞"，该诗句意象开阔博大，内容横竖百出，语意变幻不定，诗意张力无穷。这其中暗示着追求者成功后的疯狂和兴奋，但却顾左右而言他。无穷的诗，无穷的美，无穷的扩张着的想象，就从这顾左右而言他中爆发而出。想象的裂变和分解使其立于不败之地。又如钟顺文的诗《山》：

> 憨直的傻小子
>
> 几度落发
>
> 几度还俗

诗人将山拟人化，把它比作一个憨厚正直的年轻人。在历史的大潮中，在社会的风雨中，沉沉浮浮。诗人以季节的冷热变化，引起山上草木植被的枯荣，暗喻人生的大起大落。该诗只有三句十四个字，容纳了人生广阔的巨大天地和人世变化无常的风高浪急。这首诗还可作其他方面的解释和引申，它所包括的内涵和美学含量，远远地超过了它的文字和形式。这就是诗表现生活，含纳现实的特殊的功能和方式。它非直观直达，而是靠引申和想象，靠暗示和升华。就像一个人可以从一首诗中能找到一个巨大的世界，却找不到一座小城。再如白家华的《两行》：

> 秋天是落叶殉情的季节
> 它们把位置让给明年早春的嫩芽

这是一首容量十分丰富的精短诗篇。美国有位华人诗人办了一个诗刊，专门发表一行诗，即一首诗只允许一行。还有一个美华诗人写了一首一个字的诗。他的诗的标题为两个字"生活"，诗的内容为一字："网。"他们将诗短到了极限。但弊端很多，不仅很难写，而且很可能将诗困死。我们做事不能走极端，走上极端就是死胡同。与一行诗、一字诗相比，这首两行诗虽然还不算最短，但它已是一般诗中最短的作品了。它虽然短，但它却能大容量地概括生活。它准确地概括了人世间和自然界新旧交替、新陈代谢和生生灭灭，这种最基本、最重大的发展演变现象，这是一首最精短的好诗。

其二，预留空间，收放自如。

一首短短的小诗，不允许诗人从容不迫地将诗中的各个角色和他们的行动内涵等交代得一清二楚，而必须将各种因素和内涵进行搓磨、锻打、交合、熔铸，进行巧妙的一体化的表现。而且要充分发挥语言的蕴涵功能，拉开文字和内涵之间的距离，为读者、研究者的再创作留下巨大的空间。台湾青年女诗人叶红有一组短诗《情欲记事》。诗人用含蓄而隐晦的手法，将男女情欲间不好表达、也不能直接表达的事，作了刻骨却脱俗化的表现。请看其中一首《仙人掌》：

渴坏了

沙漠拥紧一棵仙人掌
吸吮

这首诗的指代内涵相当清晰。总标题是"情欲记事"而小标题为"仙人掌"。诗人将"仙人掌"拟人化了，诗的主角就是仙人掌。但诗人却故意卖了关子，将仙人掌的行为写成被动，让众多饥渴难耐的沙粒，撕着、拉着、抱着仙人掌吸吮。诗就那么三行，总共十四个字，但我们却能感受到无数无数尖尖的小嘴，钻入仙人掌的体内在吸吮，弄得仙人掌痒痒的，欲罢不能。读者读了这首诗很自然要与标题"情欲记事"联系起来思考。诗人并没有给你答案，从仙人掌到人的行为之间的桥是读者和研究者架起来的。这首诗的可贵之处是，写性而无性，脱去了一切黄色的、引人邪念的东西。再请看痖弦的《神》：

> 神孤零零的
>
> 坐在教堂的橄榄窗上
>
> 因为祭坛被牧师们占去了

诗人只在诗中写了一种现象。那就是该坐祭坛的神被移位在了橄榄窗上，而牧师们却坐上了神位。生活中这种鹊巢鸠占、喧宾夺主的事，实在太多了。谁都能把这种庙堂中发生的事，联想移位到人间。诗的容量大小和诗人在诗中预留的空间大小是成正比的。诗的容量越大，预留的空间就越多；诗的容量愈小，预留的空间也就愈小。诗中预留的空间大小和诗的生命力也是成正比的，预留的空间愈大，诗的生命力就愈强，否则便相反。再请看颜艾琳的《外遇》：

> 有时

句点之后

并非是结束

也许是个逗点

或

；

然后

（另有文章）

诗的标题是《外遇》，诗的文字中没有半个字写到外遇，而是写的一种语法中标点符号的错置使用。句点之后本应是结束的，但这里并不是结束。在句点之后，反而又出现了逗点或分号。这是一个不该开始的开始，接着便在"然后"的删节之后，出现了（另有文章）。这首诗的内涵，全靠读者由标题去展开想象。假如是一个不懂语法、想象力又差的人，那会是一片模糊。如果是一个想象力很强的人，那将是十分有趣的智力填空。台湾有个被称为十大诗人之一的后现代派女诗人夏宇，专门在诗中留空格，让读者去填，有如猜谜。那不是真正的预留空间，而是一种文字游戏，我们并不提倡。

其三，语言精美，不含瑕疵。

诗的语言是各种文类中最精美的语言。像唐诗绝句中为了使语言达到精纯，常常把主语、连接词、形容词等去掉。如李白的《静夜思》："床前明月光，疑似地上霜。举头望明月，低头思故乡。"既没有主语，也没有明月和故乡之间的因果链条。但这是诗这种文体所允许的、所必需的。所以在诗中省略成分，藏头去尾，主体倒置是常有的。为了达到语言精美可以采用一切非常规手段。例如田运良的《单人床》：

> 一大块吸鼾的海绵
>
> 滋润。甫开发的一小处绿洲
>
> 竟是遗梦旧址

这是一首用语俏皮突兀，情趣鲜活的好诗。标题用了"单人床"，文中便以"吸鼾的海绵"指代，因为"吸鼾的海绵"比单人床更鲜活，更具有诗意。"滋润。甫开发的一小处绿洲"，很有生命力，给人勃勃生机之感，让人想起睡觉可以产生新的生命力。"竟是遗梦旧址"既是戛然结尾，又具有自嘲和调侃的意味。语言上具有鲜明的个性特色。再看女诗人颜艾琳的《早晨》：

> 大地的惺忪
>
> 是被树叶中
>
> 筛下来的鸟
>
> 声所滴醒的

颜艾琳诗的语言以新奇突兀制胜，但这一首却以明朗清晰具有较强的穿透力的特色出众。尤其是鸟声将大地滴醒，具有润心泽肺之力，给人耳目一新之感。这些诗的用语是足可与古诗"春风又绿江南岸""僧敲月下门"的名句相比美，甚至有过之而无不及。

其四，画龙点睛，神来之笔。

诗要做到画龙点睛，神来之笔是不易的。但短诗的特点却要求诗人能够做到。这种神来之笔，靠苦思冥想是很难做出来的。多数是灵感触动，水到渠成。台湾女诗人蓉子和诗人罗门是台湾诗坛著名的诗人伉俪。蓉子被称为台湾诗坛上的"青鸟"，而且是台湾女诗人中起飞最早的青鸟。她是台湾女诗人中作品最多的诗人之一。蓉子的诗世界令人眼花缭乱，风姿多彩。但她诗的情感的主导特色却是轻柔和静美。

而在轻柔和静美的诗中,她创造了许多画龙点睛的神来之笔,如她的名作《伞》这样写道:

> 一伞在握,开合自如
> 合则为竿为杖,开则为花为亭
> 亭中藏一个宁静的我

她从暴雨喧哗的乱世中,找到了一个可以自我保护的宁静的世界。"亭中藏一个宁静的我",可以说是这种对衬写照的神来之笔。她写轻柔,也是无与伦比的。请看她在《晚秋的乡愁》中写道:

> 啊!谁说秋天月圆
> 佳节中尽是残缺
> ——每回西风走过
> 总踩痛我思乡的弦

台湾在东南,大陆在西北,蓉子日夜思念着大陆的亲人。因而每次西风走过,即从大陆方向吹过来的风,"总踩痛我思乡的弦"。这是乡愁诗中佳品,这句诗也是这方面作品中的神来之笔。读之,仿佛我们的心灵都在颤抖。

谐拟：模仿中反讽戏耍

台湾后现代诗勘探之二

陈仲义

作者介绍

陈仲义,1948年生,厦门人。任厦门城市学院人文学部教授。有著作《现代诗创作探微》《诗的哗变——第三代诗歌面面观》《中国朦胧诗人论》《从投射到拼贴——台湾诗歌艺术六十种》。

推荐词

屹立于眼前的毕竟是一座连一座古典的浪漫的现代的艺术群峰,原创性写作模式已非昔日那样容易建立,纵然再大的天才,往往也难逃大师们的掌心,在日渐"枯竭"的山穷水尽处,"愤"而以经典大师为"开刀"目标,不管成效是否达到预期,乃不失为一条生路,于是就有了谐拟之举。

艺术的跳高架旁,历史给后来者出了一道道难题,它让众多的大师(前代或同代)不断把横杆升高,高得教你仰慕不已而后低首唏嘘,要么你得从胯下钻过,要么你撞杆而死。为了克服持续上升的高度,人们不断推出新的姿势:"剪式""跨越""俯卧""背越"。在众多试图超越经典的"起跳"中,后现代们也实验出一种有效方式——谐拟。

谐拟的含义就是模仿中反讽,在对原作品的模效中进行嘲讽式操作,或嘲讽式对原作进行模拟,它通常不是个别局部的仿效,而是整体仿效中处处布满丛生的讥刺,不是煮好快熟面后撒点胡椒之类的辣味,而是连眼皮都不眨一下地推翻经典"另起炉灶",因而总体设计策划是建立在解构基础上。摩森认为谐拟有三个基本特征:一、必须有另一声音作为"目标文类",二、目标文类和谐拟版本之间必须处于敌对状态，三、谐拟版本须较原始版本享有更大的权威，更令人折服。笔者认为三个特征最关键为第二条，双方始终处于"敌对状态"，至于最终结果是否令人折服，则是仁者见仁智者见智的事了。

屹立于眼前的毕竟是一座连一座古典的浪漫的现代的艺术群峰，原创性写作模式已非昔日那样容易建立，纵然再大的天才，往往也难逃大师们的掌心，在日渐"枯竭"的山穷水尽处，"愤"而以经典大师为"开刀"目标，不管成效是否达到预期，乃不失为一条生路，于是就有了谐拟之举。最早，我们看到罗青《关于诀别的诀别书》《观沧海之后再观沧海》，前者谐拟烈士林觉民给爱妻的著名遗书，内容完全与革命理想情操爱情无关，仅仅仿效书信款式而已，后者谐拟曹操的《观沧海》，技法如出一辙。除了针对古代、现代、外国名篇，我们还看到对同时代作品的重大"误读"策略，如苦苓的《错误》，针对郑愁予鹤声四起的美丽《错误》，欧团圆《我是忙碌的》针对杨唤那首进入多种选本声誉持续不衰的同题诗作，总之，对名作的"开刀放血"，是谐拟的宗旨。据孟樊介绍，仅是乐府《上邪》这首不到五十个字的短诗，谐拟就多达五人，其中"拟"得最远的当推林耀德和夏宇,先看最后三句,耀德如何"跑马"。

山无棱江水为竭

在无数人类同时努力做爱的子夜

再度悄悄降临

今年的第一枚核弹……

天地合

核爆同时

请容你我完成最后的交媾

乃敢与君绝

化为相混的灰烬

终会停息热度沾濡黑色的潮湿

我们的都市

我们的残稿

性器与体毛

爱和永恒

都共同灭绝

《上邪》的主题是爱情忠贞不贰，视死如归。林耀德偏偏把这千百年来反复歌咏的纯情主题搁置一边，赤裸地显像情爱性欲，这还不够，把颇具联想性的"核爆炸"也引进诗中，让造爱场面与核爆交融错杂，叠印成新的视觉和弦，真乃一绝，实际上这首《上邪》曲已超乎一般模仿，而另出新意。

夏宇更离谱，她既不沿袭《上邪》的爱情观，学林氏朝裸裎的性爱冲刺，也不施展时髦的女权主义、借机发出惊天动地的一呼，而是以形而下的散文诗方式，描述另一幅与此绝无关系的画面：他们是两只狼狈的桨；他描述钟，钟声暴毙在河上，最后一段是：

> 也仍然不作声，谣传也干涸了。
> 他们主动修筑新的钟塔，抄录祷文，
> 战后，路上铺满晴朗的鸽粪

全然一副心不在焉，顾左右而言它的神态。捣蛋经典的反叛精神，多元而混乱的叙事方式，偏离、脱节的随意态度，泰半出自夏记的游戏守则。了解这种游戏也就见怪不怪了。

夏宇对经典的游戏，还体现于对同代名作的"轻慢"，如《也是情妇》，是对郑愁予《情妇》的"不屑不敬"；

> 一九七九年夏天你也是一个情妇，
> 很低的窗口，窗外只有玉蜀黍。他
> 是卷发，胸前有毛，一半子，也不
> 像候鸟
> 不留菊花，
> 是一头法兰西河马，
> 善嚼！

郑愁予诗中潇洒浪子，映金灿灿的菊花，穿瓦楞楞蓝衫，在这里被夏宇卸装成一头善嚼的法兰西河马，这种作法刚好印证美国文学批评家哈罗德·布卢姆所说的"后代的诗人往往把自己的作品大幅度开放……就有如是这位后代诗人写出了前辈的典型作品""诗人常由他前辈的方向转移开……在他自己的诗中，可以说是一种纠正的运作，也就是说，前辈诗人的作品进行到某一点之前都属正确，但过了那一点，他就要转向，转移到新的方向"。

谐拟，不仅在自己同类范围内自由逡游，很快也漫向其他文体，如应用文类，如电影短剧等。请看黄智溶《品鸽协

会》——招生简章,通篇如下:

一 创会宗旨

为了满足人类爱好和平的欲望,

以及体会自由的滋味,不惜投下巨资,成立此会。

二 选鸽标准

本会选鸽标准一向严格,为国际自由人士津津

运用大批的机关、枪弹,网罗而来,并

深入蛮荒、丛林等未开化地区,以象牙、犀角、鳄

鱼、鲸骨等,无关乎血肉代价换来。

三 报名办法

每人自备食具一副,因为在洁白的餐桌上,只

有握住刀、叉的人,才能品尝到真正的佳肴。

不管现实生活中是否有过这么一个"品鸽协会",作者严格按照章程,写出它的招生要旨,其款式无懈可击,在这严谨的煞有介事的通告中,不必解释,读者即可读出其犀利的锋芒:讥刺人类好战、喋血、虐待、施暴的天性,鞭笞人类肆意破坏生态的罪过,而这一切又都带着和平、自由、高贵的虚伪面具,真是力透纸背!这是作者对应用文体的戏

拟，充满巧妙的反话。此外，还有对影视品类的谐拟如《光年之外》《天国之门》《单车失窃记》等。兹引比较委婉的《千年血后》，以供参考。

> 为了仰慕你高贵的容颜/我偷偷地与你暗恋/那年我二十岁/你也二十岁//为了揭开你神秘的血统/我偷偷地跟你做爱/那年我四十岁/你还是二十岁//为了逃避你恐怖的阴谋/我偷偷地将自己埋葬/那一年我八十岁/原来你一千年。

对于像这样较长的叙述或综合文类，作者若在情节上下工夫拟仿，肯定吃力不讨好，聪明的诗人总是以简驭繁，抓住一两点要害，加以"重点打击"，表面上，双方青春外貌何等和谐胶着，实质上却掩不住内里残酷的冲突距离：八十比一千，这种"敌对状态"，可以视为一种宽泛性的拟仿，但读起来，也像一篇观后感。

谐拟的流通，确乎使后现代诗人手中多了一条自如套箍的"飞索"，只要瞄准某一经典名作，就可以撒手一挥，"请君入瓮"，多有立竿见影之效，其流通的原因当是后来者的艺术空间被前代同代们塞满了，构成了自主性原创性的巨大威胁，在仰慕与嫉妒双重心境夹击下，出于本能防卫心理而施行严重"误读""反写"策略,进而瓦解其范本模型,这种现象在西方也被称为"力竭文学"。

"力竭"之时,须当留神,毕竟经典作品经历时间的检验,切莫一哄而起,大打层出不穷的"仿真"之战,更不能兴之所之,随心所欲,以致大家都在"蒙娜丽莎"的唇上,划上两撇八字胡,岂不无聊透了?

还有,谐拟应与"同题诗"加以区别,许多谐拟不一定采用同题。许多"同题诗"不等于谐拟。梁小斌有一首名闻遐迩的《妈妈,我的钥匙丢了》,桃园许慎之也有一首《母亲,我的锁匙丢了》,两者情思、手法相当接近,是许诗接受梁诗的影响,因许诗不作"反动",故不属谐拟范围。商禽有一首《咳嗽》,刘克襄也有一首,但刘用独裁者一声咳嗽传遍台岛的具体细节讽刺专制统治与商禽的"咳嗽"在历史文化向位、角度、意旨大不一样,针对性无从"交火",故与谐拟无缘。

识之,谐拟之"中枢"是模拟中的反讽,反讽中模拟。设若仅仅停留在摹本阶段,那永远是长不大的艺术侏儒,因为即使是高度仿真,毕竟还属"仿造",任何有原创性的艺术家和诗人都懂得:工夫在模仿外。